AGATHA CHRISTIE COMPLETE COLLECTION
SPARKLING CYANIDE

SPARKLING CYANIDE

AGATHA CHRISTIE COMPLETE COLLECTION

빛나는 청산가리 애거서 크리스티 장편 소설 | 허형은 옮김

황금가지

SPARKLING CYANIDE

Copyright © 1945 Agatha Christie Limited.
All Rights Reserved.

AGATHA CHRISTIE and the Agatha Christie Signature
are registered trademarks of
Agatha Christie Limited in the UK and elsewhere.
All rights reserved.
www.agathachristie.com

Korean Translation Copyright © Minumin 2008, 2013, 2022

Korean translation edition is published by arrangement with
Agatha Christie Limited through Shinwon Agency.

이 책의 한국어판 저작권은 신원 에이전시를 통해
Agatha Christie Limited와 독점 계약한 ㈜민음인에 있습니다.
저작권법에 의해 한국 내에서 보호를 받는 저작물이므로 무단 전재와 무단 복제를 금합니다.

정식 한국어 판 출간에 부쳐

나는 한국에서 우리 할머니의 작품을 정식으로 출간한다는 소식을 듣고 무척 기뻤다. 할머니가 1920년부터 1970년 무렵까지 오랜 세월에 걸쳐 집필한 작품들은 21세기인 지금 읽어도 신선하고 재미있다. 등장 인물들이 워낙 자연스러워서 요즘 사람들과 다를 바 없고 이들이 등장하는 상황과 장소가 전 세계 사람들의 애정과 향수를 자극하기 때문이다. 한국 독자들은 이번에 새로 나온 정식 한국어 판을 통해 그 동안 접하지 못했던 애거서 크리스티의 일부 작품들을 읽을 수 있을 것이다. 덕분에 한국에 새로운 세대의 애거서 크리스티 팬들이 탄생할지도 모르겠다는 생각을 하면 가슴이 벅차다.

애거서 크리스티는 대표적인 두 명의 주인공으로 기억되는 작가이다. 14권의 작품에 등장하는 마플 양은 영국의 작은 시골 마을에서 평온한 나날을 보내며 뜨개질과 수다로 소일하는 미혼의 할머니이지만, 놀라운 기억력과 날카로운 두뇌 회전으로 주변에서 벌어진 살인 사건을 해결한다.

그리고 마플 양과 상반되는 성격을 지닌 에르퀼 푸아로는 자신만 만하고 콧수염을 포함한 자신의 외모와 벨기에라는 국적에 대한 자부심이 상당하다. 그는 이집트와 이라크를 비롯한 세계 각지에서 수수께끼를 해결하며 『오리엔트 특급 살인 Murder On The Orient Express』, 『나일 강의 죽음 Death On The Nile』, 『애크로이드 살인 사건 The Murder Of Roger Ackroyd』 등 애거서 크리스티의 여러 대표작에 모습을 드러낸다.

황금가지의 대담하고 참신한 표지와 전반적인 디자인 덕분에 작품의 성격이 잘 살아난 것 같아 기쁘다. 또한 한국 독자들이 할머니의 원작이 지닌 참된 묘미를 느낄 수 있도록 충실한 번역을 위해 애써 준 점도 높이 사고 싶다.

할머니의 작품이 20세기의 그 어떤 작가들보다 많이 팔리고 있는 이유는 나이와 국적에 상관없이 읽을 수 있는 재미와 감동을 갖추었기 때문이다. 모쪼록 한국 독자들도 황금가지에서 선보이는 애거서 크리스티 작품들을 즐겁게 감상하기를 바란다.

매튜 프리처드
애거서 크리스티의 손자
ACL 이사장

차례

정식 한국어 판 출간에 부쳐 — 5

1부 로즈메리
아이리스 말 — 11
루스 레싱 — 55
앤터니 브라운 — 70
스티븐 패러데이 — 77
알렉산드라 패러데이 — 106
조지 바턴 — 115

2부 위령의 날
1장 — 123
2장 — 131
3장 — 143
4장 — 153
5장 — 171
6장 — 183

3부 아이리스
1장 — 193
2장 — 204
3장 — 210
4장 — 225
5장 — 243
6장 — 257
7장 — 274
8장 — 284
9장 — 290
10장 — 298
11장 — 308
12장 — 320
13장 — 333
14장 — 342

제1부
로즈메리

"어떻게 해야 눈앞에 떠오르는 기억들을 지워 버릴 수 있을까?"

여섯 사람이 1년 전에 죽은 로즈메리 바턴을 떠올리고 있었다…….

아이리스 말

I

아이리스 말은 로즈메리를 떠올리고 있었다.

거의 1년간 아이리스는 일부러 로즈메리에 대한 생각을 억눌러 왔다. 기억을 떠올리기 싫었던 것이다.

너무나 고통스럽고 끔찍한 기억이다!

파랗게 독이 퍼진 얼굴, 부들부들 떨며 허공을 움켜쥐는 손가락…….

그 순간의 로즈메리와 바로 전날 쾌활하고 사랑스럽던 로즈메리의 극명한 대조……. 아니, 쾌활했다고는 말할 수 없다. 독감 때문에 기운이 하나도 없이 우울해하고 있었으니까……. 법정 심리 때 다 나온 이야기였다. 아이리스 자신도 그 부분을 강조했었다. 그 이야기가 로즈메리의 자살설에 무게를 더하지 않았던가?

 심리가 끝난 후 아이리스는 일부러 그 일을 머릿속에서 완전히 몰아내려고 애썼다. 떠올려 봤자 좋을 게 뭐가 있겠는가? 다 잊어버리는 거다! 그 끔찍한 일은 깨끗이 잊어버리잔 말이다.

 그런데 이제 기억해 내야 할 때가 왔다. 과거를 되짚어야 하는 것이다. 사소한 일로 보이던 것들까지 전부 기억해 내야 한다.

 어젯밤 조지와 나눈 기이한 대화 때문에라도 기억을 되살릴 수밖에 없었다.

 전혀 예상치 못한 대화였고 그렇기 때문에 더욱 소름이 끼쳤다. 잠깐……. 정말로 전혀 예상치 못했었나? 이런 일이 일어날 거라는 단서가 있지 않았던가? 자기만의 세계로 점점 더 파고드는 형부의 이상한 태도, 멍하니 넋이 나간 모습, 설명할 수 없는 행동들……. '기이함'이 딱 들어맞는 표현 아닌가! 그 단서들을 종합해 봤을 때, 어젯밤 조지가 아이리스를 자신의 서재로 불러들여 책상 서랍에서 편지들을 꺼내 보여 준 것은 결국 언젠가는 닥칠 순간이었다.

 덕분에 이제는 피할 도리가 없어졌다. 아이리스는 로즈메리를 떠올려야 했다. 기억해 내야만 했다.

 로즈메리, 자신의 언니를…….

 문득 아이리스는 언니에 대해 생각해 보는 건 이번이 난생처음이라는 것을 깨달았다. 객관적으로, 하나의 대상으로서 로즈메리를 생각해 보는 것 말이다.

 아이리스는 언제나 언니를 있는 그대로 받아들였다. 자기 어머니나 아버지, 언니나 이모는 원래 있는 그대로 받아들이는 법이다. 그들은 이것저것 따질 필요 없이 그냥 자신의 인간관계 속에 존재하는, 그런 사람들이었다.

가족은 '사람들'이라고 대상화하여 생각하지 않게 마련이다. 그들이 어떤 사람인지 의식적으로 생각하지 않는 게 당연했다.

로즈메리는 어떤 사람이었던가?

그것은 아주 중요한 문제가 될지도 모르는 질문이었다. 그 대답에 따라 많은 것이 달라질 수 있었다. 아이리스는 잠시 과거로 되돌아갔다. 자신과 언니가 어린아이였던 그때로…….

로즈메리는 아이리스보다 여섯 살 위였다.

II

과거의 파편이 한 장면씩 머릿속에 떠오르며 되살아났다. 아직 어린아이인 아이리스 자신이 빵과 우유를 먹는 모습, 머리를 두 갈래로 곱게 땋아 내린 로즈메리가 거드름을 피우며 테이블 앞에 앉아 '수업을 받는' 모습.

어느 해 여름 해변에서…… 아이리스가 수영도 할 줄 아는 '다 큰 어른'인 언니를 부러운 눈으로 쳐다보던 것.

집을 떠나 기숙 학교에 들어가서 휴가 때마다 돌아오던 로즈메리. 그러다가 뒤따라 학교에 입학한 아이리스, 얼마 후 파리에서 '신부 수업을 받는' 로즈메리. 팔다리만 길쭉길쭉해서 뭔가 영 어색해 보이는 여학생 로즈메리. 신부 수업을 마치고 깜짝 놀랄 만큼 우아해져서 돌아온 로즈메리. 부드럽고 차분해진 목소리와 물결치듯 움직이는 매혹적인 몸매, 붉은 기가 도는 탐스러운 밤색 머리와 가장자리로 갈수록 까매지는 짙은 푸른색 눈동자. 보는 이의 마음을 어지럽히는 아름다운 여인……. 전혀 다른 세계에 속한 완전한 어른!

그때부터 자매는 아주 가끔밖에 만나지 못했다. 6년이라는 나이 차가 그렇게 크게 느껴진 적도 없었다.

당시 아이리스는 아직 학교에 있었고, 로즈메리는 '사교 시즌'을 맞아 물 만난 물고기처럼 신나게 즐기고 있었다. 아이리스가 집에 돌아온 뒤에도 두 사람의 관계는 계속 소원했다. 로즈메리의 일상은 늦은 아침까지 침대에 누워 있다가 점심때는 사교계에 막 데뷔한 다른 아가씨들과 뷔페에서 식사를 하고 일주일의 대부분은 저녁마다 무도회장에서 춤을 추는 식이었다. 반면 아이리스는 방에서 프랑스인 가정 교사에게 수업을 받다가 공원으로 산책을 나가고, 9시에는 저녁을 먹고 10시에는 잠자리에 들었다. 자매가 간혹 몇 마디 나눈다 해도 대개는 다음과 같은 대화로 한정되었다.

"안녕, 아이리스. 전화로 택시 좀 불러 줄래? 길이 막혀서 늦게 생겼어."

혹은 이런 식이었다.

"그 원피스는 별로야. 언니한테 안 어울려. 주름과 장식이 너무 많이 달렸잖아."

그러던 어느 날, 로즈메리는 조지 바턴과 약혼을 해 버렸다. 약혼에 이어진 흥분과 쇼핑, 줄줄이 도착하는 선물 꾸러미, 신부 들러리가 입을 드레스.

그리고 결혼식. 언니의 뒤를 따라 교회당 통로로 걸어 들어가는 아이리스의 귀에 들려오는 속삭임.

"어쩜 신부가 저렇게 아름다울 수가……."

언니는 왜 조지와 결혼했을까? 그 당시에도 아이리스는 의아했었다. 허구한 날 전화를 해 대고 로즈메리랑 데이트를 못 해 안달하는, 젊고 활기 넘치는 청년이 수두룩했으니까. 왜 다정하고 상냥하기는 하지만 재미없고 따분한, 열다섯 살이나 연상인 남자를 선택한 걸까?

조지 바턴은 부자였지만, 사실 돈은 중요하지 않았다. 로즈메리도 적잖은 돈이 있었기 때문이다.

폴 삼촌의 유산…….

아이리스는 기억을 찬찬히 더듬어, 지금 아는 사실들과 그 당시에 알던 사실들을 나누어 보려고 했다. 폴 삼촌을 예로 들어 볼까?

폴 삼촌은 사실 진짜 삼촌이 아니다. 그건 아이리스가 어렸을 때부터 알고 있던 사실이었다. 그것 말고도, 누가 말해 주지 않았는데도 자연스럽게 알게 된 사실이 몇 가지 있었다. 폴 베넷은 아이리스와 로즈메리 자매의 어머니와 사랑에 빠졌는데, 그녀는 가난한 다른 남자를 택하고 말았다. 로맨틱하게 패배를 받아들인 폴 베넷은 사랑하는 여인이 이룬 가정의 친구로 남았고, 애정을 바탕으로 한 플라토닉한 태도를 끝까지 유지했다. 그는 어느새 아이들에게 폴 삼촌으로 불렸고, 첫 아이인 로즈메리의 대부가 되었다. 폴 베넷이 사망한 후, 그가 당시 열세 살밖에 안 된 어린 대녀에게 전 재산을 남긴 사실이 밝혀졌다.

로즈메리는 타고난 아름다움에 엄청난 부까지 지닌 상속인이 되었다. 그런 로즈메리가 다정하지만 재미없는 조지 바턴과 결혼한 것이다.

도대체 왜 그랬을까? 아이리스는 당시에도 그 이유가 꽤나 궁금했었다. 궁금한 건 지금도 마찬가지였다. 언니가 조지 바턴과 사랑에 빠졌다고는 단 1초도 생각해 본 적이 없었다. 그래도 언니는 더없이 행복해했고, 남편을 무척 좋아했다. 그래, 애정이 있었던 건 분명하다. 언니가 결혼한 지 1년이 되었을 때 사랑스럽지만 연약했던 어머니 바이올라 말의 사망으로 열일곱 살에 언니네 집에 들어가 지금까지 죽 같이 살아온 아이리스로서는 충분히 알 수 있는 사실이었다.

열일곱 살 소녀. 아이리스는 그 당시 자신의 모습을 떠올려 보았다. 아이리스는 그때 어떤 사람이었던가? 그때 무엇을 느끼고, 어떤 생각을 하고, 어떤 것들을 봤을까?

어린 아이리스 말은 무심하고 무엇이든 있는 그대로 받아들이는, 나이에 비해 성숙하지 못한 아이였다고 지금의 아이리스는 단정 지었다. 한 예로, 어렸을 때 어머니가 언니에게만 신경을 쏟는 것에 불만을 가졌던 적이 있던가? 그런 적은 거의 없었다. 어린 아이리스는 언니가 더 중요한 사람이라는 사실을 조금의 의심도 없이 받아들였다. 당연히 어머니는 건강이 허락하는 한 사교계에 먼저 데뷔한 큰딸에게 모든 신경을 쏟았다. 그게 당연한 일이었다. 동생인 아이리스의 차례도 곧 올 테니까. 바이올라 말은 항상 자신의 건강에 신경을 쓰느라 아이들 문제는 전적으로 유모나 가정 교사, 학교에 위임하는 다소 무심한 어머니였다. 그러나 짧게나마 아이들과 마주할 때는 늘 변함없이 다정했다. 아버지 헥터 말은 아이리스가 다섯 살 때 죽었는데, 아버지가 술을 지나치게 많이 마셨다는 사실은 하도 머릿속에 희미하게 남아 있어서 자신이 그것을 어떻게 알고 있는지조차 의문스러울 정도였다.

열일곱 살의 아이리스 말은 인생이 왜 이렇게 돌아가는지 조금도 불평하지 않고 검은 상복을 입고 모친상을 치렀다. 그리고 엘바스턴 스퀘어(스퀘어란 도시에 작은 공원을 중심으로 고급 주택들이 들어선 지역임 — 옮긴이)에 위치한 언니네 저택으로 들어가 함께 살기 시작했다.

저택의 일상은 단조로웠다. 아이리스는 이듬해나 돼서야 정식으로 사교계에 데뷔했는데, 데뷔 전까지는 일주일에 세 번씩 프랑스어와 독일어 강습, 그리고 가정학 수업을 받으며 보냈다. 그러나 마땅히 할 일도 없고 대화 상대마저 없던 적도 많았다. 형부는 친절하고 항상 친오빠처럼 다정하게 굴었지만, 그것이 다였다. 그러한 태도는 지금도 마찬가지였다.

로즈메리는 어땠던가? 아이리스는 언니를 자주 보지 못했다. 로즈메리는 양장점이나 칵테일 파티, 브리지 클럽에 다니느라 집에 있는 시간이 거의 없었으니까…….

 그렇다면 아이리스는 언니 로즈메리에 대해 도대체 아는 게 무엇일까? 언니의 취향이나 바람, 언니가 품은 두려움에 대해서 조금이라도 아는 게 있는가? 한집에서 같이 산 사람을 이토록 모를 수가 있다니, 얼마나 무서운 일인가! 자매는 별로 가깝지 않거나, 아니면 아주 소원한 사이였던 것이다.

 그러나 아이리스는 언니를 다시금 떠올려야 했다. 기억해 내야만 했다. 얼마나 기억해 내느냐가 아주 중대한 문제가 될 수도 있었다.

 분명 로즈메리는 겉으로는 행복해 보였다…….

III

 적어도 그날, 그 일이 일어나기 일주일 전까지는.

 아이리스는 그날을 죽었다 깨어나도 잊을 수가 없었다. 사소한 부분과 서로 주고받은 대화까지, 모든 것이 선명하게 뇌리에 각인되어 있었다. 반들거리는 마호가니 테이블, 뒤로 밀쳐진 의자, 급하게 갈겨쓴 특유의 필체…….

 눈을 감자 그 장면이 그대로 떠올랐다.

 언니 방에 들어서자마자 우뚝 멈춰 선 아이리스.

 아이리스는 방에 들어서면서 맞닥뜨린 장면에 놀라지 않을 수 없었다. 책상 앞에 앉아 팔에 얼굴을 묻고 어깨가 들썩거릴 정도로 넋놓고 울고 있던 로즈메리. 언니가 우는 것을 한 번도 본 적이 없었던 아이리스는 그렇게 비탄에 잠겨 우는 모습에 크게 동요했다.

언니가 심한 독감을 앓아서 그러는 거라고 생각할 수도 있었다. 병상에서 일어난 지 겨우 하루 이틀밖에 안 되었으니까. 그렇게 심한 독감을 앓고 나면 기분이 침체되기 마련이었다. 그렇다 해도…….

아이리스가 깜짝 놀라서 아이 같은 목소리로 외쳤다.

"어머, 언니! 무슨 일이야?"

그러자 로즈메리는 몸을 일으키며 눈물범벅이 된 얼굴에 달라붙은 머리카락을 쓸어 넘기고는, 진정하려고 애쓰면서 황급히 대꾸했다.

"아무것도 아냐, 아무것도……. 그런 눈으로 보지 마!"

그러더니 벌떡 일어나 동생 옆을 지나쳐 방을 뛰쳐나갔다.

당황하고 놀란 아이리스는 방으로 들어가 보았다. 무심코 책상으로 쏠린 시선이 자기 이름에 가서 확 꽂혔다.

'언니는 나한테 편지를 쓰고 있던 건가?'

아이리스는 가까이 다가가, 파란색 편지지에 특유의 필체로 크게 휘갈겨 쓴 글씨를 읽어 보았다. 펜을 쥔 손에 다급함과 마음의 동요가 그대로 전달되었는지 글씨체가 평소보다 더 구불거려 보였다.

사랑하는 아이리스,

어차피 내 돈은 다 너한테 가는 걸로 되어 있으니까 유언장을 따로 작성할 필요는 없겠지만, 그래도 몇 가지 물건은 특정인에게 남겨 주고 싶구나.

조지에게는 그가 나에게 준 보석들과 우리가 약혼했을 때 함께 구입한 조그만 에나멜 보석 상자를 남긴다.
글로리아 킹에게는 나의 백금 담배 케이스를.
메이시에게는 그렇게 예뻐하던 내 중국 도자기 말을……

편지는, 로즈메리가 펜을 집어 던지고 흐느껴 우는 바람에 거칠게 죽 그은 글자를 마지막으로 끝나 있었다.

아이리스는 돌처럼 굳어 그 자리에 서 있었다.

'이게 무슨 뜻이지? 설마 언니가 죽는 건 아니겠지? 독감을 심하게 앓긴 했지만, 지금은 다 나았잖아. 독감으로 죽는 일은 없으니까……. 아니 가끔 있기는 하지만 언니는 나았으니까. 아직 기운이 없기는 해도, 낫긴 다 나았잖아.'

아이리스는 다시 한 번 편지를 눈으로 훑었다. 이번에는 한 문장이 눈에 확 들어왔다.

'……어차피 내 돈은 다 너한테 가는 걸로 되어 있으니까…….'

아이리스가 폴 베넷의 유언장 내용을 접한 것은 이때가 처음이었다. 폴 삼촌의 유산을 물려받았으니 언니가 부자인 데 반해 자신이 상대적으로 가난하다는 건 어릴 적부터 알고 있던 사실이었다. 그런데 언니가 죽으면 그 돈이 어떻게 될지는 지금까지 한 번도 생각해 본 적이 없었다.

누군가 물어봤다면, 아마 언니의 남편인 조지에게 가지 않겠냐고 대답했을 것이다. 그리고 이렇게 덧붙였을 것이다. 나이 많은 형부보다 언니가 먼저 죽다니, 설마 그러겠어요?

그러나 눈앞에 언니가 직접 쓴 편지가 있는데 모른 체할 수는 없었다.

'언니가 사망하면 유산이 나에게 온다고. 하지만 그건 법적으로 불가능한 것 아닌가? 유산이란 것은 남편 또는 부인이 받지, 여동생이 받는 게 아니잖아. 물론 폴 삼촌이 유언장에 그렇게 명시해 놓았을 경우에는 이야기가 다르지. 그래, 그런 것이 틀림없어. 폴 삼촌이 언니가 죽으면 나한테 유산이 오도록 유언장에 남기신 거야. 그렇게 해야 조금 덜 불공평하지…….'

불공평? 아이리스는 그 단어가 머릿속에 떠오르는 순간 흠칫 놀랐다. 지금까지 로즈메리가 폴 삼촌의 유산을 다 차지한 것이 불공평한 처사라고 생각하고 있었던가? 아무래도 마음속 깊은 곳에서 그렇게 생각하고 있었나 보다. 확실히 불공평한 일이기는 했다. 둘은 자매이고 한 어머니에게서 난 자식들이다. 그런데 왜 폴 삼촌은 유산을 몽땅 로즈메리에게 남긴 걸까?

그러고 보니 지금까지 모든 게 다 로즈메리 차지였다!

파티와 예쁜 드레스, 구애하는 젊은 남자들에, 아낌없이 애정을 쏟는 남편까지.

로즈메리한테 일어난 나쁜 일이라 봤자 독감에 걸린 것뿐이다! 게다가 그것마저도 일주일 이상 가지 않았다!

아이리스는 책상 옆에서 머뭇거렸다. 언니라면 저 편지를 하인들이 다 보게 저렇게 내버려 뒀을까?

잠시 고민하던 아이리스는 편지지를 집어 들고 반으로 곱게 접어 책상 서랍에 넣었다.

운명적인 생일 파티가 끝난 뒤에 발견된 그 편지는 로즈메리가 독감을 앓은 뒤 우울해하고 침체되어 있었으며, 그때부터 벌써 자살을 생각하고 있었을지도 모른다는 추가 증거(증거가 정말 필요했는지는 모르겠지만)가 되었다.

독감 후 우울 증상. 법정 심리에서 언급된 동기가 그것이었고, 아이리스가 발견한 증거는 그 동기를 굳히는 데 일조했다. 자살을 설명하기에는 불충분하다고 볼 수도 있었지만, 당시 유일하게 그럴 듯한 동기였기 때문에 받아들여졌다. 어쨌거나 그해 유행한 독감은 독감 중에서도 상당히 지독한 타입이었으니까.

아이리스도 조지 바턴도 다른 동기를 생각해 낼 수 없었다. 적어도 그때는.

그런데 지금, 아이리스는 얼마 전 다락에서 있었던 일을 다시 떠올리면서 어떻게 그렇게 뻔한 사실을 눈치 못 채고 지나칠 수 있었는지 자책감이 들었다.

'모든 일이 바로 코앞에서 벌어지고 있었을 텐데! 나는 아무것도 알아차리지 못하다니!'

갑자기 그날의 비극적인 생일 파티가 떠올랐다. 그 일은 떠올릴 필요 없다! 이미 지난 일이다……. 다 끝난 일이라고. 그날의 끔찍한 사건과 뒤이은 법정 심리, 조지의 경련이 이는 얼굴과 빨갛게 충혈된 눈은 잊어버리자. 곧바로 다락의 트렁크 사건으로 넘어가는 거다.

IV

그것은 로즈메리가 죽고 여섯 달쯤 지나서 일어난 일이었다.

아이리스는 장례식 후 계속해서 엘바스턴 스퀘어에 머물고 있었다. 그런데 어느 날, 반들거리는 대머리에 노인치고는 눈빛이 날카로운 신사가 찾아와 아이리스에게 면담을 청했다. 그는 말 가문의 변호사로 폴 베넷 씨의 유언에 따라 로즈메리가 자신이 죽을 경우에는 신탁 재산이 자식들에게 돌아가도록, 그리고 자식이 없을 경우에는 동생인 아이리스에게 전부 돌아가도록 해 두었다고 명쾌하게 설명했다. 그 거액의 유산은 아이리스가 스물한 살이 되는 해, 또는 아이리스가 결혼을 하는 시점에 완전히 아이리스의 재산이 된다는 것이었다.

그러나 그보다 더 시급한 문제는 아이리스의 거처를 정하는 것이었다. 조지 바턴은 아이리스와 계속 함께 사는 것을 두 팔 벌려 환영했다. 더불어 아들(말 가문의 검은 양)의 방탕한 생활로 경제적 어려움에 처한 고모 루실라 드레이크 부인을 모셔와 함께 살면서 사교계에서 아이리스의 보호자 역할을 맡도록 하는 게 어떻겠느냐고 제안했다.

아이리스는 새로 살 곳을 알아보지 않아도 된다는 안도감에 형부의 제안을 흔쾌히 받아들였다. 루실라 고모는 아이리스가 기억하기에, 별로 자기 뜻을 고집하는 일이 없는 순한 양 같은 분이었다.

그렇게 해서 문제는 해결됐다. 조지 바턴은 죽은 아내의 동생과 앞으로도 함께 살게 된 것을 눈물이 날 정도로 기뻐하며, 아이리스를 친동생만큼 예뻐해 주었다. 루실라 고모는 결코 재미있는 말 상대는 아니었지만, 대신 아이리스가 하자는 건 무조건 따랐다. 저택의 일상은 큰 문제없이 다시 제자리를 찾았다.

아이리스가 다락에서 충격적인 발견을 한 것은 그로부터 거의 6개월이 흐른 뒤였다.

엘바스턴 스퀘어의 다락은 사용하지 않는 가구나 트렁크, 여행 가방 따위를 쟁여 놓는 창고로 사용되고 있었다.

어느 날, 아이리스는 특별히 아끼는 낡은 빨간색 스웨터를 찾아 온 집 안을 뒤지다가 마지막으로 다락에 올라가 보았다. 마침 형부도 로즈메리가 싫어할 거라며 제발 더는 상복을 입지 말아 달라고 부탁했고, 언니가 장례 후 오랫동안 상복을 입는 관습을 싫어했다는 걸 잘 알고 있었기에 아이리스도 이제 평상복을 입기로 한 터였다. 구식 사고방식을 가진 루실라 고모만이 "지킬 건 지켜야 한다."며 눈살을 찌푸렸다. 고모는 20여 년 전에 돌아가신 고모부를 위해 아직까지도 검은 크레이프(주름진 비단의 일종 — 옮긴이) 상장(喪章)을 두르고 다니는 분이었다.

안 입는 옷을 몽땅 트렁크에 넣어 다락에 처박아 놓은 것을 알고 있던 아이리스는 스웨터를 찾으려고 다락의 트렁크를 뒤지기 시작했다. 곧 있다는 사실조차 잊고 있었던 회색 코트와 치마, 스타킹 한 무더기, 아이리스의 스키 용구 한 벌, 수영복 한두 벌을 찾아냈다.

그러다가 로즈메리가 오래전에 입었던 실내복이 나왔다. 장례식 후 로즈메리의 물건을 처분했는데 어쩌다 빠진 모양이었다. 얼룩무늬에 큰 주머니가 달린 남성적인 디자인의 실크 가운이었다.

트렁크에서 꺼내 툭툭 털어 보니 거의 새것처럼 상태가 좋았다. 가운을 곱게 개어 도로 트렁크에 넣는데, 한쪽 주머니에서 바스락 소리가 났다. 아이리스는 주머니에 손을 넣어 보고는 구깃구깃한 종이 한 장을 꺼냈다. 거기에 쓰인 글씨는 로즈메리의 필체였다. 아이리스는 종이를 잘 편 다음 꼼꼼히 읽어 보았다.

사랑하는 나의 표범, 진심이 아니지요. 설마…… 진심일 리가 없어요. 우리는 서로 사랑해요! 우리는 서로의 소유예요! 그건 당신도 잘 알잖아요! 이제 와서 헤어져 아무 일 없었던 것처럼 각자의 삶을 살아갈 수는 없어요. 그게 불가능하다는 건 당신도 알고 있어요. 우리는 영원히 함께해야 해요. 나는 관습을 따르는 여자가 아니에요. 다른 사람들이 뭐라 하건 신경 쓰지 않아요. 나에게는 다른 무엇보다 사랑이 더 중요해요. 우리 같이 어디론가 가 버려요. 가서 행복하게 살아요. 내가 행복하게 해 줄게요. 당신이 언젠가 나 없는 삶은 절망뿐인 공허한 삶이나 마찬가지라고 했잖아요. 기억나요, 나의 표범? 그런데 이제 와서 모든 걸 끝내자고 하는군요. 그러는 게 나한테 좋겠다고요. 나한테 좋다고요? 나는 당신 없이는 살 수 없는걸요! 조지한테는 미안하지만……. 조지는 언제나 나한테 잘해 줬지요. 하지만 그도 이해해 줄 거예요. 기꺼이 나를 놓아줄 거예요. 더 이상 사랑하지 않는데 함께 사는 건 서로에게 못할 짓이에요. 신이 우리를 만나게 해 주셨어요, 달링. 우리는 누구보다 행복해질 수 있어요. 하지만 그러기 위해서는 먼저 용감한 결정을 내려야 해요. 나는 조지에게 말할 생각이에요. 처음부터 끝까지 솔직하게 다 털어놓을 거예요. 하지만 생일 파티가 끝날 때까지는 말하지 않으려고요.

나는 이것이 옳은 결정이라고 믿어요, 사랑하는 나의 표범……. 나는 당신 없이 살 수 없어요. 절대로, 절대로……. 나 혼자서는 살 수 없다고요. 이렇게 주절주절 쓰다니 참 바보 같군요. 단 두 줄이면 될 것을. 그냥 '당신을 사랑해요. 절대로 당신을 놓지 않겠어요!' 두 줄이면 될 것을. 아, 사랑하는 당신…….

편지는 거기서 끝나 있었다.

아이리스는 그 자리에서 편지를 한참 뚫어져라 쳐다봤다.

자기 언니를 이렇게 모를 수가 있다니!

그랬다. 로즈메리에게는 숨겨 둔 연인이 있었다. 로즈메리는 그 사람에게 열정적인 연애편지를 보냈고……. 그 사람과 도망칠 계획이었던 걸까?

그러다가 어떻게 된 건가? 로즈메리는 결국 편지를 보내지 않았다는 이야기인데. 그렇다면 보낸 편지는 어떤 편지들일까? 로즈메리와 이 미지의 상대는 결국 어떤 결정을 내렸을까?

('표범'이라고! 사랑에 빠진 사람들이 얼마나 바보 같은 말들을 지껄이는지. 우습단 말이야. 표범이라니, 참나!)

이 남자, 누구일까? 로즈메리가 사랑한 만큼 그 사람도 그녀를 사랑했을까? 당연히 그랬을 것이다. 로즈메리는 보는 사람이 숨이 멎을 만큼 사랑스러우니까. 하지만 그녀의 편지에 의하면 상대는 '다 끝내자'고 했다. 그 말은 즉…… 무엇을 뜻할까? 조심스러워졌다는 뜻? 그 사람은 끝내는 것이 로즈메리를 위해서라고 했다. 그러는 게 그녀에게 좋겠다고. 하지만 그건 남자들이 줄곧 체면치레로 하는 말이 아닌가? 사실은 그 사람이 누구든 간에, 만남에 싫증이 났다는 뜻이 아닐까? 그 사람에게는 잠깐의 불장난에 지나지 않았을지도 모른다. 진심으로 좋아하지 않았는지도 모르고. 아이리스는 왠지 모르게 이 얼굴 모를 상대가 로즈메리와 관계를 정리하려고 단단히 결심하고 있었다는 느낌을 받았다.

하지만 로즈메리는 그럴 생각이 아니었다. 그녀는 앞뒤 가리지 않을 작정이었다. 그녀 또한 굳게 결심하고 있었다…….

아이리스는 몸이 부르르 떨렸다.

그런데 동생인 자신은 아무것도 모르고 있었다니! 짐작조차 못했다! 당연히 언니는 행복에 겨워 만족스러운 결혼 생활을 하고 있을 거라 믿었다. 이렇게 어리석을 수가! 로즈메리에게 이런 일이 있었는데 전혀 눈치채지 못할 정도로 자신은 어리석었던가!

하지만 대체 그 남자가 누구일까?

아이리스는 기억해 내기 위해 과거를 더듬었다. 로즈메리에게 푹 빠져서 데이트를 신청하고 집으로 전화를 걸어 대는 남자는 한둘이 아니었다. 특별한 한 사람은 없었다. 그러나 누군가 있었던 게 틀림없었다. 나머지는 그저 그 한 사람을 위한 눈가림에 지나지 않았다.

아이리스는 인상을 쓰면서 차근차근 기억을 더듬어 보았다.
 이름, 두 사람의 이름이 떠올랐다. 그래, 둘 중 하나가 틀림없다. 스티븐 패러데이? 스티븐 패러데이가 틀림없다. 로즈메리는 그 사람의 뭐가 그렇게 좋았을까? 뻣뻣하고 거드름 피우는 남자가 뭐가 좋다고……. 게다가 그렇게 젊지도 않다. 물론 사람들 말로는 기가 막히게 영민하다고 하지만. 정계의 떠오르는 별이라는 찬사는 물론, 머지않아 차관 자리에 앉을 인물이라는 소리도 있다. 거기에다 키더민스터라는 거물급 인사까지 등에 업었으니까. 미래의 영국 수상감! 그런 수식어들 때문에 언니의 눈에 멋있게 보였을까? 설마 인간성에 끌려서 좋아한 건 아닐 것이다. 그렇게 차갑고 다정한 면이라곤 눈곱만큼도 없는 사람을? 그런데 그 부인은 남편을 열렬히 사모하고 있고, 가문의 반대를 무릅쓰고 기어이 결혼했다고 했다. 가진 거라고는 정치적 야망밖에 없는 별 볼 일 없는 사람과! 한 여자가 그렇게까지 사랑한다면 다른 여자도 똑같이 그럴 수 있을 것이다. 그래, 스티븐 패러데이가 틀림없다.
 왜냐하면 스티븐 패러데이가 아니면 앤터니 브라운일 테니.
 아이리스는 상대가 앤터니 브라운이 아니기를 바랐다.
 앤터니가 언니의 시종처럼 굴었던 것은 사실이었다. 피부색 짙은, 잘생긴 얼굴에 웃음기가 살짝 섞인 매달리는 듯한 표정을 하고서, 로즈메리가 부르면 언제든지 달려오곤 했으니까. 하지만 그렇게 여봐란 듯이 드러내는 감정이 깊어 봤자 얼마나 깊을 수 있겠는가?
 로즈메리의 사망 직후 사라져 버린 것이 수상하다면 수상했다.

그 후로 앤터니 브라운을 봤다는 사람은 아무도 없었다.

그러나 생각해 보면 이상할 것도 없었다. 앤터니 브라운은 여기저기 여행을 많이 다니는 사람이었으니까. 아르헨티나며 캐나다, 우간다, 미국 이야기를 하는 것을 아이리스도 들은 적이 있었다. 억양에서 티는 안 났지만 사실은 미국인이나 캐나다인이 아닐까 하고 아이리스는 짐작했었다. 그러니 그 후로 아무도 앤터니 브라운을 못 봤다고 해서 이상할 건 하나도 없다.

어차피 로즈메리하고만 친구 사이였으니 그녀가 죽은 뒤에 다른 식구들을 보러 계속 찾아올 이유가 없었다. 그는 언니의 친구였다. 하지만 애인은 아니었던 것이다! 아이리스는 진심으로 그가 언니의 애인이 아니었기를 바랐다. 만약 애인이었다면, 가슴이 아플 것이다. 그것도 아주 많이…….

아이리스는 손에 쥔 편지를 물끄러미 내려다보다가 편지를 꽉 구겨 버렸다. 갖다 버리든가, 태워 버릴 참이었다.

그러나 결국 그러지 않은 것은 순전히 직감 때문이었다.

언젠가 이 편지가 중요해질 때가 올지도 모른다.

아이리스는 편지를 곱게 편 다음 아래층으로 가지고 내려와 자신의 보석함에 넣고 잠가 버렸다.

언젠가, 로즈메리가 왜 스스로 목숨을 끊었는지 증명하는 데 도움이 될지도 모르니까.

V

"다음 차례요."

멍하니 서 있던 아이리스의 귀에 아이러니컬한 한마디가 들려왔다. 아이리스는 입술을 뒤틀며 쓴웃음을 지었다. 가게 주인이 아무 생각 없이 내뱉은 그 한마디가 속으로 신중하게 과거를 되짚던 아이리스의 마음을 너무도 잘 대변해 주는 듯했기 때문이다.

이제 막 하려던 말이 바로 그것 아닌가? 다락에서의 놀라운 발견은 곱씹을 만큼 곱씹었다. 그러니 이제…… '다음 차례'로 넘어가야 하지 않겠는가! 다음 차례는 뭘까?

다음 차례는 생각해 볼 것도 없이, 점점 더 이상해지고 있는 형부의 행동이었다. 사실 조지가 이상한 행동을 보인 것은 하루 이틀 일이 아니었다. 아이리스를 당황하게 했던 사소한 행동들. 그 동기가, 어젯밤에 했던 충격적인 대화로 마침내 분명하게 드러났다. 서로 아무 관련이 없는 것처럼 보였던 말이나 행동이 드디어 유기적인 형체를 띠기 시작했다.

그리고 다시 나타난 앤터니 브라운의 문제도 있었다. 그래, 어쩌면 '다음 차례'는 앤터니 브라운인지도 모른다. 편지를 발견하고 겨우 일주일 뒤에 나타났으니까.

아이리스는 자신이 당시 어떤 기분이었는지 좀처럼 떠올릴 수가 없었다…….

로즈메리가 죽은 게 11월이었고, 이듬해 5월 아이리스는 루실라 드레이크의 보호 아래 사교계에 데뷔했다. 수도 없이 많은 오찬 모임과 차 모임, 무도회에 나갔지만 그런 자리가 결코 즐겁지 않았다. 귀찮고 불만스러울 따름이었다. 그러던 어느 날, 6월의 끝자락에 열린 다소 지루한 무도회에서 누군가 뒤에서 말을 걸어왔다.

"정말로 아이리스 말이었군."

얼굴을 붉히며 돌아선 아이리스의 눈앞에 앤터니…… 아니, 토니가 호기심 어린 얼굴을 하고 서 있었다.

앤터니가 말했다.

"날 기억할지 모르겠지만……."

아이리스가 재빨리 대답했다.

"기억해요. 기억하고말고요!"

"잘됐군요. 까맣게 잊어버렸을까 봐 걱정했거든요. 마지막으로 본 게 아주 오래전이었으니까."

"맞아요. 그게 아마 언니의 생일 파……."

아이리스는 거기서 멈추었다. 생각 없이, 유쾌한 말투로 튀어나온 말이었다. 아이리스의 얼굴에 핏기가 가시고, 입술이 가늘게 떨렸다. 휘둥그레진 눈에는 당혹한 빛이 떠올랐다.

앤터니 브라운이 재빨리 말했다.

"정말 미안해요. 그때를 떠올리게 하다니, 나도 참 눈치가 없지."

아이리스는 힘겹게 침을 삼키고 대답했다.

"괜찮아요."

(마지막으로 본 게 언니의 생일 파티가 있던 날이었지. 언니가 자살한

날 저녁. 그 일은 생각하지 않을래. 생각하지 않을 거야!)

앤터니 브라운이 다시 말을 이었다.

"정말 미안해요. 용서해 줘요. 우리 춤이나 출까요?"

아이리스는 고개를 끄덕였다. 벌써 시작한 이번 곡은 누군가와 함께 추기로 약속이 되어 있었지만, 아이리스는 앤터니의 팔에 안겨 미끄러지듯 플로어로 나갔다. 저만치에서 셔츠 깃이 너무 커 보일 정도로 어리고 수줍음 많은 댄스 파트너가 아이리스를 찾아 두리번거리는 것이 보였다. 사교계에 막 데뷔한 소녀들이 마지못해 상대해야 하는 타입의 파트너이다. 아이리스는 속으로 못마땅하게 중얼거렸다. 언니의 친구였던 이 남자와는 얼마나 다른가.

그 생각을 하자마자 찌르는 듯한 통증이 가슴을 훑고 지나갔다. 언니의 친구. 그 편지. 지금 자신과 춤추고 있는 이 남자를 염두에 두고 쓴 것일까? 고양이처럼 우아하게 미끄러지듯 춤추는 모습을 보니 '표범'이라는 별명이 딱 어울리는 것도 같았다. 이 사람과 로즈메리가…….

아이리스는 불쑥 물었다.

"그동안 어디 있었어요?"

앤터니 브라운은 아이리스를 몸에서 조금 떨어뜨리고 내려다보았다. 얼굴에서 웃음기가 가셨고, 목소리도 아까와는 다르게 차가웠다.

"여행을 다녔습니다. 사업상의 이유로."

"그랬군요."

아이리스는 참지 못하고 또 물었다.

"왜 돌아왔어요?"

그러자 앤터니는 미소를 지으며 가볍게 대꾸했다.

"아마도…… 아이리스 말, 당신을 보러."

그러더니 갑자기 아이리스를 자기 쪽으로 바짝 당겨, 타이밍과 기술의 마술 같은 조화를 선보이며 춤추는 사람들 사이로 대담하게 미끄러져 나갔다. 그 순간 아이리스는 쾌감에 가까운 전율을 맛보며, 이 남자를 두려워할 이유가 과연 있을까 하고 마음이 흔들리기 시작했다.

그날 이후로 앤터니는 아이리스의 삶에 큰 부분을 차지하게 되었다. 아이리스는 일주일에 한 번 이상은 앤터니 브라운을 만났다.

두 사람은 공원이나 이런저런 무도회에서 마주쳤고, 만찬에 가서 자리가 나란히 옆자리에 배치된 걸 발견하는 일도 있었다.

그러나 앤터니 브라운이 절대로 찾지 않는 장소가 있었는데, 바로 엘바스턴 스퀘어의 저택이었다. 너무나 교묘하게 초대를 피하거나 거절했기 때문에, 아이리스가 이를 알아차린 것은 시간이 꽤 흐른 뒤였다. 일단 눈치를 채자 머릿속에서 의문이 떠나지 않았다. 찾아오지 않는 이유가 혹시 로즈메리와…….

그러던 어느 날, 언제나 느긋하고 남의 일에 결코 참견하는 일이 없는 조지가 놀랍게도 앤터니 브라운에 대해 불쑥 물었다.

"처제가 요즘 자주 만나는 그 앤터니 브라운이라는 남자는 도대체 어떤 사람이지? 처제는 그 사람에 대해 얼마나 알고 있어?"

아이리스는 멍한 표정으로 형부를 바라보았다.

"얼마나 아느냐고요? 왜요, 그 사람은 언니의 친구였잖아요!"
 그러자 조지의 얼굴에 미미한 경련이 일었다. 조지는 눈을 깜빡거리며 무거운 목소리로 대꾸했다.
 "그래, 맞아, 그랬지."
 아이리스가 후회가 가득한 목소리로 외쳤다.
 "죄송해요. 그 얘기를 꺼내는 게 아니었는데."
 조지 바턴은 고개를 저으며 조용히 말했다.
 "아니, 아니야. 나도 로즈메리가 오래오래 기억되기를 바라. 잊히는 건 결코 원치 않아. 어쨌거나……."
 조지는 눈길을 피한 채 힘겹게 말을 이었다.
 "로즈메리라는 이름의 뜻도 그거잖아. 로즈메리…… 기억."
 그러더니 아이리스를 똑바로 보며 말했다.
 "언니를 절대로 잊으면 안 돼, 처제."
 아이리스는 숨을 멈추고 대답했다.
 "안 잊을게요."
 "그건 그렇고, 그 앤터니 브라운이라는 사람 얘긴데. 로즈메리가 그 작자를 좋아했을지는 몰라도 잘 알지는 못했을걸. 처제도 조심해야 해. 처제는 돈 많고 순진한 아가씨니까."
 아이리스는 갑자기 뜨거운 분노가 치밀었다.
 "토니…… 앤터니도 부자예요. 런던에 있을 때는 클라리지스(런던 중심부 메이페어에 위치한 고급 호텔 ― 옮긴이)에 묵는걸요."
 조지가 희미한 미소를 지으며 중얼거렸다.

"그럴듯해 보이는 곳이지……. 비싸기도 하고. 그래도 처제, 아무도 그 친구를 모른다는 것이 수상해."

"그 사람이 미국인이라서 그래요."

"그럴지도 모르지. 그렇다면 미국 대사관이 좀 더 적극적으로 신원 보증을 안 해 주는 게 이상하군. 그 친구, 우리 집에는 거의 안 오지?"

"예. 그렇게 고약하게 구니까 안 올 만도 하죠!"

조지는 고개를 저으며 대꾸했다.

"이거 말을 잘못 꺼낸 것 같군. 아무튼 나는 늦기 전에 처제한테 경고해 주려던 것뿐이야. 내가 루실라 고모님하고 이야기해 보지."

"루실라 고모요?"

아이리스의 못마땅한 듯한 대꾸에 조지가 근심 어린 표정으로 물었다.

"뭐 문제 있어? 고모님이 적당히 바람도 쐬게 해 주고 그러시지? 파티라든가…… 그런 것 말이야."

"그럼요, 많이 신경 쓰시죠……."

"만약 고모님이 제대로 보호자 노릇을 못하면 처제는 나한테 말만 하면 돼. 다른 사람을 알아보면 되니까. 더 젊고 최신 유행에도 민감한 사람으로. 처제가 사교계에서 좋은 경험을 많이 했으면 좋겠어."

"그러고 있어요, 형부. 정말이에요."

이어 조지가 다소 무겁게 덧붙였다.

"그럼 됐고. 나는 그런 일에 그다지 센스가 없어서 말이야……. 늘 그랬지. 그러니 처제가 필요한 것이 있으면 언제든지 말하라고. 비용은 걱정할 필요 없어."

다정하지만 영 어색하고 표현도 서툰 것이, 꼭 형부다운 말이었다.

약속대로, 아니 협박한 대로 조지는 루실라 드레이크와 앤터니 브라운 문제를 상의해 봤지만, 운 나쁘게도 드레이크 부인이 그 문제에 신경을 쓸 상황이 아니었다.

해외에 있는 외아들에게서 전보를 받았기 때문이었다. 아무짝에도 쓸모없는 젊은이였지만 어머니에게는 눈에 넣어도 아프지 않을 자식이었고, 어떻게 하면 모성을 자극해 자신에게 이로운 방향으로 조종할지 아주 잘 아는 자식이기도 했다.

200파운드 보내 주실 수 있어요? 절박함. 생사가 달렸음. 빅터.

"빅터는 정직한 애야. 내가 얼마나 난처한 상황인지 그 애도 잘 아니까, 정말로 급하지 않은 이상 절대 나한테 손 벌리지 않는다고. 여태까지 그런 적은 한 번도 없었어. 이러다가 그 애가 권총 자살이라도 하지 않을까 항상 걱정이라니까."

"빅터 같은 사람은 자살 안 합니다."

조지 바턴이 무심하게 중얼거렸다.

"자네는 그 애를 모르잖아. 나는 그 애의 엄마야. 그러니까 그 애를 잘 알아. 해 달라는 대로 안 해 줬다가 무슨 일이라도 생기면 나 자신을 죽을 때까지 용서 못할 거야. 내가 가진 주식을 팔아서 보내

줘도 나는 대충 살아갈 수 있을 거야."

듣고 있던 조지가 한숨을 푹 내쉬고 말했다.

"그만두십쇼, 루실라 고모님. 현지에 있는 저희 쪽 사람에게 자세히 알아봐 달라고 전보를 치겠습니다. 일단 빅터가 정확히 어떤 상황에 처해 있는지 알아보죠. 하지만 한마디 충고를 드리자면, 자기가 판 구덩이에서 고생 좀 하게 내버려 두는 게 좋을 겁니다. 안 그러면 끝까지 사람 구실을 못해요."

"자네는 너무 인정머리가 없어, 조지. 그 애는 늘 운이 없어서······."

조지는 의견을 말하고 싶은 것을 꾹 참았다. 여자와는 입씨름해서 좋을 게 없다는 생각에서였다.

그 대신 이렇게 말했다.

"즉시 루스 양한테 알아보라고 하죠. 내일이면 연락이 올 겁니다."

조지는 루실라 고모를 어느 정도 달래는 데 성공했다. 결국 200파운드는 50파운드로 깎였는데, 액수가 더 내려가지 않은 것도 루실라가 50파운드 이하는 절대 안 된다고 단호하게 못을 박았기 때문이었다.

조지가 루실라 고모님이 보유한 주식을 팔아서 보내는 척하면서 사실은 자신의 돈을 보냈다는 것을 아이리스는 알고 있었다. 아이리스가 그런 관대함이 존경스럽다고 말하자, 조지는 간단하게 대꾸했다.

"내가 보기에는 이래······. 어느 집이든 골칫거리 말썽꾼 하나는 있게 마련이야. 얹혀살면서 피를 빨아먹는 가족. 누군가는 빅터가 죽을 때까지 돈을 대 줘야 한단 말이지."

"하지만 형부가 그럴 필요는 없잖아요. 빅터가 형부의 가족도 아니니까요."

"로즈메리의 가족은 내 가족이야."

"형부는 정말 마음씨도 따뜻해요. 하지만 제가 하면 안 될까요? 제가 돈이 엄청 많다고 형부가 항상 말씀하셨잖아요."

그러자 조지는 씩 웃으며 대꾸했다.

"그 돈은 스물한 살이 되기 전에는 손댈 수 없다는 거 잘 알잖아, 아가씨. 처제가 현명하다면 그때까지는 그 돈에 손댈 생각 마. 한 가지 가르쳐 주지. 누가 100파운드를 안 보내 주면 자살하겠다고 전보를 보내올 때는 대개 20파운드면 충분할 상황이라는 것⋯⋯. 어쩌면 10파운드면 해결되는 경우도 있고! 망나니 아들을 둔 엄마가 돈을 내놓겠다는 건 막을 수 없지만, 그 액수는 얼마든지 줄일 수 있다고⋯⋯. 기억해 둬. 물론 빅터 드레이크 같은 사람이 자살하는 일 따위는 절대 없지! 자살하겠다고 으름장 놓는 사람들 중에 실제로 자살하는 사람은 없는 법이야."

절대 없다고? 아이리스는 로즈메리를 떠올렸다. 그리고 곧바로 그 생각을 지워 버렸다. 조지는 로즈메리가 아니라 리우데자네이루에 있는 말주변만 좋고 파렴치하기 이를 데 없는 젊은이를 두고 하는 말이니까.

아이리스의 입장에서는 루실라 고모가 모정에 얽매여 다른 데 눈이 팔리는 바람에 아이리스가 앤터니 브라운과 가깝게 지내는 것에 크게 신경 쓰지 않는 것이 다행이었다.

그러니 '다음 차례'로 넘어가서. 형부의 행동 변화를 어떻게 해석해야 할까! 더 이상 덮어 두고 있을 수는 없었다. 도대체 언제 시작된 걸까? 원인이 뭘까?

지금도 아무리 기억을 더듬어 보아도 아이리스는 그것이 정확히 언제 시작됐는지 꼭 집어 말할 수가 없었다. 언니가 죽은 이후로 형부는 줄곧 넋이 나가 있었고, 부주의하게 행동하거나 수심에 잠기는 일이 잦았다. 예전보다 더 나이 들고 기운이 없어 보였다. 충분히 이해할 만했다. 하지만 그런 행동들이 이해할 수 있는 수준을 넘어서기 시작한 건 정확히 언제였을까?

조지가 알 수 없는 표정으로 물끄러미 쳐다보는 것을 아이리스가 처음 눈치챈 것은, 지금 생각해 보니 앤터니 브라운의 문제로 두 사람이 의견 충돌을 일으킨 얼마 후였다. 그때부터 조지는 일찌감치 귀가해 서재에 틀어박히는 새로운 행동 패턴을 보이기 시작했다. 거기서 딱히 중요한 일을 하는 것 같지도 않았다. 한번은 아이리스가 서재에 들어갔다가 멍하니 허공을 응시하고 있는 조지를 발견한 적도 있었다. 인기척에 조지는 고개를 들어 흐리멍덩한 눈으로 아이리스를 쳐다보았다. 꼭 심한 쇼크를 받은 사람처럼 구는 형부에게 아이리스가 무슨 일이냐고 물어도 그냥 "아무 일도 아니야."라고 얼버무릴 뿐이었다.

시간이 흐르면서 조지는 점점 더 큰 근심거리가 있는 사람처럼 굴었다.

그러나 아무도 신경 쓰지 않았고, 그건 아이리스도 마찬가지였다. 근심거리는 편리하게도 항상 '사업과 관계된 일'로 치부되었다.

얼마 후 조지는 시도 때도 없이, 그리고 아무 이유도 없이 불쑥 질문을 던지기 시작했다. 아이리스가 형부의 행동을 확실히 '기이하다'라고 단정 지은 것은 바로 그때였다.

"있잖아, 처제. 로즈메리가 처제한테 이야기를 많이 했었어?"

아이리스는 조지를 빤히 쳐다보며 대꾸했다.

"그럼요, 형부. 근데…… 뭐에 관해서요?"

"어, 자기 이야기나 친구들 이야기…… 어떻게 지내는지, 행복한지 아닌지. 뭐, 그런 것들."

아이리스는 그때 형부의 심중을 드디어 조금은 이해할 수 있겠다고 생각했다. 조지는 불행하게 끝난 로즈메리의 외도에 대한 소문을 들은 것이 틀림없었다.

아이리스는 신중하게 대답했다.

"별다른 말은 안 했어요. 그게요…… 언니는 늘 바빴거든요."

"게다가 처제는 아직 어렸지. 그래, 알아. 그래도 뭔가 중요한 이야기를 하지는 않았나 해서 말이야."

그러면서 조지는 간식을 기다리는 강아지 같은 표정으로 아이리스를 바라보았다.

아이리스는 형부가 상처를 입는 것은 원하지 않았다. 더구나 언니는 실제로 아이리스에게 아무 이야기도 안 했잖은가. 아이리스는 고개를 저었다.

조지는 한숨을 내쉬며 무겁게 말했다.

"아, 뭐, 상관없어."

또 어느 날은 갑자기 로즈메리와 가장 친했던 여자 친구들이 누구냐고 묻는 것이었다.

아이리스는 잠시 생각해 보고 대답했다.

"글로리아 킹이요. 애트웰 부인도 있고…… 메이지 애트웰이요. 그리고 진 레이먼드."

"그 친구들과 얼마나 가까웠지?"

"글쎄요, 잘 모르겠는데요."

"비밀 같은 걸 다 털어놓는 사이였나?"

"몰라요……. 그랬을 것 같지는 않은데……. 어떤 비밀을 말씀하시는 거예요?"

아이리스는 말을 내뱉은 순간 후회했지만, 조지의 대답은 아이리스의 예상에서 한참 빗나간 것이었다.

"혹시 로즈메리가 누군가 두렵다고 하지 않았어?"

"두렵다고요?"

아이리스는 형부를 빤히 쳐다봤다.

"내 말은, 혹시 로즈메리한테 적은 없었어?"

"다른 여자들 중에요?"

"아니, 아니, 그런 것 말고. 진짜 적 말이야. 혹시…… 처제가 아는 한…… 로즈메리에게 원한을 품은 사람은 없었냐고."

아이리스가 멍하니 쳐다보자 조지는 당황한 듯 벌겋게 달아오른 얼굴로 더듬거렸다.

"엉뚱한 소리로 들리지? 나도 알아. 지나치게 감상적인 이야기 같지만 그냥 궁금해서 해 본 소리야."

그러고나서 하루 이틀 뒤, 이번에는 패러데이 부부에 대해 묻기 시작했다.

"로즈메리가 패러데이 부부를 얼마나 자주 만났지?"

아이리스는 전혀 아는 바가 없었다.

"잘 모르겠는데요, 형부."

"로즈메리가 두 사람 이야기를 한 적 있어?"

"아뇨, 없는 것 같아요."

"친하기는 했어?"

"언니가 정치에 관심이 많았으니까요."

"그랬지. 스위스에서 패러데이 부부를 만난 이후로. 그 전에는 정치의 '정'자에도 관심이 없더니."

"맞아요. 제가 보기에 스티븐 패러데이 때문에 정치에 관심이 생긴 것 같아요. 언니한테 정치 평론집 같은 걸 가끔 빌려주기도 했거든요."

"그걸 샌드라 패러데이는 어떻게 생각했지?"

"무엇을요?"

"남편이 로즈메리에게 정치 평론집을 빌려주는 것 말이야."

아이리스는 불편한 심정으로 대답했다.

"모르겠어요."

"샌드라 패러데이는 말이 없는 여자야. 보기에도 얼음장처럼 차갑지. 근데 사람들 말로는 스티븐 패러데이를 열렬히 사랑한다더군. 그런 여자라면 남편이 다른 여자와 친하게 지내는 것에 깊은 반감을 품겠지."

"그럴지도 모르죠."

"로즈메리와 패러데이의 부인은 사이가 어땠지?"

그 질문에 아이리스가 천천히 답했다.

"두 사람은 전혀 안 친했을걸요. 언니는 샌드라를 대놓고 비웃었어요. 정치에 관심 있는, 목마처럼 딱딱한 여자라고요.(실제로도 좀 말 같긴 해요.) 언니는 종종 '그 여자 옆구리를 찌르면 톱밥이 흘러나올 거야.' 하고 농담을 하곤 했어요."

조지는 대답 대신 "흠." 하고 헛기침을 한 뒤 물었다.

"처제는 아직도 앤터니 브라운을 자주 만나나?"

"꽤 자주 만나지요."

아이리스가 차갑게 대꾸했다. 그러나 조지는 예전의 잔소리를 되풀이하는 대신 흥미를 보였다.

"그 친구, 여기저기 많이 돌아다녔지? 재미있는 경험을 많이 했겠군. 처제한테 그런 이야기는 안 해 줘?"

"별로요. 여행을 많이 다니기는 했죠."

"아마 사업상 여행이겠지."

"그럴 거예요."

"무슨 일을 하는데?"

"저도 몰라요."

"무기 생산 업체에서 일하던가, 그렇지?"

"아무 이야기도 없었어요."

"흠, 내가 물어봤다고 그 친구한테 이야기할 필요는 없어. 그냥 궁금해서 그런 거니까. 그 친구, 작년 가을에 듀스베리와 자주 어울리던데, 듀스베리는 유나이티드 무기 회사 회장이거든……. 로즈메리가 앤터니 브라운을 자주 만나지 않았나?"

"예……. 그랬어요."

"하지만 오래 알고 지낸 건 아니었지. 그냥 가볍게 아는 사이였지? 로즈메리를 무도회에 데리고 갔던 걸로 아는데?"

"예."

"로즈메리가 그 친구를 생일 파티에 초대해서 나는 적잖이 놀랐었어. 그렇게 가까운 줄 몰랐으니까."

아이리스가 조용히 대꾸했다.

"그 사람, 춤을 아주 잘 춰요……."

"응……. 그래, 그렇겠지."

아이리스는 자기도 모르게 반갑지 않은 그날 밤의 이미지가 머릿속에 떠올랐다.

룩셈부르크 레스토랑의 둥근 테이블, 어두운 조명, 꽃 장식. 악단이 연주하는 귀에 또렷이 꽂히는 리듬. 테이블에 빙 둘러 앉은 일곱 명. 아이리스 자신과 앤터니 브라운, 로즈메리, 스티븐 패러데이, 루스 레싱, 조지, 그리고 조지의 오른쪽에 앉은 레이디 알렉산드라 패러데이. 레이디 알렉산드라의 연한 색 곧은 머리카락과 약간 치켜 올라간 콧방울, 거만하고 또렷한 목소리. 얼마나 유쾌한 분위기의 파티였던가. 아니, 그 반대였던가?

그리고 한창 파티가 무르익었을 때 로즈메리가…… 아니, 안 돼, 그 생각은 안 하는 게 좋다. 아이리스는 대신 그날 자신이 토니 옆에 앉았던 것을 떠올렸다. 아이리스가 앤터니 브라운을 만난 것은 그날이 처음이었다. 그 전까지는 그저 앤터니 브라운이라는 이름, 홀에서 어슬렁거리는 그림자, 집 앞에 대기한 택시에 타려고 로즈메리를 따라 계단을 내려가는 뒷모습에 지나지 않았었다.

토니…….

조지가 재차 뭐라고 묻는 소리에 아이리스는 퍼뜩 다시 정신을 차렸다.

"그날 이후로 감쪽같이 자취를 감춘 게 신기하지. 어디로 갔는지 알아?"

아이리스는 불분명하게 대답했다.

"어, 실론(현재의 스리랑카―옮긴이)일걸요. 아니면 인도거나."

"그날 파티에서는 아무 이야기도 없더니."

그러자 아이리스가 날카롭게 받아쳤다.

"꼭 이야기를 해야 하나요? 그리고 형부는 그날 저녁 이야기를 꼭 꺼내야겠어요?"

조지의 얼굴이 벌겋게 달아올랐다.

"아니, 아니, 그런 건 아니지. 미안해, 옛날 이야기를 꺼내서. 그건 그렇고, 언제 한번 브라운을 저녁 식사에 초대하지. 다시 만나 보고 싶거든."

아이리스는 속으로 기뻐했다. 형부가 다시 기운을 차리는 것 같았기 때문이었다. 아이리스는 적당한 때를 봐서 앤터니 브라운에게 초대 의사를 밝혔고 앤터니도 초대를 받아들였지만 마지막 순간에 사업차 영국 북부에 다녀와야 한다며 취소해 버렸다.

7월도 다 저물어 갈 무렵의 어느 날, 조지는 시골에 집을 한 채 샀다고 불쑥 말해서 드레이크 부인과 아이리스를 놀라게 했다.

아이리스가 되물었다.

"집을 샀다고요? 고링에 있는 저택을 두 달간 빌릴 계획 아니었어요?"

"아예 별장이 있는 게 더 낫지……. 안 그래? 연중 어느 때라도 가서 머무를 수 있잖아."

"어디에 있는데요? 강을 끼고 있나요?"

"아니. 사실 전혀 새로운 곳이야. 서식스 말링엄에 있는 리틀 프라이어스라는 곳인데. 1만 5000평쯤 될까……. 조지 왕조 시대풍의 아담한 저택이지."

"우리한테 보여 주지도 않고 덜컥 사 버리신 거예요?"

"운이 좋았어. 좋은 물건이 시장에 나왔기에 냉큼 사 버렸지."

그러자 드레이크 부인이 말했다.

"손보거나 꾸밀 게 많겠네."

조지가 무심히 대꾸했다.

"아, 괜찮아요. 루스가 다 알아서 했으니까."

조지의 유능한 비서 루스 레싱의 이름이 나오자 두 사람은 입을 꾹 다물었다. 루스는 남이 아니었다. 아니, 거의 가족이나 마찬가지였다. 루스 레싱은 흑백사진 속의 미인처럼 단아한 아름다움을 풍기는 데다가 능력과 지혜까지 골고루 갖춘 재원이었다.

로즈메리는 살아생전에 이런 말을 자주 했다.

"루스한테 맡기지요. 대단한 여자예요. 아, 루스가 다 알아서 할 거예요."

어떤 어려움도 레싱 양의 손만 닿으면 비누거품 사라지듯 깨끗이 해결되곤 했다. 루스는 언제나 미소 띤 얼굴과 초연한 태도를 유지하며 모든 난관을 가뿐히 뛰어넘었다. 조지 바턴의 업무를 지휘하는 건 물론이고, 들리는 바에 의하면 조지 바턴도 지휘했다. 조지는 루스 레싱에게 헌신적이었고 모든 일에서 루스에게 의존했다. 루스는 자신의 요구나 희망은 결코 내세우지 않았다.

그런데 이번만큼은 루실라 드레이크가 못마땅해하는 것 같았다.

"조지, 루스가 능력이 있기는 하지만, 그래도…… 집안 여자들이 한 번쯤 벽지 색깔 정도는 고르게 해 줘야 되는 거 아닌가! 아이리스한테 상의했어야지. 나 같은 늙은이야 뭐 내세울 의견도 없지만. 나 같은 것은 중요하지 않지. 하지만 아이리스 입장에서는 불쾌하지."

그러자 조지는 양심의 가책을 느끼는 표정으로 당황해서 대꾸했다.

"깜짝 놀래 주려고 그랬죠!"

그 말에 드레이크 부인은 웃지 않을 수 없었다.

"자네는 너무 소년 같아서 탈이야."

아이리스가 말했다.

"응접실 벽지 따위는 어떤 색으로 해도 상관없어요. 루스 양이 알아서 잘했겠죠. 똑똑하잖아요. 그런데 거기 가서 뭘 하죠? 테니스 코트는 있겠죠?"

"그럼. 한 10킬로미터만 가면 골프장도 있고. 더 좋은 건 이웃에 아는 사람이 있다는 거야. 어디를 가든 아는 사람이 있으면 좋지."

"이웃이라니요?"

아이리스가 날카롭게 물었다.

조지가 시선을 피하며 대꾸했다.

"패러데이 부부. 공원을 사이에 두고 2.5킬로미터쯤 떨어진 별장에서 지내고 있어."

아이리스는 형부를 빤히 바라보다가 고심하여 세운 이 계획, 시골 별장을 구입해서 꾸미고 어쩌고 한 것이 단 한 가지 목적을 두고 이루어진 일이라는 것을 알아챘다. 패러데이 부부와 친해지려는 것이었다. 시골에서 두 가족이, 그것도 부지가 맞닿아 있을 정도로 가까운 곳에 이웃해 있다 보면 친해질 수밖에 없었다. 친하게 지내지 않으려면 일부러 피하는 수밖에 없으니까 말이다.

하지만 왜? 왜 이렇게 패러데이 부부에게 집착하는 것일까? 왜 그렇게 불가해한 목적을 위해 값비싼 대가도 마다 않고 이런 짓을 하는 것일까?

로즈메리와 스티븐 패러데이가 친구 이상의 관계가 아니었나 의심하는 것인가? 사후(死後) 질투를 이런 식으로 표현하는 건가? 그것이야말로 입 밖에 꺼내기조차 민망할 정도로 억지스러운 생각이 잖은가!

조지는 패러데이 부부에게서 뭘 원하는 걸까? 줄기차게 해 대는 이상한 질문들로 대체 뭘 알아내려는 걸까? 최근에 그의 행동은 너무나 수상하지 않은가?

저녁마다 조지의 얼굴에 떠오른 기묘하고 흐리멍덩한 표정! 루실라 고모는 포도주를 너무 많이 마셔서 그런 거라고 했지만, 그녀다운 생각이었다.

그렇다, 요새 조지의 행동에는 분명 수상한 면이 있다. 몇 날 며칠이고 혼수상태에 빠진 듯 주위 모든 것에 무관심으로 일관하며 멍하니 지내다가, 어느 날은 갑자기 열의에 가득 차서 부산을 떨었다.

그해 8월의 대부분은 리틀 프라이어스의 시골에서 보냈다. 얼마나 끔찍한 별장이었는지! 아이리스는 그곳을 떠올리자 갑자기 몸이 으스스 떨려왔다. 아이리스는 그 집이 싫었다. 외관이 우아하고, 구조도 튼튼하며 내부 또한 적당히 조화롭게 장식된 저택.(루스 레싱은 못하는 일이 없다니까!) 그러나 이상하게도 무서우리만치 공허하게 느껴졌다. 그들은 그곳에서 사는 것이 아니라 공간을 점유하고 있을 뿐이었다. 전쟁터에서 병사가 감시 초소를 점유하듯이.

그곳에서 보낸 시간을 더욱 견디기 힘들게 한 것은 여름 휴가지의 평범한 일상이었다. 주말에 놀러온 사람들, 테니스 파티, 패러데이 부부와 함께한 가벼운 저녁 식사. 샌드라 패러데이는 더없이 친절했다. 마치 오랫동안 알고 지낸 이웃을 대하듯 살갑게 대했다. 동네를 두루 구경시켜 줬고, 조지와 아이리스에게 그곳 말에 대해 조언을 해 주었으며, 루실라 고모에게는 연장자에 대한 예의를 깍듯이 차렸다.

그러나 샌드라 패러데이가 미소 띤 창백한 가면 뒤에서 무슨 생각을 하고 있는지는 아무도 알 수 없었다. 진정 스핑크스 같은 여자였다.

스티븐 패러데이는 일 때문에 항상 바빴고 종종 집을 비웠기 때문에 자주 볼 수 없었다. 아이리스가 보기에 스티븐은 리틀 프라이어스에 이사 온 이웃을 최대한 피하는 것 같았다.

그렇게 8월이 가고 9월이 왔고, 10월에는 다시 런던의 집에 돌아가기로 결정이 났다.

아이리스는 깊은 안도의 한숨을 쉬었다. 집으로 돌아가면 형부도 예전의 형부로 돌아올지 모른다는 희망 때문이었다.

그런데 돌아가기 전 마지막 밤, 아이리스는 누군가 방문을 조용히 두드리는 소리에 잠이 깼다. 불을 켜고 시계를 보니 겨우 새벽 1시였다. 잠자리에 든 게 밤 10시 30분이었는데 시간이 한참 더 흐른 것처럼 느껴졌다.

아이리스는 가운을 걸쳐 입고 문으로 갔다. 그렇게 하는 편이 그냥 "들어오세요!" 하고 소리치는 것보다 더 적절한 처신인 것 같았다.

문을 여니 조지가 서 있었다. 여태 잠자리에 들지 않았는지, 아직 외출복 차림이었다. 숨소리가 불규칙하고, 얼굴도 창백해 보였다.

"아래층 서재로 와 줘, 처제. 할 이야기가 있어. 아무래도 이야기 해야겠어."

아이리스는 아직 잠에서 덜 깬 멍한 얼굴로 따라 내려갔다.

서재로 들어가자 조지는 문을 닫고 아이리스에게 책상 앞에 앉으라는 손짓을 했다. 그러고는 담배 상자를 아이리스 쪽으로 밀면서 자신도 한 개비를 집어 들었다. 라이터를 든 손이 심하게 떨려서 두 번 만에 간신히 불을 붙였다.

"무슨 일이에요, 형부?"

아이리스는 이제 진짜로 걱정이 되기 시작했다. 조지의 얼굴은 새하얗게 질려 있었다.

조지가 방금 전력질주라도 끝낸 사람처럼 숨을 짧게 헐떡거리며 말했다.

"나 혼자서는 감당 못 하겠어. 더 이상은 숨기지 못하겠다고. 처제의 생각을 들어 봐야겠어. 그것이 진짜인지……. 정말로 있을 수 있는 이야기인지……."

"무슨 말씀을 하시는 거예요, 형부?"

"처제도 뭔가 알아채거나 목격했을 거 아냐. 로즈메리가 한마디라도 했겠지. 분명 이유가 있었을 거야……."

아이리스는 형부를 빤히 쳐다보았다.

조지가 한 손을 이마에 갖다 대며 말했다.

"내가 무슨 말을 하는지 모르는군. 그렇게 겁먹지 않아도 돼, 아가씨. 나를 좀 도와주기만 하면 돼. 최대한 기억해 봐. 나도 알아. 이상한 소리로 들리겠지. 하지만 잠시 후면 처제도 이해할 거야……. 내가 보여 준 편지들을 읽고 나면."
 그러더니 잠겨 있는 책상 귀퉁이의 서랍을 열어 종이 두 장을 꺼냈다.
 밋밋한 연푸른색 종이에는 작고 반듯한 글자가 인쇄되어 있었다.
 "읽어 봐."
 아이리스는 편지를 훑어보았다. 명확하고 직설적인 내용이었다.

 당신은 아내가 자살을 했다고 믿고 있다. 자살이 아니다. 살해된 것이다.

 두 번째 편지의 내용은 이러했다.

 당신의 아내 로즈메리는 자살한 게 아니다. 살해당했다.

 아이리스가 계속해서 편지를 뚫어져라 보고 있는데 조지가 입을 열었다.
 "편지는 석 달 전쯤 왔어. 처음에는 장난인 줄 알았지……. 잔인하고 못돼 먹은 장난질. 근데 갑자기 이런 생각이 들었어. 로즈메리가 자살할 이유가 무엇이었을까?"
 아이리스가 기계적인 어조로 대꾸했다.
 "독감 후 우울 증세."

"그래. 근데 잘 생각해 보면 말도 안 되는 소리 같지 않아? 독감에 걸리는 사람은 쌔고 쌨고, 또 많이들 독감을 앓고 나서 가벼운 우울증을 경험하잖아. 왜?"

아이리스는 조심스럽게 말을 꺼냈다.

"언니는 혹시…… 불행했던 게 아닐까요?"

"그래, 그랬을 수도 있지."

조지는 큰 동요 없이 아이리스의 말을 잠시 곱씹어 보았다.

"그래도 로즈메리는 불행하다고 목숨을 끊을 사람은 아니야. 자살하겠다고 으름장을 놓는다면 몰라. 하지만 실행에 옮기지는 않았을 거야."

"하지만 실행에 옮겼잖아요, 형부! 그게 아니면 어떻게 설명할 수 있겠어요? 언니 핸드백에서 증거물까지 발견됐잖아요."

"알아. 다 들어맞지. 하지만 이 편지 두 통을 받은 이후로……."

그러면서 조지는 익명의 편지 두 장을 손톱으로 툭툭 건드렸다.

"……곰곰이 생각해 봤어. 근데 생각할수록 우리가 알아채지 못한 뭔가가 있다는 확신이 드는 거야. 그래서 처제한테 그런 질문들을 했던 거야……. 생전에 로즈메리에게 적이 있었는지. 로즈메리가 누군가를 두려워하는 기미를 보인 적이 있는지. 범인이 누구든 로즈메리를 죽인 사람은 이유가 있어서 그랬을 거 아냐."

"형부, 정신 나간 소리예요."

"어쩔 때는 나도 내가 미친 사람처럼 느껴져. 또 어떤 때는 내가 제대로 짚은 것 같고. 어쨌거나 나는 알아야겠어. 밝혀내야겠다고.

처제가 좀 도와줘. 잘 생각해 봐. 기억해 내야 해. 그래……. 기억해 봐. 그날 밤 일을 자꾸자꾸 되짚어 봐. 처제도 알겠지만 만약 로즈메리가 살해당한 거라면 범인은 반드시 그날 밤, 같은 테이블에 앉아 있었던 사람들 중 하나일 거 아냐? 그럴 수밖에 없다는 걸 처제도 인정하지?"

그렇다, 아이리스도 같은 결론을 내릴 수밖에 없었다. 이제 그날 밤의 기억을 더 이상 억누를 수 없게 되었다. 전부 기억해 내야만 하는 것이다. 그날 밤 흐르던 음악, 드럼의 박자, 은은한 조명, 플로어 쇼가 끝나고 다시 조명이 들어왔을 때 테이블에 푹 엎어진 로즈메리, 파랗게 질려 경련을 일으키던 로즈메리의 얼굴.

아이리스는 몸이 걷잡을 수 없이 떨려왔다. 갑자기 소름이 돋을 정도로 더럭 겁이 났다.

그러나 생각해야 했다……. 과거로 돌아가 기억해 내야 했다.

로즈메리, 그 꽃말은 '기억'.

망각은 허락되지 않았다.

루스 레싱

바쁜 업무 중 잠시 여유가 생긴 루스 레싱은 상사의 부인, 로즈메리 바턴을 떠올리고 있었다.

루스는 로즈메리 바턴을 몹시 싫어했다. 11월의 어느 날, 오전 빅터 드레이크를 만나 대화하기 전까지는 자신이 로즈메리를 얼마나 싫어하는지 깨닫지 못했었다.

그날 빅터와 대면한 것이 모든 일의 시발점이었다. 그 전에는 로즈메리 바턴에 대한 감정이나 생각이 무의식 깊은 곳에 잠자고 있어서 전혀 의식하지 못하고 있었다.

루스 레싱은 아주 오랫동안 조지 바턴에게 헌신해 왔고, 그 충성심은 지금도 여전했다. 루스는 유능하고 냉철한 스물세 살 아가씨로 처음 이곳에 왔을 때, 조지가 보살핌이 필요한 남자라는 것을 한눈에 간파하고 즉시 모든 것을 떠맡았다. 그리고 그렇게 함으로써 조지의 시간과 돈, 심적 부담을 크게 덜어 주었다. 어울려도 될 친구들을 가려 주었으며, 적당한 취미를 골라 주었다. 전망이 나쁜 벤처 사업을 피하도록 조언하고, 대신 현명한 투자로 이끌었다. 그런데도 조지는 루스를 알아 온 기간 동안, 그녀가 지나치게 나선다거나 자기 말을 무시한다거나 자신을 조종하려 든다고 느낀 적이 한 번도 없었다. 조지 바턴은 루스의 윤기 나는 검은 머릿결과 양장점에서 맞춰 입은 세련된 빳빳한 셔츠, 잘생긴 귀를 장식한 자그마한 진주 귀고리, 옅게 화장한 창백한 얼굴과 튀지 않는 장밋빛 립스틱을 은근히 마음에 들어 했다.

'참 잘 고용했어.'

조지는 루스의 객관적이고 냉담한 태도, 개인적 감정이나 친근함을 전적으로 배제한 태도가 마음에 들었다. 그러한 태도 때문에 자신의 사생활을 털어놓는 일이 많았고, 루스는 동정적인 태도로 들어 주고 현명한 조언을 해 주는 것을 잊지 않았다.

그러나 루스는 조지 바턴의 결혼에는 관여하지 않았다. 마음에 들지 않았지만 말없이 받아들였고, 결혼식 준비를 도맡아 말 부인을 편안하게 해 주었다.

루스는 결혼식 이후 한동안 상사와 개인적인 대화를 나누는 것을 꺼리고 공적인 업무에만 집중했다. 조지도 업무의 대부분을 루스에게 일임했다.

그래도 워낙 유능했기 때문에, 얼마 안 가 로즈메리도 남편이 그렇게 칭찬하는 레싱 양이 실제로 모든 면에서 퍽 쓸모 있는 존재라는 것을 깨닫게 되었다. 레싱 양은 언제나 웃는 얼굴로 예의 바르게 로즈메리를 대했다.

조지와 로즈메리, 아이리스는 레싱 양을 '루스'라고 친근하게 불렀고, 루스는 종종 엘바스턴 스퀘어로 와서 함께 점심 식사를 하곤 했다. 루스는 이제 스물아홉 살이 되었지만 여전히 조지의 사무실에 처음 온 스물세 살 때의 모습 그대로였다.

루스는 개인적인 말 한마디 주고받지 않고서도 조지의 감정 상태를 훤히 꿰고 있었다. 결혼의 들뜬 행복감이 신혼 초의 황홀한 만족감으로 바뀌었을 때 즉시 눈치챘고, 그 만족감이 말로 표현하기 어려운 어떤 것으로 변한 시점도 정확히 파악하고 있었다. 이 시기에 조지가 보인 부주의함은 루스가 알아서 신중하게 처리해 넘겼다.

루스는 조지가 아무리 넋이 빠져 있어도 전혀 티를 내지 않았다. 조지는 그런 루스에게 속으로 고마워했다.

그러다가 어느 11월 아침, 조지가 빅터 드레이크 이야기를 꺼냈다.

"조금 성가신 일 하나만 해 줄 수 있겠어요, 루스?"

루스는 무슨 일이냐는 표정으로 쳐다보았다. 물론 해 줄 수 있다고 대답할 필요도 없었다. 당연한 일이니까.

"어느 집이든 문제아 하나는 있게 마련 아닙니까."

조지가 운을 뗐다.

루스는 이해한다는 얼굴로 고개를 끄덕였다.

"이 사람, 아내의 사촌인데…… 완전히 개망나니예요. 어리석고 감상적인 제 어머니까지 손에 쥐고 놀아나서, 아들 이름으로 남아 있는 얼마 안 되는 재산을 몽땅 날리게 만들었지. 옥스퍼드 재학 시절부터 수표 위조로 망나니짓을 시작했어요. 그 일은 가족들이 쉬쉬하면서 뒤처리했는데, 그 후로 빅터를 외국 이곳저곳으로 보냈지만 여태까지 사람 구실을 제대로 한 적은 한 번도 없었어요."

루스는 건성으로 들었다. 자세히 듣지 않아도 어떤 타입의 인간인지 잘 알았다. 그런 족속은 오렌지를 재배하거나 양계장을 차리고, 호주의 어느 목장에 일꾼으로 가고, 뉴질랜드의 냉동육 공장에 일자리를 얻기도 하지만, 어느 한 군데 진득하게 머물면서 사람 구실을 하는 일이 결코 없었고 여기저기서 얻어 낸 돈마저 금방 바닥났다. 루스는 성공하는 사람을 높이 샀지, 그런 타입에게는 조금도 관심 없었다.

"그런데 그 문제아 사촌이 최근 런던에 나타나서 아내를 걱정시키고 있어요. 아내는 학생 시절 이후로 사촌을 한 번도 못 봤다는데, 말주변 좋은 이 인간이 계속해서 돈을 요구하는 편지를 보내고 있거든. 그런 꼴을 참아 줄 수는 없지. 그 친구가 머물고 있는 호텔에서 오늘 낮 12시에 만나기로 약속을 잡아 뒀어요. 루스가 대신 좀 해결해 줬으면 해요. 솔직히 그 인간이랑 대면하기 싫거든. 지금까지 본 적도 없지만 앞으로도 볼 생각은 없고 또 로즈메리도 그 인간을 안 만났으면 해요. 제삼자가 처리하면 일이 더 깔끔하게 끝날 수 있겠지."

"예, 그러는 게 좋지요. 계획이 어떻게 되죠?"

"100파운드 현찰과 부에노스아이레스행 배표. 돈은 배에 승선하는 걸 확인한 후 주도록."

루스는 미소를 지었다.

"아, 확실히 떠나라 이거군요!"

"잘 아는군."

"종종 있는 일이니까요."

루스가 무심히 대꾸했다.

"그렇지, 그런 타입은 널렸지."

그러더니 조지는 잠시 머뭇거렸다.

"정말 나 대신 처리해 줘도 되겠어요?"

루스는 솔직히 내심 즐거웠다.

"물론이죠. 이런 문제쯤 식은 죽 먹기로 처리할 테니까 믿으셔도 돼요."

"루스는 어떤 문제든 쉽게 처리하지."

"배표 예약은 어떻게 할까요? 그러고 보니, 그 사람 이름이 뭐죠?"

"빅터 드레이크. 표 여기 있어요. 내가 어제 기선 회사에 전화해 봤는데, 내일 틸버리(템스 강 하구에 위치한 항구 — 옮긴이)에서 출항하는 산크리스토발호예요."

루스는 표를 받아 날짜와 시간을 확인한 후 핸드백에 넣었다.

"좋습니다. 알아서 처리하겠어요. 12시. 주소가 어떻게 되죠?"

"러셀 스퀘어에 있는 루퍼트 호텔."

루스는 그대로 받아 적었다.

"루스, 루스가 없었으면 어땠을지 상상도 안 가······."

조지는 루스의 어깨에 다정하게 손을 얹었다. 조지가 그런 행동을 보이는 것은 처음이었다.

"루스는 내 오른팔, 내 분신이에요."

루스는 기쁨으로 얼굴이 확 달아올랐다.

"나는 말로 잘 표현을 못하는 사람이라……. 그동안 루스가 하는 일을 당연하게 여겼는데, 사실은 그렇지 않아요. 내가 모든 면에서 루스에게 얼마나 의지하는지 모를 거야……."

조지는 다시 한 번 강조했다.

"모든 면에서. 당신은 세상에서 가장 다정하고 착하고 능력 있는 여자예요!"

루스는 부끄러움을 감추려고 일부러 크게 웃으며 대꾸했다.

"그런 이야기 자꾸 하시면 저 어떻게 변할지 몰라요."

"어, 진심이에요. 루스는 가족이나 마찬가지예요. 루스 없는 삶은 상상이 안 가는걸."

루스는 마음이 따뜻해진 채로 사무실을 나섰다. 그리고 그 기분은 루퍼트 호텔에 도착할 때까지도 그대로 남아 있었다. 이제 곧 처리해야 할 일에는 아무런 당혹감도 느껴지지 않았다. 루스는 어떤 종류의 일이라도 해낼 자신이 있었다. 자기가 얼마나 고생을 했느니 하는 이야기나 그렇게 떠벌리는 사람들에게는 조금도 마음이 움직이지 않았다. 그렇기 때문에 빅터 드레이크라는 문제도 여느 업무와 마찬가지로 일사천리로 처리할 준비가 되어 있었다.

빅터 드레이크는 생각보다 더 매력적이라는 점만 빼면 루스가 상상한 그대로였다. 루스는 상대를 가감 없이 정확히 파악하려고 노력했다. 빅터 드레이크는 별다른 장점이 없는 인물이었다. 잘생긴 악마의 가면 뒤에 냉정하고 타산적인 본심이 도사리고 있었다. 그러나 루스가 미처 고려하지 못한 것은, 빅터에게 다른 사람의 마음을 읽는 능력과 상대방의 감정을 가지고 노는 노련함이 있다는 사실이었다. 더불어 상대방의 매력에 대한 자신의 저항력도 과소평가했는지도 몰랐다. 분명 빅터에게는 사람을 사로잡는 매력이 있었다.

빅터는 기분 좋게 놀란 척하며 루스를 맞았다.

"조지가 보낸 사절인가요? 이거, 깜짝 선물이네!"

루스는 건조하고 감정 없는 어조로 조지가 내건 조건을 줄줄 읊었다. 빅터는 시원스럽게 조건에 동의했다.

"100파운드요? 나쁘지 않은데요. 불쌍한 양반 같으니. 60파운드만 내놓아도 받고 떨어졌을 텐데……. 하지만 이 이야기는 하지 않기예요! 조건은…… '사랑스러운 사촌 로즈메리를 걱정시키지 말 것. 순진한 사촌 아이리스를 물들이지 말 것. 믿음직한 사촌매형 조지에게 창피 줄 일을 하지 말 것.' 전부 동의합니다! 근데 산크리스토발호가 떠날 때 누가 배웅 나올 겁니까? 레싱 양, 당신요? 이런 기쁜 일이."

코를 살짝 찡그리며 동정하는 표정을 짓는 빅터의 짙은 밤색 눈동자가 장난스럽게 빛났다. 갈색의 갸름한 얼굴은 언뜻 기마 투우사를 떠올리게 했다. 얼마나 어리석도록 낭만적인 생각인가! 그에게는 여성을 끌어들이는 매력이 있었고, 본인도 그 사실을 아주 잘 알고 있었다.

"조지 바턴을 위해 일한 지 오래되었죠, 레싱 양?"

"6년 됐어요."

"바턴은 당신 없이 아무것도 못 하겠군요. 아, 안 봐도 뻔해요. 난 당신을 속속들이 알아요, 레싱 양."

"나를 어떻게 알죠?"

루스가 날카롭게 받아쳤다.

빅터가 씩 웃으며 말했다.

"로즈메리가 다 이야기해 줬거든요."

"로즈메리가? 하지만……."

"괜찮아요. 로즈메리를 더 이상 귀찮게 할 생각은 없으니까. 지금까지 나한테 해 준 것만으로도 충분하지. 나를 불쌍하게 여기기까지 했다니까요. 사실 로즈메리한테서도 100파운드나 뜯어냈어요."

"당신……."

루스는 어이가 없어 말문이 막혔고, 빅터는 웃음을 터뜨렸다. 빅터의 웃음은 전염되어 루스는 저도 모르게 웃음을 터뜨렸다.

"못된 짓을 했군요, 드레이크 씨."

"나는 아주 노련한 식객이거든요. 갈고닦은 테크닉이 있지요. 예를 들면, 전보에 금방이라도 자살하겠다는 뜻을 슬쩍 비치면 즉각 반응이 온다고요."

"부끄러운 줄 알아요."

"나도 내가 한심합니다. 나는 아주 못된 놈이에요, 레싱 양. 얼마나 못됐는지 당신이 꼭 알아줬으면 합니다."

"왜죠?"

루스는 호기심이 났다.

"글쎄요. 당신은 다른 사람들과 달라요. 내가 주로 사용하는 테크닉이 당신한테는 안 먹혀요. 당신의 그 맑은 눈을 보면…… 내 수법에 안 넘어갈 사람이란 걸 알 수 있지요. '지은 죄보다 당한 죄가 더 많은 불쌍한 인간' 어쩌구 하는 호소가 당신한테는 아무 효과도 없을걸요. 당신한테 자비심이라고는 손톱만큼도 없으니까."

루스가 차가운 표정으로 대꾸했다.

"자비는 역겨워요."

"당신 이름에도 불구하고? 루스가 당신 이름 맞지요? 흥미로운데요. 루스리스(무자비한) 루스라."

"나약한 인간한테 보여 줄 자비 따위는 없어요!"

"내가 나약하다고 누가 그래요? 틀렸어요. 못돼 먹었다면 모를까. 하지만 한 가지는 분명히 말할 수 있죠."

루스의 입꼬리가 슬쩍 올라갔다. 드디어 변명이 나오는군.

"뭔데요?"

"나는 이런 생활을 즐긴다는 거예요. 암요."

빅터는 고개를 주억거렸다.

"이루 말할 수 없이 즐겁죠. 나는 산전수전 다 겪었어요, 루스. 안 해 본 짓도 없죠. 배우도 돼 봤고 가게 점원도 해 봤고, 웨이터에 뜨내기 일꾼, 짐꾼도 해 봤지, 또 서커스 의상 담당도 해 봤다고요! 선원으로 부정기 화물선을 타고 바다에 나가 봤고, 남아메리카의 어느 나라에서 대선 운동에도 참여해 봤어요. 심지어 감옥에도 가 봤다니까요! 내가 태어나서 안 해 본 일이 두 가지 있는데, 하나는 정직한 일일 노동이고 또 하나는 빚 안 지고 생활하는 겁니다."

빅터는 웃으면서 루스를 바라보았다. 루스는 역겨워해야 마땅했지만, 빅터 드레이크의 악마적 매력에 저항할 수 없었다. 빅터는 아무리 사악한 일도 유쾌한 일로 보이게 할 수 있었다. 그런 사람이 지금, 영혼까지 꿰뚫어 보는 눈으로 루스를 바라보고 있었다.

"당신도 그렇게 잘난 척할 입장이 아닐 텐데요, 루스! 당신은 자신이 생각하는 것처럼 그렇게 도덕적으로 우월하지 않다고요! 당신은 성공한 사람만 보면 홀딱 넘어가죠. 자기 상사하고 결혼하는 타입이 바로 당신이에요. 제대로 되었으면 지금쯤 조지하고 결혼에 성공했어야 하는데. 조지는 그 바보 같은 로즈메리와 결혼하면 안 되는 거였어요. 당신과 했어야지. 그렇게 했으면 자신에게도 훨씬 좋았을 텐데."

"당신, 참 무례하군요."

"로즈메리는 머리가 텅 빈 바보예요. 어렸을 때부터 그랬죠. 보기에는 좋지만 멍청하기 이를 데 없어요. 남자들이 한눈에 홀딱 반하지만 오래 사귀지는 못할 그런 여자라고요. 하지만 당신은…… 당신은 달라요. 맙소사, 누구든 당신과 사랑에 빠지면 아마 죽을 때까지 당신한테 질리지 않을 거예요."

빅터는 가장 약한 부분을 파고든 것이다. 루스는 자신도 모르게 불쑥 내뱉었다.

"사랑에 빠질 경우에나 그렇죠! 하지만 그 사람은 나와 사랑에 빠지지 않았어요!"

"조지 말이에요? 착각 말아요, 루스. 로즈메리한테 무슨 일이 생기면 조지는 곧바로 당신하고 결혼할 테니까."

(그래, 그것이다. 그것이 모든 것의 시발점이었다.)

빅터는 루스를 관찰하면서 계속해서 이야기했다.

"하지만 내가 말 안 해도 당신은 이미 알고 있지요."

(어깨에 얹은 조지의 손, 애정이 담긴 따뜻한 목소리······. 맞아, 조지는 나한테 올 수밖에 없어······. 무슨 일이든 나한테 맡기고, 나한테 의존하잖아······.)

빅터가 다정히 말했다.

"당신은 좀 더 자신감을 가져도 좋아요. 원한다면 조지를 마음대로 주무를 수도 있어요. 로즈메리는 그냥 성가신 바보에 지나지 않는다니까."

'맞아요. 로즈메리만 아니었다면 조지가 나한테 청혼하게 만들 수도 있었어요. 나라면 좋은 아내가 될 수 있어요. 잘 보살펴 줄 자신도 있어요.'

그렇게 생각한 순간 루스는 불같은 분노, 무서운 적개심이 치미는 것을 느꼈다. 빅터 드레이크는 은근히 즐기면서 상대방을 관찰하고 있었다. 그는 사람들의 머릿속에 못된 생각을 심어 주는 것을 즐겼다. 혹은 이번 경우처럼 이미 머릿속에 자리하고 있는 못된 생각을 꺼내서 보여 주는 것도 재미있어했다.
 그렇다, 그렇게 해서 시작된 것이었다……. 다음 날, 지구 반대편으로 떠날 남자와의 우연한 만남. 그날 사무실로 돌아온 루스는 사무실을 떠날 때의 그녀가 아니었다. 그러나 아무도 루스의 태도나 외양에서 다른 점을 발견하지 못했다.
 루스가 사무실에 돌아오고 얼마 안 있어 로즈메리가 전화를 걸어 왔다.
 "바턴 씨는 방금 점심 식사를 하러 나가셨는데요. 제가 도와 드릴 일이라도 있나요?"
 "오, 루스, 그래 주겠어요? 그 귀찮은 레이스 대령이 내 파티에 맞춰 돌아오지 못하게 됐다고 전보를 보냈어요. 조지한테 대신 누구를 초대하고 싶으냐고 물어봐 줘요. 대신 올 사람은 남자여야 해요. 여자가 넷인데……. 모두를 즐겁게 해 줄 아이리스가 참석하고, 샌드라 패러데이랑…… 또 누구였더라? 도무지 생각이 안 나네."
 "네 번째가 바로 저예요. 부인이 친절하게도 초대해 주셨잖아요."
 "아, 맞다. 당신을 까맣게 잊고 있었지 뭐예요!"
 종소리 같은 가벼운 웃음이 전화선을 타고 흘러나왔다. 돌처럼 굳은 루스 레싱의 붉으락푸르락하는 얼굴이 로즈메리에게는 보일 리가 없었다.
 루스가 로즈메리의 파티에 초대받은 것은 조지의 부탁 때문이었을 것이다. 로즈메리는 조지에게 양보하듯 허락했을 것이다! "아, 맞아요. 당신이 그렇게 애지중지하는 루스 레싱을 초대하면 되겠네요. 어쨌든 루스는 초대받으면 좋아할 거고, 어디에든 쓸모가 많잖아요. 게다가 생긴 것도 그다지 떨어지지 않고요."라며.

그 순간 루스 레싱은 자신이 로즈메리 바턴을 증오한다는 것을 깨달았다.

돈 많고 아름다우며 무심하고 멍청한 로즈메리가 증오스러웠다. 귀하신 로즈메리는 매일 사무실에 출근해 일할 필요도 없지. 뭐든 저절로 주어지니까. 수많은 애인에다 자기만 사랑해 주는 남편……. 힘들여 일하거나 앞날을 걱정할 필요가 뭐 있겠는가.

가증스럽고 잘난 척이나 하는, 거만하고 머리가 텅 빈 공주님…….

"죽어 버렸으면 좋겠어."

루스 레싱이 조용한 전화기를 노려보며 나지막하게 뱉었다.

말이 입에서 나가는 순간 루스는 화들짝 놀랐다. 그녀답지 않은 말이었다. 그녀는 항상 냉철하고 감정 제어를 잘하고 능력 있는 여성이었지, 평생 누구를 극도로 증오하거나 저주한 적이 한 번도 없었다.

루스는 혼자 중얼거렸다.

"내가 왜 이러지?"

그날 오후 루스는 로즈메리 바턴에게 증오의 감정을 느꼈고, 그 증오는 1년이 지난 오늘까지도 이어졌다.

언젠가는 로즈메리 바턴을 잊을 수 있겠지만, 아직은 아니었다.

루스는 일부러 그해 11월의 나날들을 떠올렸다.

사무실에 앉아 전화기를 노려보며 불타오르는 증오심을 조용히 억누르던 나날들…….

그때 루스는 겉으로는 아무렇지도 않은 상냥한 목소리로 로즈메리의 메시지를 조지에게 전했더랬다. 남녀 수를 맞추기 위해 자신은 파티에 안 가는 게 낫겠다고 제안하며. 그 제안은 조지가 바로 거부했었다!

다음 날 아침, 출근해 산크리스토발호가 출항했다고 보고하자, 조지는 안도하고 고마워했다.

"그래, 확실히 떠난 거지요?"

"예. 승강용 트랩이 올라가기 직전에 돈을 건넸습니다."

루스는 잠시 머뭇거리다가 덧붙였다.

"배가 부두에서 멀어지는데 그 사람이 손을 흔들면서 이렇게 소리치더군요. '조지한테 사랑과 키스를 전해 줘요. 그리고 조지의 건강을 위해 오늘 축배를 들겠노라고.'"

"뻔뻔스럽긴!"

조지가 그렇게 내뱉더니, 궁금한 듯 덧붙였다.

"그 사람을 어떻게 생각해요, 루스?"

루스는 일부러 감정 없는 목소리로 대답했다.

"아…… 생각했던 대로예요. 나약한 타입이죠."

그런데 조지는 아무것도 못 보고, 아무것도 눈치를 못 챘다! 루스는 이렇게 외치고 싶은 심정이었다.

'왜 나를 그 사람한테 보냈어요? 그 사람이 나를 어떻게 할지 몰랐나요? 어제 이후로 내가 전혀 다른 사람이 된 걸 조금도 눈치 못 챘나요? 내가 위험한 사람이라는 걸 모르겠어요? 내가 어떤 짓을 할지 모른다는 걸요?'

대신 루스는 여느 때와 똑같은 사무적인 어조로 말했다.

"상파울루에서 온 편지 말인데요……."

그녀는 유능하고 일 잘하는 비서니까…….

그리고 닷새 후.

로즈메리의 생일.

큰일 없이 조용히 근무 시간이 흘러간 후 미용실을 방문했다. 새로 장만한 검정색 드레스를 입고, 능숙하게 한 듯 안 한 듯 세련된 화장을 했다. 거울 속에서 전혀 모르는 사람 같은 자신의 얼굴이 빤히 바라봤다. 결의와 증오에 찬 창백한 얼굴이.

빅터 드레이크의 말이 맞았다. 루스에게 동정심이라고는 눈곱만큼도 없었다.

후에 루스는 테이블 맞은편에서 파랗게 질려 경련을 일으키는 로즈메리 바턴의 얼굴을 바라보며 일말의 동정심도 느끼지 못했다.

그로부터 11개월이 지난 지금, 로즈메리 바턴을 떠올리면서 루스는 더럭 겁이 났다…….

앤터니 브라운

앤터니 브라운은 찡그린 얼굴로 허공을 응시하며 로즈메리 바턴을 떠올리고 있었다.

로즈메리 바턴과 어울리다니, 어리석었다. 남자라면 그 마수를 피해 갈 수 없겠지만! 로즈메리는 확실히 아름답기는 했다. 그날 밤 도체스터 호텔에서 앤터니는 로즈메리에게서 눈을 뗄 수가 없었다. 천국의 미녀만큼 아름다웠다. 아마 지능은 딱 백치 미인 정도밖에 안 되겠지만!

앤터니는 그걸 알면서도 주체 못 할 만큼 심하게 로즈메리에게 푹 빠지고 말았다. 로즈메리에게 자신을 소개시켜 줄 사람을 찾기 위해 엄청난 에너지를 쏟기까지 했으니까. 일에 전념해도 모자랄 판에. 생각해 보면 용납할 수 없는 일이었다. 어영부영 즐기러 클라리지스 호텔에 머무는 게 아니지 않은가.

그러나 로즈메리 바턴은 할 일을 까맣게 잊을 만큼 정신없이 빠져들었다 해도 모두들 이해해 줄 만큼 매혹적이었다. 이제 와서 그때 왜 그렇게 어리석었나 자책해 봐야 아무 소용없었다. 다행히도 별일은 없었다. 한마디 대화를 주고받는 순간 로즈메리의 매력이 퇴색하기 시작했던 것이다. 일상도 다시 균형을 찾아 갔다. 그것은 사랑이 아니었다. 홀린 것은 더더욱 아니었다. 그저 좋은 시간 보내면서 즐긴 것에 불과했다.

분명 앤터니는 즐거운 시간을 보냈다. 로즈메리도 마찬가지였다. 로즈메리는 천사처럼 사랑스럽게 춤을 췄고, 가는 데마다 뭇 남성들의 시선을 사로잡았다. 데리고 다니는 남자는 기분이 좋을 수밖에. 로즈메리가 입만 열지 않는다면. 앤터니는 자신이 로즈메리와 결혼하지 않은 것에 감사했다. 그 완벽한 얼굴과 몸매에 실컷 감탄하고 나면, 그다음은 뭐가 남겠는가? 남의 이야기를 제대로 들을 줄도 모르는 여자이다. 매일 아침, 식탁에서 남편이 자기를 얼마나 열렬히 사랑하는지 말해 주기를 바라는 여자!

아, 이제 와서 그런 것들을 따져 봤자 뭐 하겠는가!

그때는 정말로 로즈메리에게 단단히 빠지지 않았던가!

그녀의 비위를 맞춰 주느라 바빴다. 만날 전화를 걸고, 좋은 데 데려가서 데이트하고, 같이 춤추고, 택시 안에서 키스까지 했다. 아주 제대로 바보 노릇을 했다. 찬물을 뒤집어쓰고 정신이 번쩍 든 그날까지.

앤터니는 그날 로즈메리가 어떤 모습이었는지 또렷이 기억이 났다. 한쪽 귀 앞으로 늘어뜨린 밤색 머리칼 한 가닥, 내리깐 속눈썹과 그 사이로 올려다보던 반짝거리는 새파란 눈동자. 삐친 듯 비죽 내민 보드라운 붉은 입술.

"앤터니 브라운. 좋은 이름이군요!"

"저명하고 존경받는 이름이지요. 헨리 8세의 시종장이었던 앤터니 브라운이라는 사람도 있었습니다."

"선조인가 보죠?"

"그렇다고 할 수는 없죠."

"그러시겠죠!"

그러자 앤터니가 눈썹을 치켜떴다.

"사실 난 영국 식민지령 출신입니다."

"이탈리아계가 아니라요?"

"아."

앤터니는 웃음을 터뜨렸다.

"짙은 색 피부 때문에 그러는 거죠? 어머니가 스페인계거든요."

"그렇다면 이해가 되네요."

"이해가 되다니, 뭐가요?"

"여러 가지가요, 앤터니 브라운 씨."

"내 이름이 꽤나 마음에 드는 모양이군요."

"이미 말했잖아요. 좋은 이름이라고."

그다음에 로즈메리의 입에서 나온 말은 마치 마른하늘에 친 날벼락 같았다.

"토니 모렐리보다 훨씬 좋은데요."

한순간 앤터니는 자신의 귀를 의심했다. 이럴 수가! 어떻게 이런 일이!

앤터니가 팔을 콱 붙잡자, 로즈메리는 그 손아귀 힘에 얼굴을 찡그렸다.

"아파요!"

"그 이름은 어디서 들었지?"

거칠고 위협적인 목소리였다.

그러나 로즈메리는 자기 때문에 상대방이 그런 격한 반응을 보이는 것이 그저 좋아서 웃음을 터뜨릴 뿐이었다. 멍청한 여자 같으니!

"누가 말해 줬어?"

"당신을 알아본 사람이."

"그게 누군데? 이거 아주 심각한 문제야, 로즈메리. 누군지 꼭 알아야겠어."

그러자 로즈메리는 곁눈으로 흘겨보며 대답했다.

"내 망나니 사촌, 빅터 드레이크요."

"난 그런 사람 모르는데."

"당신을 만났을 때 아마 다른 이름을 쓰고 있었을걸요. 가족한테 창피 주지 않으려고."

앤터니가 천천히 대꾸했다.

"이제 알겠군. 그게…… 감옥에 있을 때였지?"

"맞아요. 내가 빅터한테 잔소리를 좀 했는데…… 식구들 얼굴에

먹칠을 한다는 둥 그런 이야기 말예요. 물론 빅터는 눈 하나 깜짝 안 했죠. 그러더니 웃으면서 이렇게 말하는 거예요. '너도 그렇게 처신이 깔끔한 것 같지는 않던데. 며칠 전 저녁에 전과자랑 춤추는 거 다 봤어. 네 남자 친구 중 하나지, 아마. 자기를 앤터니 브라운이라고 소개하고 다니던데, 감옥에서는 토니 모렐리였다고.'"

그 말에 앤터니는 애써 가볍게 대꾸했다.

"이거, 옛 친구하고 만나서 회포라도 풀어야겠는데. 우리 감방 동기들은 우애가 피보다 진하거든."

로즈메리가 고개를 저었다.

"너무 늦었어요. 남아메리카로 보내 버렸으니까. 어제 출발했죠."

"그렇군."

앤터니는 숨을 깊이 들이쉬고 말을 이었다.

"그럼 내 과거를 아는 건 당신뿐이겠네?"

로즈메리는 고개를 끄덕였다.

"안 이를게요."

"안 이르는 게 좋을걸."

앤터니의 목소리는 험악했다.

"이봐, 로즈메리. 당신은 위험한 일에 말려든 거야. 그 예쁜 얼굴에 칼자국 나는 꼴 당하고 싶지 않겠지? 여자 얼굴 망치는 정도는 눈 하나 깜짝 않고 해치우는 사람들도 있거든. 또 어떤 인간들한테는 사람 하나 제거하는 건 일도 아니라고. 소설이나 영화에서만 일어나는 일이 아니야. 실제로도 얼마든지 일어날 수 있어."

"협박하는 거예요, 토니?"

"경고라고 해 두지."

이 여자가 경고를 진지하게 받아들일까? 앤터니의 말이 진짜라는 걸 알아차릴까? 어리석은 여자 같으니. 거죽만 예쁘지 머릿속에 분별력이라고는 조금도 없었다. 조용히 입 다물기를 기대하면 안 될 터였다. 그렇다 해도 어떻게든 로즈메리가 경고를 알아듣게 해야 했다.

"토니 모렐리라는 이름은 잊어버려. 무슨 소리인지 알겠어?"

"하지만 난 전혀 개의치 않는걸요, 토니. 난 마음이 넓은 사람이란 말예요. 전과자를 만나다니, 얼마나 짜릿해요? 그렇게 창피해할 것 없어요."

이런 황당한 경우를 봤나. 앤터니는 차가운 눈으로 로즈메리를 바라보았다. 그 순간, 도대체 어떻게 이런 여자한테 반할 수 있었나 하는 생각이 들었다. 앤터니는 멍청한 사람을 참아 주는 타입이 아니었다. 얼굴이 반반한 멍청이라 해도.

앤터니가 굳은 얼굴로 말했다.

"토니 모렐리는 잊어. 농담 아니야. 다시는 그 이름을 입 밖에 낼 생각 하지 마."

당장 그곳을 벗어나야 했다. 그것만이 유일한 해결책이었다. 이 여자가 발설하지 않을 것을 기대할 수 없었다. 내키면 꺼리낌 없이 나불댈 여자니까.

로즈메리는 앤터니를 향해 매력적인 미소를 짓고 있었지만, 앤터니는 그 미소에 조금도 마음이 동하지 않았다.

"그렇게 무섭게 굴지 말고, 다음 주에 재러스 가(家) 저택에서 열리는 무도회에 데려가 줘요."

"그때 난 여기 없을 거야. 곧 떠날 예정이니까."

"내 생일 파티 전에는 안 돼요. 나를 실망시키지 말아요. 당신을 믿으니까. 거절할 생각 말아요. 내가 그 끔찍한 독감 때문에 얼마나 오랫동안 고생했는지 알아요? 아직도 완전히 회복하지 못했단 말예요. 그러니 거절하면 안 돼요. 꼭 와야 해요."

원래 계획대로 할 수도 있었다. 다 그만두고 당장 떠날 수도 있었다.

그런데 대신, 계단을 내려오는 아이리스를 열린 문 너머로 보고 말았다. 늘씬하고 곧은 몸매에 창백한 얼굴을 감싸듯 늘어뜨린 검은 머리칼과 회색 눈동자의 아이리스. 미모는 로즈메리만 못하지만 그녀에게는 결코 없는 개성을 지닌 아이리스.

그 순간 앤터니는 로즈메리의 천박한 매력에 아주 조금이라도 넘어간 자신을 질책했다. 줄리엣을 처음 본 순간 로잘린을 떠올린 로미오의 기분을 십분 이해할 수 있었다.

앤터니 브라운은 마음을 바꿨다.

그 0.1초도 안 되는 순간에 전혀 다른 행동을 취하기로 결심한 것이다.

스티븐 패러데이

　스티븐 패러데이는 로즈메리를 떠올리고 있었다……. 로즈메리의 이미지를 떠올릴 때면 언제나 말로 표현할 수 없는 경이로움이 따라왔다. 평소에는 생각이 나면 머리에서 억지로 몰아내곤 했는데 가끔은 살아생전에 그랬던 것처럼 로즈메리가 사후에도 그렇게 끈질기게 사라지기를 거부하는 때가 있었다.
　이럴 때 반응은 언제나 똑같았다. 레스토랑에서의 그 장면이 떠오름과 동시에 억누를 수 없는 오한이 온몸을 훑고 지나가는 것이다. 그 장면은 떠올릴 필요가 없었다. 스티븐은 기억을 더듬어 로즈메리의 생전 모습을 떠올렸다. 살아 있는 로즈메리, 미소를 지으며 스티븐의 눈을 응시하는 로즈메리…….
　얼마나 어리석은가……. 얼마나 어리석은 짓이었던가!
　놀라움과 당혹감이 밀려왔다. 어쩌다 그렇게까지 된 것일까? 이해할 수가 없었다. 인생이 두 부분으로 쪼개진 것 같았다. 이성적이고 균형 잡힌 발전의 시기가 인생의 큰 부분을 차지하는 반면, 전혀 자신답지 않게 광기에 사로잡힌 시기가 나머지 부분을 차지했다. 스티븐이 보기에 두 부분은 아무리 봐도 서로 어울리지 않았다.

그렇게 유능하고 똑똑하고 날카로운 지성을 갖춘 스티븐도 그 두 부분이 사실은 아주 잘 어울린다는 사실을 이해할 통찰력이 없었기 때문이다.

스티븐은 종종 객관적이고 냉철한 자세로 자신의 인생을 돌아보면서 오만한 태도로 성공을 자축하곤 했다. 아주 어렸을 때부터 반드시 성공하고야 말겠다고 결심을 했는데, 여러 난관과 초년 시절의 불리함을 극복하고 실제로 성공하고야 말았으니 그럴 만도 했다.

스티븐의 인생관은 단순하고 확고했다. 그는 인간의 의지를 믿는 사람이었다. 뜻하는 대로 이루어지리라!

어린 스티븐 패러데이는 천천히 '의지'를 단련해 갔다. 그는 자신의 노력으로 얻은 것 외에는 어디에서도 도움을 얻을 수 없었다. 시원한 이마와 고집스러운 턱을 가진, 창백한 피부의 일곱 살짜리 소년은 그 나이에 벌써 반드시 출세하리라고 마음먹었다. 그것도 아주 크게. 부모님은 일찌감치 깨달은 바에 의하면 전혀 도움이 되지 않았다. 어머니는 자신보다 신분이 낮은 사람과 결혼했는데, 그 결정을 죽을 때까지 후회했다. 소규모 건축업자였던 아버지는 약삭빠르고 교활하며 인색한 사람이었는데, 어머니뿐 아니라 아들에게서도 멸시를 받았다. 항상 멍하니 넋이 나가 있고 인생에 아무 목적도 없으며 하루에도 쉴 새 없이 기분이 오락가락하는 어머니를 보면서, 스티븐은 당혹감과 답답함을 느꼈다. 그러던 어느 날, 어머니가 테이블에 푹 엎어져 있는 것을 발견했다. 바닥에는 손에서 떨어진 빈 향수병이 구르고 있었다. 그때까지 스티븐은 어머니의 극단적인 기분 변화가 알코올 때문이었다고는 짐작도 못 했었다. 어머니가 독한 화주나 맥주를 마시는 건 한 번도 본 적이 없었고, 향수에 대한 집착이 만성 두통의 원인이 아닐까 막연히 짐작할 뿐, 그 집착이 향이 아니라 알코올 때문이리라고는 꿈에도 상상하지 못했다.

그 순간 스티븐은 자신이 부모에게 그다지 애정이 없음을 깨달았다. 그리고 부모가 자신에게 보태 줄 게 거의 없다는 결론을 내렸다. 스티븐은 제 또래에 비해 키가 작고 말이 없었으며 말을 더듬는 버릇이 있었다. 아버지는 '계집애 같은 놈'이라며 못마땅해했다. 집에서 거의 문제를 일으키지 않는 얌전한 아들. 아버지는 좀 더 시끄럽고 활동적인 아들을 원했다.

"나는 저 나이 때 항상 말썽을 일으키곤 했지."

아버지는 틈만 나면 이렇게 자랑했지만 사실은 처가쪽 식구들을 닮은 아들 스티븐을 보면서 아내에 대한 열등감을 느껴 심기가 불편해졌던 것이다.

스티븐은 말없이 결심을 굳혀 가면서 인생을 설계했다. 반드시 성공하리라 다짐하면서. 그 의지의 첫 번째 시험으로, 말 더듬는 버릇을 고치기로 했다. 우선 단어마다 살짝 띄어 가며 천천히 말하는 연습을 했다. 그러한 노력은 결실을 얻었다. 더 이상 말을 더듬지 않게 된 것이다. 학교에서는 수업에 열중했다. 교육만큼은 제대로 받을 작정이었다. 교육을 받으면 뭔가는 할 수 있었기 때문이었다. 얼마 안 가서 교사들은 스티븐의 놀라운 성적 향상에 관심을 보이며 더욱 격려했고, 스티븐은 장학금까지 탔다. 교사들이 스티븐의 부모를 찾아와 이 아이는 미래가 있다며 설득했다. 당시 주택 날림 시공으로 꽤 잘나가던 패러데이 씨는 그 설득에 넘어가 아들의 교육에 돈을 투자하기로 했다.

스물두 살이 된 스티븐은 옥스퍼드 대학에서 그럴듯한 학위와 함께, 위트 넘치는 말솜씨와 날카로운 글솜씨를 갖추었다는 명성을 달고 집으로 돌아왔다. 알아 두면 좋을 친구들을 여럿 사귀고 온 것도 물론이었다. 스티븐이 가장 매력을 느낀 분야는 정치였다. 그는 타고난 수줍음을 극복하고 겸손과 허물없는 태도를 적절히 섞은 감탄할 만한 사교술을 연마했고, 거기에 타고난 영민함까지 더해져서 그를 보는 사람마다 이렇게 말하곤 했다.

"저 청년은 뭐가 돼도 크게 될 거야."

그는 자유당파를 개인적으로 선호했지만 당시로서는 자유당이 죽은 거나 다름없다고 판단하고 노동당에 들어갔다. 그리고 얼마 안 가 그의 이름은 '전도유망한' 젊은이로 사람들 입에 오르내렸다. 그러나 그는 새로운 관념에는 배타적인 데다 막강한 상대 당에 비해 전통에만 얽매이는 노동당에 만족할 수 없었다. 반대로 보수당은 젊은 피를 찾고 있었다.

보수당은 스티븐 패러데이를 당원으로 받아들였다. 스티븐은 보수당이 찾던 인물이었다. 그는 노동당이 꽉 잡고 있는 선거구를 놓고 경쟁하여 아슬아슬한 득표 차로 이겼다. 그리고 의기양양하게 하원 의석 하나를 차지했다. 정치인으로서의 경력이 막 시작되는 순간이었다. 선택한 진로에 후회도 없었다. 넘치는 야망과 능력을 얼마든지 쏟아 부을 수 있는 분야였다. 스티븐은 시간이 지남에 따라 자신이 정치에 꽤나 재능이 있음을 깨달았다. 사람 다루는 능력이 뛰어나서 언제 추켜세우고 언제 반대해야 할지 정확히 알았던 것이다. 어느 날, 스티븐은 언젠가 내각에까지 진출하겠다고 맹세했다.

그럼에도 불구하고 하원에 진출한 흥분이 일단 가시고 나자 곧 환멸감이 찾아왔다. 힘겹게 얻은 선거전의 승리로 각광을 받긴 했지만, 그래 봤자 지금은 정당 원내 총무에게 굽실거리느라 나서지도 못하는 일개 평의원에 불과했다. 여기서 더 출세하기란 쉽지 않았다. 이곳에서는 젊은이를 못마땅한 시선으로 보았다. 능력만 있다고 다 되는 게 아니었다. 능력 이상의 것이 필요했다.

이 세계에서는 특정 유력 당파가 존재했다. 특정 가문이라고 볼 수도 있었다. 출세하려면 그들의 지지를 얻는 것은 필수였다.

스티븐은 결혼을 고려해 보았다. 지금까지는 결혼에 관심이 없었다. 언젠가 가치관과 야망을 공유하는 예쁜 처자를 만나 함께 삶을 일굴 날이 오겠지 하는 희미한 그림뿐이었다. 자신의 아이를 낳아 줄 여자, 그리고 자신의 생각과 울분을 털어놓으면 다 받아 줄 수 있는 여자. 자신과 같은 곳을 바라보고 자신만큼 성공에 집착하며 그 성공을 이루어 낸 자신을 자랑스러워해 줄 수 있는 여자.

그러던 어느 날, 키더민스터 저택에서 열린 성대한 만찬회에 초대받아 갔다. 키더민스터 가의 연줄은 영국 전체에서 가장 막강했다. 현재도 그렇고 과거에도 줄곧 정계에서 영향력을 행사해 온 가문이었다. 키가 훤칠하게 크고 기품 있는 풍채에 황제 콧수염을 기른 키더민스터 경은 전국에서 모르는 사람이 없었다. 레이디 키더민스터의 목마를 연상시키는 커다란 얼굴은 영국 전역의 연단이나 위원석에서 꽤 자주 볼 수 있었다. 두 사람에게는 딸이 다섯 있었는데 그중 셋은 미모가 뛰어났고, 또 아들 하나는 아직 이튼스쿨에 재학 중이었다.

키더민스터 부부는 기회가 있을 때마다 전도유망한 젊은 당원들을 격려해 주었다. 스티븐 패러데이가 초대받은 것도 그러한 맥락에서였다.

스티븐은 연회장에 모인 사람들 중에 아는 사람이 거의 없었기 때문에 도착 후 20분쯤 지나자 혼자 동떨어져 창가에 서 있었다. 티테이블을 빙 둘러서 있던 사람들이 하나둘 다른 방으로 자리를 옮기고 있을 때 스티븐은 테이블 옆에 홀로 서 있는 검은색 드레스를 입은 후리후리한 몸매의 아가씨를 발견했다. 그 아가씨는 당황해서 어쩔 줄 모르는 것처럼 보였다.

스티븐 패러데이는 사람 얼굴을 잘 기억하는 편이었다. 마침 그날 아침 지하철에서 한 여자 승객이 버리고 간 잡지 《지역 소식》을 주워 들어 호기심에 슬쩍 들여다봤는데, 거기에 키더민스터 백작의 셋째 딸인 레이디 알렉산드라 헤일의 흐릿한 사진이 실려 있었다.

그 밑에는 다음과 같은 가십성 기사도 붙어 있었다.

……수줍음이 많고 내향적인 성격으로…… 동물을 사랑하고……
레이디 키더민스터는 딸들을 가사에 부족함이 없도록 길러야 한다는
믿음이 있기 때문에, 레이디 알렉산드라는 가정학을 전공했다.

테이블 옆에 서 있는 여자가 바로 레이디 알렉산드라 헤일이었다. 스티븐은 수줍음 많은 사람의 직관으로 레이디 알렉산드라 역시 수줍음 많은 사람임을 알 수 있었다. 다섯 딸 중 미모가 가장 떨어지는 알렉산드라는 항상 열등감에 시달려 왔다. 똑같은 교육과 양육을 받았음에도 나머지 네 자매들이 가진 사교적 센스가 없었기 때문에 어머니가 꽤나 골치 아파하며 이렇게 입버릇처럼 말했다.
"샌드라는 좀 더 노력해야 돼……. 사람들 앞에서 그렇게 쭈뼛거리고 요령 없이 굴다니."
스티븐은 그런 사실까지는 몰랐지만, 그 아가씨가 거북하고 비참해하고 있다는 것은 알았다. 그 순간 갑자기 확신이 솟았다. 이건 기회였다!
'기회를 잡아, 이 바보야! 지금 아니면 이런 기회는 다시는 없어!'
스티븐은 방을 성큼성큼 가로질러 긴 티테이블로 다가간 다음 알렉산드라 바로 옆에 서서 샌드위치 하나를 집어 들었다. 그리고 알렉산드라를 보면서 긴장으로 땀을 뻘뻘 흘리며(연기가 아니었다. 실제로 진땀이 났다!) 말을 걸었다.

"저기, 말씀 좀 나눠도 실례가 안 되겠습니까? 아는 사람이 별로 없는데, 저와 처지가 비슷하신 것 같아서요. 매정하게 거절하지 말아 주십시오. 사실 저는 굉장히 부…… 부…… 부끄럼을 타거든요."

(수년 전의 말 더듬는 버릇이 딱 적절한 순간에 튀어나와다)

"근데 그쪽도 부…… 부끄럼이 많으신 것 같은데, 그렇죠?"

레이디 알렉산드라는 얼굴을 붉혔다. 놀라서 입도 살짝 벌어졌다. 그러나 스티븐이 예상한 대로 대놓고 사실을 말하지는 못했다. "저는 이 집안 딸이에요."라는 말은 쉽게 뱉기 힘든 말이었으니까. 대신 조용히 이렇게 말했다.

"사실 저…… 저는 숫기가 없어요. 어릴 적부터 그랬죠."

스티븐은 재빨리 대꾸했다.

"끔찍하지요. 이 버릇을 언제나 극복할 수 있을지. 어쩔 때는 말문이 완전히 막혀서 한마디도 안 나온다니까요."

"저도 그래요."

스티븐은 이야기를 계속했다. 중간중간 더듬어 가며 아까보다 조금 빠른 말투로……. 그리고 소년 같은 매력을 슬쩍 비치며. 몇 년 전에는 그런 태도가 자연스럽게 나왔지만 지금은 의식적으로 재생시킨 것이었다. 풋풋하고 순진한 스티븐의 모습은 상대방의 마음을 사로잡았다.

스티븐은 대화의 주제를 연극으로 옮겨 요즘 인기 있다는 작품을 입에 올렸다. 샌드라도 그 연극을 봤다고 했다. 두 사람은 신나게 이야기를 나눴다. 마침 정부 사회 복지 사업의 단면을 다룬 작품이라,

두 사람은 관련 소재들로 가지를 뻗어 나가며 깊은 토론으로 빠져들었다.

그러나 스티븐은 선을 넘지 않았다. 레이디 키더민스터가 방에 들어와 딸을 찾아 두리번거리는 것을 본 순간, 지금은 정식으로 소개를 받을 계제가 아니라고 판단하고 얼른 작별 인사를 우물거렸다.

"함께 대화를 나눌 수 있어서 즐거웠습니다. 이런 연회는 몸서리치도록 싫어했는데, 당신 때문에 생각이 바뀌었어요. 감사합니다."

그러고는 들뜬 마음으로 키더민스터 저택을 나섰다. 기회를 잡았으니, 이제 쐐기를 박을 차례였다.

그 후 며칠간 스티븐은 키더민스터 저택 주변을 자주 방문했다. 한번은 샌드라가 자매 한 명과 함께 나오는 것을 목격했고, 또 한번은 혼자서 서둘러 어디론가 가는 걸 목격했다. 스티븐은 고개를 저으며 중얼거렸다.

"이번에는 안 되겠어. 분명 약속이 있어서 서두르는 것 같으니."

그러다가 파티 후 일주일이 흘렀을 때, 마침내 인내에 대한 보상을 받았다. 샌드라가 검정색 스코티시테리어 한 마리를 데리고 나와 느긋한 걸음으로 공원 쪽으로 걸어가는 모습을 본 것이다.

5분 후, 스티븐이 반대편에서 잰걸음으로 다가와 샌드라 앞에 우뚝 멈춰 섰다. 그는 쾌활한 목소리로 외쳤다.

"이게 웬 행운입니까! 다시 못 만날 줄 알았는데."

샌드라는 너무나 반가운 목소리에 저도 모르게 얼굴을 살짝 붉혔다.

스티븐은 쭈그리고 앉아 개를 들여다보며 말했다.
"귀여운 녀석이네요. 이름이 뭐죠?"
"맥태비시예요."
"아, 스코틀랜드 태생다운 이름이군요."
두 사람은 잠시 개 이야기를 했다. 그러다 갑자기 스티븐이 멋쩍은 표정으로 말했다.
"지난번에는 제 이름도 말씀 안 드렸지요. 패러데이입니다. 스티븐 패러데이. 별 볼 일 없는 하원 의원입니다."
스티븐이 빤히 쳐다보며 기다리자, 샌드라는 또 얼굴을 붉히며 대답했다.
"제 이름은 알렉산드라 헤일이에요."
스티븐은 딱 적절하게 반응했다. 옥스퍼드 대학 드라마 클럽에서 활동했을 때도 이보다 더 연기를 잘하지는 못했을 것이다. 놀라움, 깨달음, 당혹감, 그리고 무안함까지!
"엇, 당신…… 레이디 알렉산드라 헤일이었군요……. 당신이…… 세상에! 그날 제가 얼마나 바보처럼 보였을지!"
샌드라의 반응은 예상에서 한 치도 벗어나지 않았다. 철저한 가정 교육과 타고난 고운 심성 때문에 상대방의 마음을 편안하게 해주지 않고서는 배길 수가 없었던 것이다.
"제가 그날 바로 밝혔어야 했어요."
"제 쪽에서 알아봤어야 했지요. 얼마나 촌뜨기로 보였을까!"
"어떻게 아셨겠어요? 그리고 그게 무슨 상관이에요? 패러데이 씨,

너무 마음 상해하지 마세요. 우리, 서펀타인강까지 걸어가요. 보세요, 맥태비시가 가자고 줄을 잡아당기잖아요."

 그날 이후 스티븐은 공원에서 샌드라를 몇 번 더 만났다. 스티븐은 샌드라에게 자신의 정치적 야망에 대해 털어놓았고, 그들은 정치에 대해 깊은 대화를 나눴다. 스티븐이 보기에 샌드라는 지적이고 박식하며 이해심 많은 여자였다. 머리가 좋으며, 한쪽으로 치우치지 않은 사고방식을 가지고 있기도 했다. 두 사람은 금세 친구가 되었다.

 다음 기회가 찾아왔다. 스티븐이 키더민스터 저택에서 열리는 만찬에 초대를 받은 것이다. 남자 손님 한 명이 마지막 순간에 취소를 하는 바람에 어머니가 머리를 싸매며 고민하는 것을 보고 샌드라가 재빨리 말했다.

"스티븐 패러데이는 어때요?"

"스티븐 패러데이?"

"예, 지난번 파티에 왔었잖아요. 그 후로 한두 번인가 만났거든요."

 레이디 키더민스터는 남편에게 상의했고, 그는 역시나 장래가 촉망되는 젊은이라면 대환영이라는 뜻을 밝혔다.

"똑똑한 친구야……. 아주 똑똑해. 출신은 대단찮지만, 그 친구 언젠가 혼자 힘으로 성공해서 이름을 날릴 거야."

 스티븐은 초대에 응했고, 만찬에 와서 키더민스터 가족과 인사를 나누었다.

"알아 두면 여러모로 쓸모가 많을 청년이네."

레이디 키더민스터가 얼마나 오만하게 들리는지 깨닫지 못하고 중얼거렸다.

두 달 후, 스티븐은 자신의 운을 시험해 보았다. 그날도 두 사람은 서펀타인 강가에 서서 이야기를 나누었다. 맥태비시는 샌드라의 발 위에 머리를 얹고 엎드린 채 가만히 기다리고 있었다.

"샌드라……. 내가 사랑하는 거, 당신도 알지요. 나랑 결혼해 줘요. 언젠가 성공할 수 있다는 확신이 없으면 이렇게 청혼하지도 않을 거예요. 나는 자신 있습니다. 당신이 부끄럽지 않도록 반드시 성공할게요. 맹세해요."

"지금도 당신이 부끄럽지 않은걸요."

"그럼 나를 좋아한다는 뜻이에요?"

"몰랐어요?"

"좋아해 주기를 바랐죠……. 하지만 확신할 수는 없었어요. 그거 알아요? 방 저편에 서 있는 당신을 본 순간부터 사랑했다는 거. 그 순간 나는 용기를 쥐어짜서 당신에게 다가가 말을 걸었어요. 평생 그렇게 겁에 질린 순간도 없었을 거예요."

"나도 그때부터 당신을 사랑했던 것 같아요……."

결혼에 골인하는 과정은 순조롭지 않았다. 샌드라가 스티븐 패러데이와 결혼하겠다고 조용히 선언하는 순간, 키더민스터 가족은 격렬히 반대 의사를 표하기 시작했다. 어디서 굴러먹던 젊은이인가? 그 청년에 대해 아는 게 뭐가 있는가?

스티븐은 키더민스터 경에게 가족과 출신에 대해 숨김없이 다 이야기했다. 그때는 부모님이 모두 돌아가신 게 자신의 미래를 위해 차라리 잘된 일이라는 생각도 아주 잠깐 들었다.

키더민스터 경이 부인에게 말했다.

"흠. 이 정도인 게 다행인지도 모르지요."

그는 딸을 잘 알았다. 과묵한 외양 이면에 완고한 의지가 숨어 있다는 것을 누구보다 잘 알고 있었다. 그 청년과 결혼하기로 결심했으면 기어이 하고 말 아이였다. 절대로 뜻을 꺾지 않을 것이다!

"그 친구, 앞길이 창창해요. 조금만 밀어 주면 승승장구할 거야. 우리에게 젊은 피가 절실한 것도 사실이고. 게다가 딱 봐도 사람이 됐던데."

레이디 키더민스터는 마지못해 승낙했다. 딸에게 한참 못 미치는 신랑감이었지만, 샌드라는 자식 중에서 가장 결혼시키기 힘든 딸이었다. 수전은 미모가 출중했고, 에스더는 누구보다 똑똑했다. 영악한 다이애나는 당시 사교계 최고의 신랑감이었던 젊은 하리치 공작과 결혼했다. 샌드라는 확실히 남자들에게 인기 있는 타입은 아니었다. 숫기 없는 성격도 한몫 했다. 그런데 이 청년이 남들이 말하듯 그렇게 전도유망한 젊은이라면…….

레이디 키더민스터는 못 이기는 척 뜻을 굽히며 중얼거렸다.

"물론 우리가 밀어주면 충분히 성공할 수 있겠죠……."

그리하여 알렉산드라 캐서린 헤일은 스티븐 레너드 패러데이를 기쁠 때나 슬플 때나 함께할 상대로 받아들였다. 하얀 공단과 브뤼셀 레이스를 뒤집어쓰고, 들러리 여섯 명과 조그마한 시동 두 명을 달고, 최신 유행 결혼식이 갖춰야 할 모든 장식을 다 갖추고서. 부부는 이탈리아로 신혼여행을 떠났고, 돌아와서는 웨스트민스터에 있는 아담하고 예쁜 집에 자리를 잡았다. 그런데 얼마 안 있어 샌드라의 대모가 죽으면서 샌드라에게 시골에 있는 아름다운 앤 여왕의 장원을 유산으로 남겼다. 젊은 신혼부부에게 모든 것은 순조롭게 돌아갔다. 스티븐은 새로운 열의를 가지고 의회 일에 뛰어들었고, 샌드라는 남편의 야망과 자신의 야망을 동일시하면서까지 최대한 남편을 도와주고 선도했다. 때때로 스티븐은 자신이 얼마나 운이 좋은지 새삼 깨닫고 놀라워했다. 정계에서 막강한 키더민스터 가문이라는 연줄이 생기자, 스티븐의 커리어는 빠르게 상승세를 탔다. 기회가 마련해 준 입지를, 타고난 두뇌와 능력으로 더욱 굳게 다졌다. 스티븐은 자기 힘으로 세상을 변화시킬 수 있다고 진심으로 믿었고, 조국을 위해 아낌없이 몸을 바칠 준비도 되어 있었다.

스티븐은 식탁에 마주 앉은 아내를 바라볼 때마다 '이렇게 완벽한 조력자를 만나다니!' 하며 속으로 감사했다. 마음속으로 그려 왔던 배우자의 이미지에 딱 들어맞는 아내였다. 스티븐은 샌드라의 얼굴에서 목으로 이어지는 매혹적이고 단아한 선과 일직선인 눈썹 아래 자리한 맑은 갈색 눈, 다소 튀어나온 새하얀 이마와 조금 오만해 보이는 매부리코를 좋아했다. 잘 치장하고 잘 교육받은 티가 줄줄 흐르며, 자존심 또한 강한 것이, 어찌 보면 경주마 같기도 했다. 샌드라는 이상적인 반려자였다. 두 사람은 생각하는 것도 비슷해 무슨 문제든 빨리 같은 결론에 도달하곤 했다. 보잘것없는 소년

스티븐 패러데이가 이렇게 훌륭하게 성장했다. 그의 인생은 정확히 계획했던 대로 나아가고 있었으며, 이제 겨우 서른에서 한두 살 더 먹었을 뿐인데 성공은 손에 들어온 것이나 다름없었다.

스티븐은 의기양양한 만족감에 젖어 아내와 함께 2주 일정으로 생모리츠(겨울 스포츠로 이름난 스위스 남동부의 작은 도시 — 옮긴이)에 갔다가 호텔 라운지 저편에 서 있는 로즈메리 바턴을 발견했다.

그 순간 어떤 일이 일어난 건지 스티븐은 아직까지도 이해할 수 없었다. 일종의 시적인 보복처럼, 다른 여성에게 의미 없이 했던 말이 사실이 되었다. 그는 방 저편에 서 있는 여자를 보는 순간 사랑에 빠졌다. 이성을 잃고 몸과 마음을 바칠 정도로 깊이 사랑에 빠진 것이다. 이미 그 나이면 한참 전에 경험하고 극복했어야 할, 앞뒤 안 가리고 무모하게 빠져드는 사춘기 소년의 풋사랑 같은 사랑이었다.

스티븐은 항상 자신은 뜨겁게 사랑하는 타입이 아니라고 믿어 왔다. 한두 번의 짤막한 교제와 뜨뜻미지근한 연애 장난…… 그 정도가 그가 아는 '사랑'의 전부였다. 육체적 쾌락은 스티븐의 취향이 아니었다. 그는 자신이 그런 유희를 좇기에는 너무 결벽한 사람이라고 믿었다.

누군가 그에게 아내를 사랑하느냐고 묻는다면 그는 망설임 없이 "당연하지."라고 대답했을 것이다. 그러나 그는 만약 샌드라가 가난한 시골 지주의 딸이었다면 결혼은 꿈도 안 꿨으리라는 것을 잘 알고 있었다. 스티븐은 샌드라를 좋아하고 존경했으며, 그녀에게 깊은 애정이 있었다. 또한 그녀의 입지가 엄청난 이점을 가져다준 것에 감사하는 마음도 있었다. 그러나 그게 다였다.

자신이 솜털 보송보송한 소년처럼 무모하고 절박하게 사랑에 빠질 수 있다는 사실 자체가 충격적이었다. 하루 종일 로즈메리 생각만 났다. 로즈메리의 사랑스럽게 웃는 얼굴, 로즈메리의 숱이 풍성한 밤색 머리카락, 로즈메리의 관능적인 몸매. 밥도 안 먹히고 잠도 안 왔다. 두 사람은 함께 스키를 타러 갔다. 함께 춤도 췄다. 스티븐은 로즈메리를 안고 춤을 추면서 그녀만 있으면 다른 것은 아무것도 필요 없다고 생각했다. 그랬다. 이것이, 이 괴로움, 가슴을 후벼 파는 고통이…… 이것이 바로 사랑이었다!

스티븐은 이렇게 한참 정신이 딴 데 팔려 있는 와중에도 태연함을 가장할 수 있는 자신의 능력에 새삼 감사했다. 그가 지금 느끼는 감정을 누구도 눈치를 채서는 안 되고, 누구도 알아서는 안 되었다……. 로즈메리 외에는.

바턴 부부는 패러데이 부부보다 한 주 일찍 그곳을 떴다. 스티븐은 샌드라에게 생모리츠가 그다지 재미있는 곳이 아닌 것 같다고 했다.

"휴가를 일찍 접고 런던으로 돌아가는 게 어떨까요?"

샌드라는 흔쾌히 동의했다. 런던에 돌아오고 2주 후, 스티븐은 로즈메리의 정부가 되었다.

말로 표현할 수 없는, 넋이 나갈 만큼 황홀했던 그때……. 열에 들뜬 듯 비현실적이었던 한때였다. 그게…… 얼마나 지속됐던가? 길게 잡아 봐야 6개월. 그 6개월 동안 스티븐은 평소와 똑같이 출근하고, 지역 구민들을 만나 보고, 정책을 논의하고, 각종 정당 대회에서 연설을 하고, 샌드라와 정치를 논하면서 속으로는 오직 한 가지, 로즈메리만 생각했다.

작은 아파트에서의 은밀한 만남, 아름다운 로즈메리, 로즈메리의 귀에 대고 속삭인 애정 어린 표현들, 열정적으로 스티븐을 포옹하던 로즈메리. 모든 것이 꿈만 같았다. 관능적이고 황홀한 꿈.

그리고 꿈 뒤에 찾아온…… 각성.

그것은 너무나도 갑작스럽게 일어났다.

마치 터널에서 밝은 빛 속으로 내던져지듯.

하루는 정신없이 홀린 정부였다가 그다음 날은 이제 로즈메리를 자주 만나지 말아야겠다고 결심하는 계산적인 스티븐 패러데이로 돌아와 있었다. 제기랄, 그렇게 엄청난 위험을 무릅쓰다니. 샌드라가 낌새를 채는 날에는……. 스티븐은 식탁 맞은편에 앉아 아침을 먹는 샌드라를 흘끔 훔쳐봤다.

'다행이다, 아무것도 못 알아채서. 전혀 모르고 있어.'

그러나 요 근래 집을 비우면서 댄 핑계들은 스티븐이 듣기에도 속이 빤히 들여다보이는 것들이었다.

'다른 여자들 같았으면 진즉에 눈치챘을 텐데. 샌드라가 의심 많은 타입이 아니라서 천만다행이야.'

스티븐은 크게 심호흡을 했다. 정말이지 로즈메리와 그는 너무 무모했다! 로즈메리의 남편이 알아채지 못한 게 신기할 정도이다. 미련할 정도로 사람을 잘 믿는 갑갑한 타입이다. 로즈메리보다 나이도 한참 많아서는.

하지만 로즈메리처럼 매혹적인 여자도 없을 것이다…….

문득 골프장이 떠올랐다. 모래 언덕 위로 불어오는 상쾌한 바람, 골프클럽을 들고 라운드를 돌고…… 드라이버를 힘껏 휘둘러…… 깔끔한 샷에 날아가는 공……. 매시(5번 아이언 ― 옮긴이)로 칩샷. 남자들. 골프용 반바지 차림에 담배 파이프를 문 남자들. 가장 좋은 것은 여자는 출입 금지라는 것이지!

스티븐은 샌드라에게 불쑥 말했다.

"페어헤이븐에 가는 게 어떻겠어요?"

샌드라는 놀라서 고개를 번쩍 들었다.

"가고 싶어요? 일이 있는데 갈 수 있겠어요?"

"주중에 휴가를 낼 수 있을 거예요. 갑자기 골프가 치고 싶어서. 일만 하니 피곤하군."

"원한다면 내일이라도 갈 수 있죠. 애스틀리 부부랑 한 약속을 미뤄야겠네요. 그리고 화요일 약속도 취소해야 하고요. 근데 로뱃 부부랑 약속한 건 어떻게 하죠?"

"뭐, 그것도 취소해 버리지. 적당히 둘러대면 돼요. 한적한 데 다녀오고 싶어."

페어헤이븐에서 스티븐은 개들을 데리고 샌드라와 테라스에서 휴식을 취하거나 담으로 둘러싸인 정원을 걷고, 샌들리 히스에서 골프를 치고, 저녁에는 맥태비시를 데리고 나가 어슬렁거리며 산책을 하면서 평화롭게 보냈다.

마치 오랜 병상에서 일어나 회복하는 느낌이었다.

그러나 로즈메리의 편지를 보는 순간 얼굴이 확 일그러졌다. 그렇게 편지 보내지 말라고 일렀건만. 이게 얼마나 위험한 짓인지 모르는 걸까? 샌드라가 누가 보낸 편지인지 물은 적은 한 번도 없었지만, 그렇다 해도 이건 결코 현명한 짓은 아니었다. 게다가 하인들이 언제라도 고자질할 수도 있었다.

스티븐은 짜증을 내며 편지 봉투를 북 찢어 열고는 서재로 가지고 들어갔다. 편지는 몇 장이고 계속됐다.

편지를 읽어 내려가자 얼마 전에 느꼈던 황홀경이 새삼 되살아났다. 로즈메리는 스티븐을 흠모하고 그 누구보다 사랑하며, 닷새나 만나지 못하고는 살 수 없다고 했다.

'당신의 감정은 변함없나요? 나의 표범은 에티오피아 여인이 보고 싶지 않은 건가요?'

스티븐은 한숨 섞인 웃음을 지었다. 그 바보 같은 농담을 아직까지……. 스티븐이 얼룩무늬가 있는 남자용 가운을 선물로 사 주었을 때 로즈메리는 그것을 무척이나 마음에 들어했다.

"무늬를 바꾸는 표범."

그러자 스티븐은 이렇게 대꾸했었다.

"하지만 당신은 무늬를 바꾸면 안 돼, 달링."

그 후로 로즈메리는 스티븐을 '표범'이라고 불렀고 스티븐은 로즈메리를 '나의 아프리카 여인'이라고 불렀다.

바보 같은 짓거리다. 정말이지 바보 같은 짓이다. 이렇게 몇 장이고 편지를 보내다니 고맙기는 하지만, 이런 짓은 하지 말았어야 했다. 제기랄, 조심하고 또 조심해도 모자랄 판에! 샌드라는 이런 일을 참고 넘길 여자가 아니었다. 샌드라가 낌새라도 채면……. 편지는 위험하다. 진즉에 로즈메리에게 경고했는데. 왜 돌아갈 때까지 고 며칠을 못 기다리는 걸까? 제기랄, 이삼일이면 또 볼 텐데 그걸 못 참고.

다음 날, 아침 식탁에 또 편지 한 통이 놓여 있었다. 이번에 스티븐은 속으로 욕을 참지 않았다. 샌드라의 시선이 편지에 몇 초간 머물렀지만, 그녀는 아무 말도 하지 않았다. 샌드라가 남편이 주고받는 편지에 대해 일일히 캐묻지 않는 타입이라서 정말 다행이었다.

아침 식사 후 스티븐은 차를 몰고 10킬로미터 정도 떨어진, 장이 서는 마을로 나갔다. 시내에서 전화를 거는 멍청한 짓을 피하기 위해서였다. 마침내 로즈메리와 연결이 되었다.

"여보세요……. 로즈메리, 당신이오? 더는 편지 보내지 말아요."

"스티븐, 달링, 당신 목소리를 들으니 얼마나 좋은지 모르겠어요!"

"조심해요. 옆에 누구 없어요?"

"당연히 없죠. 아, 얼마나 보고 싶었는지 몰라요. 당신은 내가 보고 싶지 않았어요?"

"물론 보고 싶었지. 하지만 편지는 보내지 말아요. 위험하니까."

"내 편지가 마음에 들었어요? 내가 곁에 있는 것처럼 느껴졌나요? 달링, 나는 하루 종일 당신과 있고 싶어요. 당신도 그런가요?"

"나도 그래요……. 하지만 전화로는 곤란해요."

"당신은 겁이 너무 많아서 탈이에요. 뭐가 그렇게 위험한데요?"

"나도 당신을 생각해요, 로즈메리. 하지만 나 때문에 당신한테 문제가 생기는 건 원치 않아요."

"나한테 무슨 일이 생기건, 난 걱정 안 해요. 당신도 알잖아요."

"하지만 난 걱정돼요."

"언제 돌아오는 거예요?"

"화요일."

"그럼 아파트에서 만나요, 수요일에."

"좋아요······. 음, 알았어요."

"내 사랑, 기다리는 시간이 너무 힘들어요. 대충 둘러대고 오늘 돌아오면 안 되나요? 오, 스티븐, 그렇게 해요! 중요한 일이 생겼다든가, 뭐 그딴 핑계를 둘러대고요."

"그럴 수는 없을 것 같군요."

"당신은 내가 그리워하는 것의 반만큼도 나를 보고 싶어 하지 않는 것 같군요."

"무슨 소리. 당연히 보고 싶지."

전화를 끊고 나자 진이 빠졌다. 어째서 여자들은 이렇게 앞뒤 안 가리고 덤벼드는 걸까? 앞으로는 더 조심하고 만나는 횟수도 줄여야 한다.

그 뒤로 일은 더욱 꼬이기 시작했다. 일이 점점 바빠져서 로즈메리에게 많은 시간을 할애할 수가 없게 되었는데, 골치 아픈 점은 로즈메리가 그것을 이해하지 못하는 것이었다. 아무리 설명하고 또 설명해도 들으려 하지 않았다.
"아, 그놈의 정치…… 그게 중요하면 얼마나 중요하다고!"
"하지만 정말 중요한 일인걸……."
로즈메리는 끝까지 이해하지 못했다. 이해하려고 하지도 않았다. 스티븐의 일이나 야망, 그의 경력에는 눈곱만치의 관심도 없었다. 로즈메리가 원하는 건 오직 하나, 스티븐에게서 사랑 고백을 자꾸 자꾸 듣는 것이었다.
"예전과 똑같이 사랑하나요? 날 정말로 사랑한다고 다시 한 번 말해 줘요!"
정말이지, 이쯤 됐으면 그런 건 말을 안 해도 그러려니 할 줄 알아야지! 로즈메리는 누구든 넘어가지 않을 수 없을 만큼 매혹적인 여자였다. 그러나 한 가지 문제는 말이 전혀 안 통한다는 것이었다.
그동안 너무 많이 만난 것이 문제였다. 그렇게 자주 만나면서 둘 사이가 항상 뜨겁게 타오르기를 바랄 수는 없었다. 서로를 조금 덜 보는 것…… 좀 풀어 주는 것이 상책이었다.
그런데 그렇게 하자 로즈메리가 화를 내기 시작했다. 그것도 아주 정색을 하고. 이제는 대화를 해도 오가는 것은 책망의 말뿐이었다.
"예전만큼 나를 사랑하지 않는군요."
그러면 스티븐은 당연히 예전만큼 사랑한다고 맹세하고 확인시켜 줘야 했다. 로즈메리는 스티븐이 과거에 했던 말들을 끊임없이 다시 끄집어내 재생시켰다.
"우리가 함께 죽으면 낭만적일 거라고 했던 거 기억나요? 서로의

품에 안겨서 잠이 든 채로 죽자고 했던 거요? 카라반을 타고 사막으로 함께 도망가자고 한 거 기억나요? 별과 낙타만 있는 곳으로…… 그곳에서 다른 모든 것을 잊자고 한 거요."

사랑에 빠지면 얼마나 허황된 말들을 지껄이는지! 그 당시에는 이렇게 우습게 들리지 않았었는데. 사랑이 식은 후 새삼 끄집어내 듣는 맛이란! 도대체 왜 여자들은 옛일을 옛일로 내버려 두지 못하는 건가? 내가 얼마나 바보짓을 했는지 상기시켜 주지 않아도 좋다고.

로즈메리는 뜬금없이 무리한 요구를 하기도 했다.

"당신이 먼저 프랑스 남부에 가 있고 내가 그리로 가서 합류하면 어때요? 아니면 시칠리아나 코르시카는 어때요……. 우리를 아는 사람이 하나도 없는 그런 곳이요."

스티븐은 굳은 표정으로, 세상에 그런 곳은 없다고 대답했다. 아무리 아는 사람이 없는 곳을 찾아가도 느닷없이 몇 년간 코빼기도 못 본 학교 동창과 마주치게 마련이었다.

그러자 로즈메리는 정말로 무서운 한마디를 뱉었다.

"근데 사실 그래도 상관없잖아요, 안 그래요?"

갑자기 머리가 차가워진 스티븐은 한껏 경계하고 물었다.

"그게 무슨 뜻이지?"

로즈메리는 미소 띤 얼굴로 스티븐을 바라보았다. 한때 심장이 벌렁거리고 갈망으로 뼈가 아리게 했던 매혹적인 미소. 그러나 그 미소가 이제는 스티븐을 더욱 초조하게 할 뿐이었다.

"사랑하는 나의 표범, 그동안 생각해 봤는데 언제까지나 이렇게 남의 눈을 피해서 몰래 만나는 건 바보 같은 짓이에요. 그렇게까지 할 필요가 없어요. 우리 같이 도망가요. 체면치레는 그만하자고요. 조지는 기꺼이 이혼해 줄 거고, 당신 부인도 이혼해 줄 거예요. 그럼 우리 둘이 결혼할 수 있어요."

청천벽력 같은 소리였다! 말도 안 되는 짓이다! 일생을 망칠 결정이라고! 그런데 그걸 전혀 깨닫지 못하고 있다니!

"내가 그렇게 하게 내버려 두지 않을 거요."

"하지만 난 상관없는걸요. 난 인습에 얽매이는 여자가 아니에요."

'나는 그런 남자야. 인습에 얽매이는 남자라고.'

스티븐은 속으로 대꾸했다.

"나에게는 사랑이 이 세상에서 가장 중요해요. 그러니까 사람들이 뭐라고 하건 상관없어요."

"나는 상관있어요, 로즈메리. 그런 종류의 공공연한 스캔들은 내 정치 경력을 끝장내고 말 거예요."

"하지만 그게 뭐 그리 중요해요? 당신이 할 수 있는 일은 그것 말고도 많아요."

"바보 같은 소리."

"게다가 애초에 당신이 일을 해야 할 이유가 어딨어요? 내가 돈이 많은 걸 알잖아요. 조지의 돈이 아니라 내 돈이요. 우리 같이 전 세계를 여행하면서 외딴곳만 찾아다녀요. 아무도 가 보지 못했을 곳들만요. 아니면 태평양 어딘가의 섬에요……. 상상해 봐요, 뜨거운 태양과 파란 바다, 아름다운 산호초."

스티븐은 그 말을 듣고 생각했다.

'남태평양의 섬에 가자고? 그런 바보 같은 생각을! 나를 뭘로 보는 거야. 해변의 부랑자?'

스티븐은 콩깍지의 마지막 한 조각까지 벗겨진 눈으로 새삼스럽게 로즈메리를 바라보았다. 새 대가리를 가진 아름다운 여자라니! 내가 미쳤지……. 완전히 돌았어. 그러나 이제 정신이 들었으니 어떻게든 이 궁지에서 빠져나가야 했다. 신중하게 움직이지 않으면 이 여자가 인생을 송두리째 망쳐 놓을 판이었다.

스티븐은 수많은 남자들이 정부와 인연을 정리할 때 내뱉는 말들을 충실하게 지껄였다. 우리 인연은 여기까지다……. 그렇게 편지를 썼다. 당신을 위해서 이러는 것이다. 더 이상 당신을 불행하게 만들 수는 없다. 당신은 이해를 못한다…… 어쩌고저쩌고.

우리 사이는 끝났다. 그것을 어떻게든 로즈메리가 이해하게 만들어야 했다.

그러나 로즈메리는 한사코 받아들이기를 거부했다. 그렇게 쉽게 끝낼 수는 없다. 당신을 누구보다 사랑한다, 당신 없이는 살 수가 없다! 유일한 해결책은 나는 남편에게, 당신은 아내에게 진실을 털어놓는 것이다! 스티븐은 로즈메리의 답장을 읽으면서 차가운 경멸감밖에 느끼지 못했다. 멍청한 여자 같으니! 귀찮게 매달리다니! 내버려 두면 바보같이 조지 바턴에게 다 털어놓을 테고 그러면 조지는 로즈메리에게 이혼 소송을 걸면서 스티븐을 공동 피고인으로 소환할 것이다. 그럼 샌드라도 당장 이혼하자고 할 게 뻔했다. 그 점만큼은 의심의 여지가 없었다. 한번은 샌드라가 친구 이야기를 하면서 이렇게 말한 적이 있었다.

"남편이 다른 여자와 바람난 걸 알았는데 당연히 이혼하는 수밖에 없잖아요?"

분명 샌드라 자신도 그렇게 할 것이다. 샌드라는 자존심이 센 여자였다. 남편이 다른 여자를 만나는데 가만히 두고 볼 여자가 아니었다.

그렇게 되면 스티븐은 끝장이었다. 막강한 키더민스터라는 배경이 사라지는 것이었다. 아무리 사람들이 옛날보다 관대해졌다지만, 그런 스캔들은 몇 년 지나면 가라앉을 성질의 것이 아니었다. 이런 추잡한 스캔들이 쉽게 잊혀질 리가 없다! 그러면 꿈이고 야망이고 안녕이었다. 인생 종치는 것이다. 멍청한 여자 하나에 빠져서 허우적대다가. 더도 말고 덜도 말고 그저 풋사랑일 뿐이었다. 최악의 타이밍에 찾아온 풋사랑.

지금까지 쌓아 온 모든 것을 잃을 것이다. 실패다! 굴욕이다!

샌드라도 떠날 것이다…….

그렇게 생각하는 순간, 스티븐은 자신을 가장 괴롭히는 것이 바로 그 점이라는 것을 깨달았다. 샌드라가 떠난다. 샌드라의 반듯하고 새하얀 이마와 맑게 빛나는 엷은 갈색 눈동자. 그의 소중한 친구이자 동반자 샌드라, 오만하고 자긍심 강하고 충실한 샌드라. 안 돼, 샌드라를 잃을 수는 없다. 그럴 수는 없다. 샌드라만은 안 된다.

이마에 땀이 축축하게 배어났다.

어떻게 해서든 이 궁지에서 벗어나야 한다.

어떻게 해서든 로즈메리가 정신을 차리게 해야 한다……. 그러나 로즈메리가 과연 정신을 차릴까? 로즈메리는 남의 말을 들을 사람이 아니었다. 만약 지금껏 아내만을 사랑해 왔다고 말한다면? 아니, 로즈메리는 안 믿을 것이다. 말이 통하는 여자가 아니다. 머리에 든 건 없고 감정적으로 매달리기만 하는, 독점욕 강한 여자였다. 게다가 로즈메리는 아직도 스티븐을 사랑하고 있었다……. 문제의 원인은 바로 그것이었다.

눈앞이 새빨개질 정도의 강한 분노가 스티븐을 사로잡았다. 도대체 어떻게 로즈메리를 정신 차리게 한단 말인가? 어떻게 입을 다물게 할 수 있을까? 독약이라도 먹이지 않는 한 불가능할 것이다. 스티븐은 속으로 쓰디쓰게 내뱉었다.

말벌 한 마리가 근처에서 윙윙거리고 있었다. 스티븐은 멍하니 내려다보았다. 세공유리로 만든 잼병에 들어간 말벌이 빠져나오려고 애를 쓰고 있었다.

'나랑 같은 처지야. 꿀에 유혹돼 갇혀서는 빠져나갈 수 없게 됐구나. 불쌍한 놈.'

그러나 그 스티븐 패러데이는 어떻게 해서라도 빠져나가고 말 것이다. 시간, 시간을 벌어야 한다.

지금 로즈메리는 독감으로 드러누워 있었다. 위문품으로 커다란 꽃다발을 보내 두었으니 당분간은 숨을 돌릴 수 있었다. 다음주에 샌드라와 스티븐은 바턴 부부와 저녁을 함께 보낼 예정이었다. 로즈메리의 생일 파티에서. 로즈메리는 이렇게 말했었다.

"내 생일 파티 때까지는 아무 말도 안 하려고요……. 조지한테 너무 잔인한 짓이 될 테니까요. 조지가 파티를 준비하느라 얼마나 애썼는지 알아요? 마음도 따뜻하지. 그래도 파티가 끝나고 나서 이야기를 나누면 설득할 수 있을 거예요."

다 끝났다고, 더 이상 사랑하지 않는다고 이야기하면 어떻게 될까? 스티븐은 몸을 부르르 떨었다. 아니다, 그럴 수는 없다. 로즈메리가 히스테리를 일으키고 조지한테 달려갈지도 모른다. 최악의 상황으로, 샌드라한테 갈 수도 있다. 벌써 울먹이며 샌드라한테 이야기하는 로즈메리의 목소리가 귓전에 들리는 듯했다.

"그이는 더 이상 나를 사랑하지 않는다고 하지만, 나는 그게 거짓이라는 걸 알아요. 그 사람은 남편으로서 의무를 다하려고 그러는 거예요. 당신하고 껍데기밖에 안 남은 부부 생활을 유지하려고 애쓰는 거예요. 하지만 사랑하는 사이라면 서로 솔직해야 하잖아요. 그러니 부탁할게요. 그 사람을 놓아줘요."

로즈메리의 입에서 이런 식의 멜로드라마 같은 소리가 나올 게 뻔했다. 샌드라는 거만하고 도도한 표정으로 이렇게 말할 것이다.

"그렇게 원한다면 가져요!"

샌드라는 스티븐의 진심을 믿어 주지 않을 것이다. 어떻게 믿겠는가? 만일 로즈메리가 그 연애편지들을 가져가 보여 주기라도 한다면……. 그가 아무 생각 없이 로즈메리에게 보낸 연애편지들. 그 편지들에 별의별 말이 다 쓰여 있는데. 샌드라가 단 몇 줄이라도 읽으면 그가 로즈메리를 사랑하고 있다고 믿어 버릴 말들……. 샌드라에게는 한 번도 쓴 적이 없는 달콤한 말들…….

아이디어를 짜내야 한다. 로즈메리의 입을 막을 아이디어를.

"보르자 가문(에스파냐 출신의 이탈리아 귀족 가문. 체사레 보르자는 권력 확대를 위해서는 수단과 방법을 가리지 않고 정적을 제거했기 때문에, '보르자의 독약'이라는 괴담이 퍼지기도 했다. ― 옮긴이)이 지배하던 시대에 살고 있지 않은 게 안타깝군."

스티븐은 음산하게 중얼거렸다.

로즈메리를 입 다물게 할 방법은, 독이 든 샴페인을 먹이는 것밖에 없을 것이다.

그렇다, 스티븐은 그때 정말로 그런 생각을 했었다.

로즈메리의 잔에 들어간 청산가리, 로즈메리의 핸드백에서 발견된 청산가리 포장지. 독감 후 우울증.

테이블 맞은편에서 지그시 바라보는 샌드라의 눈빛.

거의 1년이나 지났건만, 스티븐은 잊을 수가 없었다.

알렉산드라 패러데이

 샌드라 패러데이는 로즈메리 바턴을 잊지 않았다.
 지금 이 순간에도 그녀를 떠올리고 있었다. 그날 밤, 레스토랑 테이블 위에 쓰러져 있던 로즈메리 바턴을.
 놀라서 숨을 흡 들이마신 자신과 다음 순간 고개를 들었을 때 빤히 쳐다보고 있던 스티븐…….
 스티븐은 샌드라의 눈에서 진실을 읽었을까? 불타는 증오심과 끔찍한 공포, 승리감이 섞여 있는 것을 알아챘을까?
 그로부터 벌써 1년……. 그런데도 바로 어제 일처럼 머릿속에 선명히 각인되어 있다! 로즈메리, 그 꽃말은 기억. 얼마나 소름 끼치도록 딱 맞아떨어지는 말인가. 사람이 죽어도 다른 사람의 마음속에 계속 살아 있으면, 죽으나 사나 전혀 다를 게 없었다. 로즈메리가 바로 그러했다. 샌드라의 마음속에 계속 살아 있었던 것이다. 스티분의 마음속에도 살아 있을까? 충분히 가능한 일이었다.

룩셈부르크. 최고급 요리와 신속한 서비스, 고급스러운 장식과 좌석을 자랑하는 그 소름 끼치는 레스토랑. 사람들이 약속을 잡았다 하면 매번 거기서 만나자고 하는 바람에, 피하기가 거의 불가능한 곳이기도 했다.

샌드라는 잊고 싶었지만, 너무 많은 것들이 그 일을 떠오르게 했다. 조지 바턴이 리틀 프라이어스에 집을 산 이후로 페어헤이븐도 더 이상 은둔처가 되지 못했다.

전혀 그 사람답지 않은 짓이었다. 조지 바턴은 여러모로 기이한 사람이었다. 무엇보다 샌드라가 원할 만한 이웃이 결코 아니었다. 그가 나타나면서 페어헤이븐은 평화로운 휴양지로서의 매력을 잃고 말았다. 페어헤이븐은 항상, 적어도 올여름까지는, 샌드라와 스티븐이 행복을 누릴 수 있는 곳이었다. 다만, 두 사람이 과연 진정 행복했던 때가 있었던가?

샌드라는 입술을 꾹 다물었다. 그럼, 수천 번도 넘게 있었고말고! 로즈메리만 아니었으면 계속 행복했을 것이다. 샌드라와 스티븐이 막 쌓기 시작한 신뢰와 애정의 연약한 탑을 무너뜨려 산산조각 낸 것이 바로 로즈메리였다. 샌드라의 본능이, 스티븐을 향한 열정, 일편단심의 헌신적인 마음을 드러내지 말라고 충고했다. 그러나 그날 키더민스터 저택에서 그가 방을 가로질러 다가온 순간, 그가 수줍음을 가장하며 샌드라가 누군지 모르는 척 말을 걸어온 순간부터 샌드라는 스티븐을 사랑하고 있었다.

스티븐은 샌드라가 누구인지 처음부터 분명 알고 있었다. 샌드라가 그 사실을 언제 받아들였는지는 꼭 집어 말할 수 없었다. 결혼하고 얼마 후, 스티븐이 어떤 법안을 통과시키기 위해 기막히게 교묘한 술수를 생각해 내는 모습을 본 날이었을 것이다.

그때 이런 생각이 머릿속을 스치고 지나갔다.

'이거 어디서 본 술수인데? 어디서였지?'

며칠 후 샌드라는 그것이 과거 키더민스터 저택에서 스티븐이 자기에게 접근할 때 쓴 수법과 똑같다는 것을 깨달았다. 샌드라는 그 사실을, 마치 마음속 깊이 자리하고 있던 것이 뒤늦게 수면으로 떠오른 것처럼, 자신도 깜짝 놀랄 만큼 차분하게 받아들였다.

결혼하는 날부터 샌드라는 자신이 사랑하는 만큼 스티븐이 자신을 사랑하지는 않는다는 것을 알고 있었다. 어쩌면 스티븐은 그처럼 열렬히 사랑하는 게 불가능한 사람일지도 몰랐다. 그렇게 모든 것을 다 바쳐 사랑하는 기질은 샌드라가 기꺼이 짊어져야 할 유산이었다. 그것은 여자로서는 보기 드문 기질이었다. 샌드라는 스티븐을 위해 기꺼이 죽을 수 있었다. 그를 위해 거짓말을 하고, 계략을 꾸미고, 고통을 감수할 수도 있었다! 그러나 그러는 대신 스티븐이 샌드라에게 요구하는 역할을 겸허히, 그리고 자랑스럽게 받아들였다. 스티븐은 샌드라에게서 협조와 이해, 적극적이고 지능적인 원조를 원했다. 샌드라의 마음이 아니라 샌드라의 두뇌와 샌드라가 타고난 물질적 풍요를 필요로 했던 것이다.

샌드라가 죽어도 피하고 싶었던 게 하나 있다면, 스티븐이 되돌려줄 수 없는 애정을 드러냄으로써 그를 당혹스럽게 하는 것이었다. 그래도 스티븐이 자신을 좋아하고 함께 있는 걸 즐긴다고 진심으로 믿었기에 참을 수 있었다. 스티븐이 이 마음의 고통을 덜어 줄 날을, 두 사람이 따뜻한 애정과 우정을 나눌 수 있는 미래를 내다보았던 것이다.

스티븐은 자신의 방식대로 샌드라를 사랑했다. 샌드라는 그렇게 믿었다.

그런데 로즈메리가 등장했다.

가끔씩 샌드라는 어떻게 스티븐은 자신이 모르고 있다고 믿을 수 있을까 생각하며 냉소적인 미소를 지었다. 샌드라는 생모리츠에서의 그 순간부터…… 그 여자를 바라보는 스티븐의 눈길을 본 순간부터 알고 있었다.

그리고 그 여자가 스티븐의 정부가 된 날이 언제인지도 알고 있었다.

그 여자가 무슨 향수를 쓰는지도 알았다.

샌드라를 대하는 스티븐의 예의 바른 표정에서, 아득한 눈동자에서, 그가 어떤 기억을 떠올리고 있는지, 누구를 생각하고 있는지 다 알 수 있었다. 그 여자…… 그가 방금 두고 온 그 여자였다!

그때 자신이 겪은 고통을 아무렇지도 않게 떠올리는 것은 불가능한 일이었다. 매일같이, 지옥불과 같은 고문을 견뎌야 했던 나날들……. 기댈 것이라고는 '나에게는 이 어려움을 헤쳐 나갈 용기가 있다.'는 믿음과 타고난 자존심밖에 없었다. 샌드라는 죽는 한이 있어도, 절대로 감정을 내보이지 않으리라 결심했다. 체중이 급격히 줄었고, 점점 마르고 창백해져 얼굴과 어깨의 뼈가 도드라질 지경이 되었다. 밥은 억지로 먹었지만 잠은 억지로 잘 수 없었다. 멍한 눈으로 어둠을 응시하며 새하얗게 밤을 지새우는 나날이 계속되었다. 약에 의존하는 건 나약한 인간이나 하는 짓이라고 믿은 샌드라는 어떻게든 맨정신으로 버텨 보리라, 이를 악물었다. 상처받았다고 눈물로 호소하고 화를 내며 따지고 드는 것…… 그런 것들은 전부 샌드라가 욕지기를 할 정도로 혐오하는 행동이었다.

그래도 미약하나마 한 가닥 위안이 있었다. 스티븐이 자신을 떠나기를 원치 않는다는 사실이었다. 물론 샌드라에 대한 애정이 아니라 정치 경력 때문이었지만, 사실은 사실이었다. 스티븐은 샌드라를 떠나기를 원하지 않았다.

언젠가는 열정이 식을 것이다…….

따지고 보면 그 여자에게서 볼 게 뭐가 있는가? 매력적이고 아름답기는 하다. 하지만 그런 여자는 수두룩하다. 도대체 로즈메리 바턴의 무엇이 스티븐을 그렇게 사로잡은 것일까?

그 여자는 멍청하고 감상적이다. 게다가 (샌드라는 이 부분에 특히 집착했다.) 그다지 재미있는 여자도 아니다. 만약 그 여자에게 재치와 지적 매력, 상대방을 사로잡는 화술이 있었다면 모를까. 사실 남자를 붙들어 두는 건 그런 것들이지 않은가. 샌드라는 언젠가 밀애가 끝날 거라는, 스티븐이 언젠가는 싫증을 낼 것이라는 믿음에 매달렸다.

스티븐이 가장 우선적으로 추구하는 것이 정치적 경력임은 의심할 여지가 없었다. 스티븐은 큰일을 할 운명을 타고난 사람이었고, 그 자신도 그걸 알고 있었다. 스티븐에게는 뛰어난 정치인이 갖춰야 할 두뇌가 있었고, 그 두뇌를 적절히 사용하는 걸 그도 즐겼다. 그것은 스티븐에게 일생의 업이었다. 설마, 일단 열정이 식으면 스티븐도 그 사실을 새삼 깨닫지 않겠는가?

샌드라는 남편을 떠나겠다는 생각은 단 한 번도 해 본 적이 없었다. 남편이 자기를 택하든 버리든, 샌드라는 몸도 마음도 남편의 것이었다. 스티븐은 샌드라가 존재하는 이유, 샌드라의 전부였다. 스티븐을 향한 사랑은 무섭도록 불타올랐다.

잠시나마 희망을 가졌던 순간도 있었다. 두 사람이 페어헤이븐에 있는 별장에 가서 머무는 동안, 스티븐은 어느 때보다도 더 예전의 스티븐 같아 보였다. 샌드라는 한순간, 두 사람 사이에 존재했던 동질감이 되살아나는 걸 느꼈다. 희망으로 가슴이 벅차올랐다. 스티븐은 그녀를 아직도 원한다. 아직도 그녀와 함께 있는 걸 즐기고, 아직도 그녀의 판단력을 신뢰했다. 그 순간만큼은 스티븐도 로즈메리의 손아귀에서 완전히 벗어나 있었다.

스티븐은 어느 때보다 행복해 보였고, 예전의 그로 돌아간 것 같았다.

돌이킬 수 없을 정도로 망가진 게 아니었다. 스티븐은 점차 과거의 자신으로 돌아오고 있다. 이제 그 여자와 헤어질 결심만 해 준다면······.

그러나 두 사람은 런던으로 돌아갔고, 스티븐은 다시금 수렁에 빠졌다. 얼굴이 수척해졌고, 수심으로 가득했으며, 병자처럼 보였다. 그리고 좀처럼 일에 정신을 집중하지 못했다.

샌드라는 그 이유를 알 것 같았다. 로즈메리가 둘이서 도망가자고 조르고 있는 것이다. 그리고 스티븐은 정말로 그렇게 할 생각인 것이고. 지금껏 아껴 왔던 모든 것을 버리고 그 여자와 달아날 결심을 굳히고 있는 것이다. 바보 같은 짓이다! 무모한 짓이다! 스티븐은 일이 언제나 우선인 사람…… 전형적인 영국 남자다. 스티븐 자신도 속으로는 그것을 알고 있을 것이다. 그렇지만 로즈메리는 아주 매력적인 여자였다. 아주 멍청하기도 하고. 여자 때문에 인생을 팽개치고 나중에 후회하는 게 스티븐이 처음은 아닐 터였다.

어느 칵테일 파티에서 몇 마디를 주워들은 것이 생각났다.

"……조지에게 말하겠어요……. 우리 둘 다 결정을 내려야 해요."

로즈메리가 독감으로 앓아누운 건 그로부터 며칠 후였다.

그러자 샌드라의 가슴에 희망이 되살아났다. 로즈메리가 폐렴에 걸린다고 가정해 보자. 독감에서 폐렴으로 발전하는 게 드문 일도 아니니까. 샌드라의 친구도 그렇게 해서 작년에 죽었다. 만일 로즈메리가 죽어만 주면…….

샌드라는 그 생각을 얼른 지워 버리려고 하지 않았다. 그런 생각을 한 자신에게 놀라지도 않았다. 샌드라는 죄책감 없이 누군가를 증오할 수 있을 정도로 독한 여자였다.

샌드라는 로즈메리 바턴을 증오했다. 증오심만으로 누군가를 죽일 수 있다면, 로즈메리는 진즉에 죽었을 것이다.

그러나 증오심만으로는 사람을 죽일 수 없다.

증오심만으로는 부족하다.

그날 밤, 룩셈부르크의 파우더룸에서 새하얀 여우털 코트를 벗는 로즈메리는 얼마나 아름다워 보였던지. 독감을 앓고 나서 더욱 야위고 창백해진 모습……. 금방이라도 부서질 것 같은 그 분위기는 마치 이 세상 사람이 아닌 듯한 신비한 아름다움을 더해 주고 있었다. 코트를 벗고 거울 앞에서 화장을 고치는 로즈메리…….

그 뒤에서 샌드라는 두 사람의 모습을 함께 담은 거울을 뚫어지게 바라보았다. 마치 조각한 듯, 차갑고 생기 없는 자신의 얼굴. 누가 보면 피도 눈물도 없는 사람의 얼굴이라 할 것이다. 냉정하고 무서운 여자라고.

그런데 그때 로즈메리가 이렇게 말했다.

"어머나, 샌드라! 나 때문에 거울을 못 보고 있는 거예요? 난 다 했어요. 그놈의 독감 때문에 된통 고생했지 뭐예요. 내 몰골이 말이 아니네요. 게다가 아직 기운도 없고 머리도 아프고요."

샌드라는 예의 바르게, 차분히 대꾸했다.

"지금도 두통이 심한가요?"

"조금요. 혹시 아스피린 가진 거 있어요?"

"아스피린 캡슐은 하나 있어요."

그러고는 핸드백을 열어 약을 꺼냈고, 로즈메리는 그것을 받으며 이렇게 말했다.

"두통이 심해질 때를 대비해 핸드백에 넣어 두려고요."

옆에서 그 유능하다는 검은 머리 여자, 바턴의 비서가 그걸 전부 지켜보고 있었다. 그녀는 두 사람이 물러나자 거울 앞으로 다가와 가볍게 분을 덧칠했다. 예쁜 여자였다. 미인이라고 해도 좋을 정도였다. 샌드라는 왠지 그 여자가 로즈메리를 싫어한다는 느낌을 받았다.

그런 다음, 세 사람은 모두 휴게실에서 나왔다. 샌드라가 제일 먼저, 그다음에 로즈메리, 그리고 레싱 양……. 아, 그리고 물론 로즈메리의 동생 아이리스도 있었다. 여학생답고 순수하게 새하얀 드레스를 입고 회색 눈을 커다랗게 뜬 채, 들뜬 마음을 주체 못 하는 모습이었다.

일행은 파우더룸에서 나와 홀에서 기다리고 있던 남자 일행과 합류했다.

수석 웨이터가 서둘러 일행을 맞았고, 예약된 테이블로 안내했다. 모두들 아무 생각 없이 웅장한 아치형 문을 지나갔다. 그중 한 사람이 그 문을 살아서 나가지 못할 줄은 아무도 모른 채…….

조지 바턴

로즈메리……

조지 바턴은 술잔을 내려놓고 올빼미 같은 눈초리로 벽난로 불을 응시했다.

조지는 지금 자기 연민에 취해 흐느적거리기에 딱 좋을 만큼 취해 있었다.

로즈메리는 정말로 사랑스러운 여자였다. 조지는 처음부터 끝까지, 로즈메리에게 푹 빠져서 헤어 나오지 못했었다. 로즈메리도 그걸 알고 있었지만, 조지가 사랑한다고 고백하면 어쩐지 대놓고 비웃었을 것만 같았다.

심지어 청혼할 때조차 조지는 확신이 없었다.

잔뜩 인상을 쓰고 무슨 소리인지 모를 얘기만 주절댔다.

"그러니까, 저기, 언제든지…… 좋을 때 얘기만 하세요. 이래도 소용없는 거 잘 압니다. 당신은 나 같은 것은 쳐다보지도 않을 테니까. 난 항상 바보같이 굴지요. 아저씨처럼 배도 불룩 나왔고요. 하지만 내 감정이 어떤지 알고 계시죠? 내 말은 그러니까…… 나는 언제나 기다리고 있습니다. 승낙하실 리 없다는 거 알지만, 그래도 그냥 말이나 꺼내 보고 싶었습니다."

로즈메리는 웃음을 터뜨리며 조지의 이마에 입을 맞추었다.

"당신은 좋은 사람이에요, 조지. 고마운 제의 기억해 둘게요. 하지만 지금으로서는 누구와도 결혼하고 싶지 않아요."

조지는 무겁게 대꾸했다.

"그럴 만도 하죠. 신랑감은 천천히 고르세요. 로즈메리 양은 고를 자격이 충분하니까요."

솔직히 희망은 걸지 않았다. 결코 승낙할 것 같지 않았으니까.

그렇기 때문에 조지는 로즈메리가 자신과 결혼하겠다고 했을 때 놀라고 얼떨떨할 수밖에 없었다.

물론 로즈메리는 조지를 사랑하는 게 아니었다. 그 점은 조지도 알고 있었고, 로즈메리가 직접 시인까지 했다.

"그런 거 아시죠? 얼른 정착해서 안정된 생활을 누리고 싶은 마음이요. 당신과 함께라면 그럴 수 있을 것 같아요. 사랑에 빠지는 건 이제 지겨워요. 항상 중간에 뭔가 틀어져서 엉망진창으로 끝나곤 하니까요. 당신을 좋아해요, 조지. 당신은 다정하고 재미있고 마음도 따뜻하고, 또 나를 좋게 생각하지요. 내가 원하는 건 그거예요."

그 말에 조지는 말도 안 되는 소리로 허둥지둥 대꾸했다.

"안정된 게 제일 좋은 거예요. 우리는 왕처럼 행복하게 살 수 있어요."

틀린 이야기는 아니었다. 두 사람은 행복했으니까. 조지는 겸허한 자세로 살려고 노력하면서, 언젠가는 분에 넘치는 결혼에 따르는 대가가 있을 거라고 항상 마음의 준비를 하며 기다렸다. 로즈메리는 조지처럼 재미없는 사람과 살면서 만족할 여자가 아니었다. 분명 외도를 할 것이다! 조지는 그 사실을 받아들이려고 마음을 다잡았다. 로즈메리는 언젠가는 바람을 피울 것이다! 그것이 결코 오래가지 않을 거라는 믿음으로 버티면 된다! 로즈메리는 매번 그에게 돌아올 것이다. 이 사실만 받아들이면 괴로워하지 않을 수 있을 것이다.

로즈메리는 그를 좋아하니까. 조지를 향한 로즈메리의 애정은 꾸준하고 흔들림이 없었다. 다른 남자와 시시덕거리거나 바람을 피우는 것과는 별개로 존재하는 애정이었다.

조지는 마음을 다잡고 이를 받아들였다. 로즈메리처럼 남의 말에 잘 넘어가는 성격과 남의 시선을 사로잡는 미모를 가진 여자와 결혼하면 피할 수 없는 일이라고 애써 믿으려 했다. 예상치 못했던 것은 조지 자신의 반응이었다.

그 젊은 남자와 시시덕거렸을 때는 아무 느낌도 없었다. 그런데 다른 남자와 심각한 외도의 낌새를 챘을 때는……

조지는 당장 알 수 있었다. 로즈메리에게서 뭔가 다른 점이 느껴졌다. 평소와 다른 들뜬 태도, 점점 예뻐지는 얼굴, 왠지 몸 전체에서 빛이 나는 것 같은 느낌. 그렇게 직감이 감지한 것을, 부인할 수 없는 추악한 사실들이 뒷받침해 주었다.

어느 날, 로즈메리의 방에 들어갔을 때 그녀는 반사적으로, 쓰고 있던 편지를 손으로 후다닥 가렸다. 그때 조지는 알아차렸다. 로즈메리가 애인에게 편지를 쓰고 있었다는 것을.

로즈메리가 방을 나가자마자 조지는 성큼성큼 책상으로 다가갔다. 편지는 로즈메리가 가지고 나갔지만, 운 좋게도 편지 밑에 있던 압지가 거의 새것이었다. 조지는 압지를 들고 방 한가운데로 가 형광등에 대고 들여다보았다. 그러자 로즈메리의 화려한 필체가 드러났다.

'사랑하는 당신…….'

순간, 피가 거꾸로 솟았다. 오셀로가 어떤 심정이었는지 비로소 이해할 수 있을 것 같았다. 현명한 해결? 하! 그런 건 성인군자한테나 가능한 이야기이다. 생각 같아서는 당장 로즈메리의 목을 졸라 버리고 싶었다. 상대방 남자는 죽여 버리고 싶고. 대체 누구일까? 브라운이라는 청년? 아니면 그 얼간이, 스티븐 패러데이? 둘 다 죽자고 로즈메리를 쫓아다녔었다.

그때 거울에 비친 자신의 모습이 눈에 들어왔다. 눈은 벌겋게 핏발이 섰고, 금방이라도 발작을 일으킬 것처럼 보였다.

그때를 떠올리는 지금, 조지 바턴의 손에서 술잔이 스르륵 미끄러졌다. 다시 한 번 목구멍이 콱 막혀 오고 피가 거꾸로 솟았다. 이렇게 시간이 흘렀는데도…….

조지는 의식적으로 기억을 억눌렀다. 다시 떠올려 봤자 좋을 것이 없다. 과거는 과거일 뿐이다. 다시는 그 일로 괴로워하지 않기로 했다. 로즈메리는 죽었다. 죽어서 평안을 찾았다. 그도 평안을 찾았고. 다시는 괴로워할 필요가 없다…….

그러나 로즈메리의 죽음이 곧 평안을 의미한다고 믿은 것이 어리석었다. 평안이라니…….

심지어 루스에게도 털어놓지 않은 이야기였다. 충실한 루스. 머리도 비상했다. 루스가 없었으면 어떻게 되었을까? 자기 일처럼 도와주고 동정적인 태도로 이야기도 들어 주면서 여자로서 바라는 건 하나도 없었다. 남자에 환장한 로즈메리와는 다르게…….

로즈메리…… 레스토랑의 둥근 테이블에 앉은 로즈메리. 독감을 앓아 조금 야윈 얼굴……. 지친 기색……. 그러나 여전히 사랑스러운, 너무나 사랑스러운 얼굴. 그런데 겨우 한 시간 뒤…….

안 돼, 그때 일을 떠올려서는 안 된다. 지금 같아서는 더더욱. 그에게는 할 일이 있다. 그 계획에 집중해야 한다.

조지는 먼저 레이스와 이야기해 볼 작정이었다. 레이스에게 편지를 보여 줄 것이다. 레이스는 편지를 보고 어떤 반응을 보일까? 처제는 완전히 넋이 나갔었다. 조금도 의심하지 못했던 것이다.

뭐, 이제는 상황을 컨트롤하는 건 조지니까. 어떻게 할지 다 파악했으니까 걱정 없다.

계획. 준비는 끝났다. 날짜. 장소.

11월 2일. 위령의 날(가톨릭 교회의 축일 중 하나로, 모든 죽은 자를 위해 기도하는 날—옮긴이). 날도 딱 좋다. 장소는 당연히 룩셈부르크. 가능하면 같은 테이블을 예약할 것이다.

손님도 같은 멤버. 앤터니 브라운과 스티븐 패러데이, 샌드라 패러데이. 물론 루스와 아이리스도. 그리고 그 자신. 거기다가 마지막 일곱 번째 손님으로 레이스를 초대할 것이다. 원래 그날 만찬에 오기로 되어 있던 레이스를.

그리고 빈자리 하나를 준비하는 거다.

훌륭하다! 얼마나 드라마틱한가!

범죄의 재연이라니. 아니, 엄밀히 말하면 재연은 아니다.

조지의 눈앞에 그날의 장면이 다시금 떠올랐다…….

로즈메리의 생일…….

테이블에 엎어져 죽어 있는 로즈메리…….

제2부
위령의 날

'로즈메리의 꽃말은 기억.'

1장

 루실라 드레이크는 오늘 유난히 쨱쨱거리고 있었다. '쨱쨱거린다'는 예전부터 집안 어른들이 자주 사용한 표현이었는데, 오늘 루실라의 입에서 나오는 소리를 딱 적절히 묘사한 말이었다.

 오늘 아침, 루실라는 유난히 걱정거리가 많았다. 너무 많아서 한 가지에 신경을 쏟기가 힘들 정도였다. 우선 런던으로 돌아갈 일이 코앞에 닥쳤고, 거기에는 자연히 식솔들 문제도 따라왔다. 하인들과 살림살이 챙겨야지, 겨울 용품 보관해야지, 수십 가지 자잘한 일들로 정신이 없는데, 그 와중에 아이리스의 안색 때문에 더 걱정이 되었다.

 "정말이지, 얘야, 너 때문에 걱정이다. 얼굴이 너무 창백하고 기운이 없어 보이는구나. 며칠간 한숨도 못 잔 애처럼……. 어젯밤에는 제대로 잔 거냐? 못 잤으면, 와일리 선생님이 처방해 주신 수면제가 있으니까. 아니, 개스켈 선생님이었나? 그러니까 생각나는데……
아무래도 내가 직접 가게에 다녀와야겠어. 하녀들이 제멋대로 주문
을 했든가, 아니면 가게 주인이 아주 작정하고 속인 게 틀림없어. 비
누를 잔뜩 사다가 쟁여 놓은 거 있지. 내가 일주일에 세 개 이상은
안 된다고 그렇게 일러 뒀건만. 강장제를 좀 마셔 보는 게 어떻겠
니? 내가 어렸을 때는 부모님이 이튼 시럽을 주시곤 했는데. 아, 그
리고 시금치도 있지. 요리사한테 오늘 점심은 시금치 요리를 하라
고 하마."

아이리스는 너무 기운이 없는 데다가 고모의 산만한 태도에는 이
미 익숙했기 때문에, 어째서 개스켈 선생님의 이름에서 동네 가게
를 떠올렸는지 물어보고 싶지도 않았다. 아마 물어봤다면 이런 대
답이 돌아왔을 것이다. "왜냐하면 가게 주인 이름이 크랜포드니까
그렇지, 얘." 루실라 고모의 논리는 언제나 고모 자신에게만 통했다.

아이리스는 겨우 기운을 짜내 대답했다.

"저는 정말 괜찮아요, 루실라 고모."

"눈 밑이 거뭇거뭇한데 뭘. 너무 무리한 게야."

"아무것도 안 하고 놀기만 했는데요……. 몇 주 동안."

"그건 네 생각이지. 테니스를 그렇게 많이 치는 건 젊은 아가씨들
한테 아주 안 좋단다. 내가 보기에는 여기 공기가 사람 진을 빠지게
만드는 게 있어. 여기가 분지잖니. 조지가 그 계집 대신 나한테 상의
했으면 이런 데로 안 왔을 텐데."

"누구 말씀이세요?"

"네 형부가 그렇게 아끼는 레싱 양 있잖니. 회사에선 그래도 상관없지만……. 집안일에까지 끌어들인 건 잘못한 거야. 자기가 가족의 일원이라도 된 양 착각하게스리. 조지가 그러지 않아도, 벌써 가족처럼 행세하고 있지만."

"글쎄요, 루실라 고모. 루스는 실제로 가족이나 다름없잖아요."

드레이크 부인은 못마땅한 듯 코를 훌쩍였다.

"그 여자가 그렇게 되고 싶어서 꾀를 쓰는 거지. 딱 보면 알겠구먼. 불쌍한 조지……. 여자 문제에 관한 한 아무것도 모르는 애나 다름없다니까. 내버려 두면 안 돼, 아이리스. 조지가 더 이상 못 그러게 해야 돼. 내가 너라면 레싱 양이 아무리 괜찮은 사람이라도 결혼은 절대 안 된다고 못 박겠어."

무심히 듣고 있던 아이리스는 그 말에 깜짝 놀랐다.

"형부가 루스와 결혼하는 건 생각도 안 해 봤는데요."

"넌 바로 코앞에서 일어나는 일도 못 보는구나, 애야. 나처럼 인생 경험이 풍부하지 않아서 그런 게지."

아이리스는 피식 웃음을 지으며 생각했다. 루실라 고모는 가끔씩 너무 웃긴다고.

"그 여자는 결혼을 노리고 있어."

"그게 어때서요?"

"어떻냐니? 당연히 안 될 소리지."

"그렇게 되면 좋은 거 아니에요?"

그러자 루실라는 어이없다는 표정으로 빤히 쳐다봤다.

"형부한테 말예요. 고모님 말씀이 맞아요. 루스는 형부한테 마음이 있는 것 같아요. 아마 형부한테 딱 어울리는 아내가 될 거예요. 루스만큼 형부를 잘 돌봐 줄 사람도 없고요."

루실라 드레이크는 흥하고 콧방귀를 꼈다. 평소에는 양처럼 순해 보이던 드레이크 부인의 얼굴에 노여움에 가까운 표정이 떠올랐다.

"조지는 지금도 가족들한테 충분히 보살핌을 받고 있어. 부족한 게 뭔데? 말을 해 봐. 세끼 꼬박꼬박 좋은 음식 먹여 주지, 바느질 다 해 주지. 게다가 집에 너처럼 예쁜 아가씨가 있으니 더할 나위 없지. 언젠가 네가 시집간 뒤에도 내가 계속해서 다 돌봐 줄 텐데. 사무실에서 일하는 여자 못지않게, 아니 그보다 훨씬 더 잘해 주겠어. 그 여자가 가사에 대해 아는 게 뭐가 있니? 숫자에 회계 장부 따위나 다루고, 속기랑 타이핑이나 하는 주제에……. 남자를 돌봐 주는 데 그런 게 무슨 소용이야?"

아이리스는 웃으며 고개를 저었지만 대꾸는 하지 않았다. 대신 머릿속에, 루스의 새까만 비단 같은 머리칼과 깨끗한 피부, 즐겨 입는 수수한 맞춤 양복과 그 옷 덕분에 더욱 늘씬해 보이는 몸매를 떠올렸다. 불쌍한 루실라 고모. 남 뒤치다꺼리와 가사 일에만 온통 마음이 가 있고, 연애 감정 따위는 잊은 지 오래일 것이다……. 그것도, 연애 감정을 느껴 보기라도 했다면 말이다. 아이리스는 고모부를 떠올리며 속으로 덧붙였다.

루실라 드레이크는 헥터 말의 이복누이로 헥터의 부친과 전처 사이에서 난 딸이었다. 헥터 말의 모친이 돌아가셨을 때부터 루실라는 나이 차이가 한참 나는 어린 남동생을 돌봐 왔다. 거기에다 아버지의 뒤치다꺼리까지 도맡아하면서 완전히 독신의 길을 굳히게 되었다. 그러다가 마흔이 가까워 케일럽 드레이크 목사를 만났는데, 드레이크 목사도 쉰이 가까운 나이였다. 결혼 생활은 겨우 2년 남짓 지속되다가 목사가 죽으면서 짧게 끝이 났고, 미망인 루실라는 갓난아기와 둘만 남겨졌다. 뜻하지 않게, 그것도 늘그막에 경험하게 된 모성의 시기는, 루실라 드레이크의 인생에서 절정의 시기였다. 아들은 골칫거리로 자라났고, 가족에게 폐만 끼치면서 재산을 바닥냈다. 그러나 어머니의 눈에는 결코 못난 아들이 아니었다. 드레이크 부인은 아들 빅터가 마음이 너무 약한 것 말고는 단점이 하나도 없다고 부득부득 우겼다. 빅터는 너무 사람을 잘 믿어서 몹쓸 녀석들마저 믿어 주는 바람에 덩달아 나쁜 길로 빠지는 거라고. 빅터는 하는 일마다 운이 안 따라서 속아 넘어간 것이고 사기를 당해서 그런 것이라고. 그의 순진함을 이용해서 등쳐 먹으려는 못된 놈들에게 이용당한 것이라고 했다. 항상 쾌활하고 양처럼 순한 드레이크 부인의 얼굴이, 누가 빅터를 비난하기라도 하면 고집스럽고 독한 표정으로 굳어졌다. '내 아들은 내가 제일 잘 안다.'는 것이었다. 빅터는 드레이크 부인에게 다정하고 명랑한 아들이었고, 모든 잘못은 빅터를 이용해 먹은 친구 놈들에게 있었다. 부인은 아들이 얼마나 돈 달라는 소리를 하기 싫어하는지 누구보다 잘 안다고 했다. 그렇게 절박한 상황에서 아들이 어떻게 하겠는가? 제 어미 말고는 도움 청할 데도 없는 애인데.

그래도 저택에서 함께 살면서 아이리스의 보호자 역할을 해 달라는 조지의 청은 신의 선물 같은 것이었음을 부인도 인정하지 않을 수 없었다. 딴에는 귀족 집안이라 겉으로 티는 안 내면서 조용히 가난에 허덕이고 있었던 것이다. 그러다가 지난 한 해 동안은 아주 편안하고 만족스러운 생활을 맛보았다. 그런 상황에서 적당히 성공한 능력 있고 수완 좋은 세련된 아가씨가 자기 자리를 넘보려는 걸 고운 눈으로 볼 수 없는 게 인간의 본성 아니겠는가. 그것도 돈을 노리고 조지와 결혼하려는 건지도 모르는데 말이다. 그 아가씨가 노리는 게 달리 더 있겠는가! 좋은 집과 돈 많고 너그러운 남편. 드레이크 부인 같은 나이 많은 여자에게 젊은 여자도 스스로 벌어서 먹고사는 것에 만족할 수 있다고 이야기해 봤자 믿을 턱이 없었다. 나이 든 사람들이 보기에 여자들은 옛날과 똑같았다. 돈이 많아서 편하게 해 줄 남자가 있으면 다 그 남자와 결혼하는 쪽을 택한다는 것이었다. 이 루스 레싱이라는 여자는 아주 영악하다. 천천히 시간을 들여 신뢰를 얻고 집 안 꾸미기에 대해서 조언도 해 주며 조지로 하여금 자기한테 전적으로 의지하게 만들고 있다. 하지만 다행히 그 여자의 꿍꿍이를 꿰뚫어 본 사람이 한 명은 있단 말이지!

루실라 드레이크는 물렁물렁한 이중턱이 흔들리도록 고개를 끄덕이면서 우월감에 찬 눈빛으로 한쪽 눈썹을 올려 보이더니, 더 흥미롭고 급박한 주제로 넘어갔다.

"담요를 어떻게 해야 좋을지 도통 모르겠단 말이야. 내년 봄까지 다시 안 올 건지 아니면 조지가 주말에 내려와서 지낼 생각인지 알 수가 없으니까. 조지가 아무 말도 안 했거든."

"형부도 어떻게 할지 모르지 않을까요."

아이리스는 전혀 쓸데없어 보이는 주제에 신경 쓰는 척이라도 하려고 노력했다.

"날씨만 좋으면 때때로 와서 쉬는 것도 재미있겠네요. 저는 별로 그러고 싶지 않지만요. 그래도 이 집은 항상 여기 있을 테니까 아무 때나 오고 싶으면 오면 되는 거죠, 뭐."

"그건 그렇지. 하지만 얘야, 미리 알아야 하잖니. 내년 봄까지 안 올 거면 담요를 한 군데 담아서 좀약을 넣어 둬야 하거든. 근데 얼마 후에 또 올 거면 그럴 필요가 없지. 담요를 또 쓰게 될 테니까……. 좀약은 냄새가 지독하거든."

"그럼 좀약은 넣지 마세요."

"그래. 근데 올여름이 유난히 더워서 좀나방이 많이 생겼거든. 다들 올해 나방 때문에 치를 떨었다더구나. 물론 말벌도 빼놓을 수 없지. 호킨스는 올여름에만 말벌집을 서른 개나 처치했다고 어제 그러더라. 서른 개라니…… 상상을 해 보렴……."

아이리스는 호킨스를 떠올렸다. 새벽에 벌집을 향해 살금살금 다가가는데…… 손에는 청산가리를 들고…… 청산가리…… 로즈메리……. 어째서 모든 것이 로즈메리를 생각나게 하는 것일까?

가느다란 물줄기 소리 같은 루실라 고모의 목소리가 아득하게 들려왔다. 벌써 다른 화제로 넘어간 것 같았다.

"……게다가 은식기 같은 건 은행 보관함에 보내야 하는 거냐 아니면 그냥 놔둬야 하는 거냐? 레이디 알렉산드라 말이, 근방에 도둑 든 집이 그렇게 많다던데……. 우리 집은 덧문이 아주 튼튼하기는 하지만……. 레이디 알렉산드라의 헤어스타일은 정말 마음에 안 들어. 그렇게 하니까 얼굴이 더 무섭게 보이잖아. 하긴, 무서운 여자이기는 하지. 간도 크고. 요새는 다들 아주 대담해. 내가 어렸을 때는 사람들이 다 조신했어. 그러니까 생각나는데, 요새 조지의 안색이 영 마음에 걸리더라. 독감이라도 걸린 걸까? 열이 있는지 한두 번 물어보기는 했는데. 어쩌면 일 때문에 걱정하느라 그런 건지도 모르지. 가만 보면 마음속에 큰 근심거리라도 있는 사람처럼 보인단 말이야."

아이리스는 몸이 으스스 떨려왔다. 그러자 루실라 고모가 의기양양하게 외쳤다.

"그것 봐라, 감기 걸린 거라고 했잖니."

2장

"그 사람들이 여기 안 왔더라면 좋았을걸."

샌드라 패러데이가 평소답지 않게 너무나 쓰디쓰게 중얼거리자, 스티븐은 깜짝 놀라서 아내를 쳐다보았다. 마치 스티븐 자신의 생각을 입 밖에 낸 것 같았다. 그는 샌드라가 눈치 못 채게 하려고 기를 쓰고 아무렇지도 않은 척했다. 샌드라도 그랑 같은 생각이었던 걸까? 샌드라도 공원 저쪽 2킬로미터 근방에 새 이웃이 생기면서 페어헤이븐의 평화가 깨졌다고, 이곳이 오염되었다고 느꼈나 보다. 스티븐은 충동적으로 불쑥 말했다.

"당신도 그렇게 느끼는 줄은 몰랐는데요."

그러자 즉시 샌드라는 감정을 다시 숨겼다. 적어도 스티븐이 보기에는 그렇게 느껴졌다.

"시골에서는 이웃이 중요하잖아요. 무례하게 대하거나 친하게 지내거나 둘 중 하나를 택해야지, 런던에서처럼 적당히 인사만 하는 사이로 지낼 수는 없으니까요."

"맞아요. 그럴 수는 없지."

"근데 이 별난 이웃과 관계를 맺게 됐으니……."

두 사람은 그날 점심 식사 때 있었던 일을 떠올리느라 잠시 말이 없었다. 조지 바턴은 대체로 친절했지만, 그의 들뜬 태도에는 같이 있는 사람들의 심기를 불편하게 하는 무엇인가가 있었다. 근래 들어 조지 바턴은 아주 이상하게 굴고 있었다. 스티븐은 로즈메리가 죽기 전에는 조지에게 전혀 관심이 없었다. 젊고 예쁜 아내를 둔, 다정하기만 하고 눈치는 없는 남편으로 의식의 밑바닥에 자리하고 있을 뿐이었다. 조지를 배반했다고 해서 양심에 찔리지는 않았다. 남편으로서의 조지는 그런 식으로 배반당할 운명이었다. 아내보다 훨씬 나이가 많은 데다가 매혹적이고 변덕스러운 여자를 잡아 두려면 필히 지녀야 할 매력이 조금도 없는 평범한 남편. 조지는 배반당한 걸까? 스티븐은 그렇게 생각하지 않았다. 스티븐이 보기에 조지는 로즈메리를 너무도 잘 알았다. 그는 아내를 무척 사랑했지만 아내의 마음을 잡아 두기에는 자기가 너무 모자란다는 것을 알고 욕심을 부리지 않는 그런 남자였다.

그렇다 해도 조지는 괴로웠을 것이다…….

스티븐은 로즈메리가 죽었을 때 조지가 어떤 기분이었을까 궁금해졌다.

그 비극의 날 이후로 스티븐과 샌드라는 조지를 거의 보지 못했다. 그러다가 느닷없이 리틀 프라이어스에 새 이웃으로 나타난 조지 바턴은 스티븐의 눈에는 전혀 다른 사람 같았다.

더 생기 넘치고 더 밝았다. 그리고…… 그렇다, 확실히 뭔가 이상했다.

오늘도 조지는 이상하게 굴었다. 불쑥 내뱉은 초대도 그랬다. 아이리스의 열여덟 번째 생일을 축하하는 파티인데 두 사람이 이곳에서 너무 잘해 주었으니 꼭 와 주면 좋겠다고 했다.

샌드라가 물론 기꺼이 가겠다고 재빨리 대꾸했다. 런던으로 돌아가면 스티븐은 일 때문에 바쁘겠고 그녀도 자잘한 일들로 일정이 빠듯하겠지만, 어떻게든 시간을 내보겠다고 했다.

"그럼 지금 날짜를 정할까요?"

그렇게 말하던 조지는 얼굴에 화색을 띠며 미소를 지었지만, 거절할 수 없는 단호함이 엿보였다.

"다다음 주 중이 좋을 것 같은데…… 수요일이나 목요일이 어떻습니까? 목요일이 11월 2일이죠. 그날 괜찮겠습니까? 두 분 다 괜찮으신 날로 정하도록 하죠."

도저히 거절할 수 없는 초대였다. 초대하는 방식에 사교적 센스가 전혀 없었다. 스티븐은 아이리스 말의 얼굴이 창피해서 새빨개진 것을 눈치챘다. 샌드라는 흠잡을 데 없는 태도로 웃으며 초대에 응했고 11월 2일 목요일로 하면 두 사람 다 괜찮다고 대답했다.

그런데 스티븐이 그때를 떠올리다가 난데없이 날카롭게 말했다.

"갈 필요 없어요."

스티븐을 향해 살짝 고개를 돌린 샌드라는 남편의 말을 곰곰이 숙고해 보는 듯했다.

"그렇게 생각해요?"

"핑계를 대고 안 가는 쪽이 나아요."

"그럼 다른 날에 보자고 할 텐데……. 아니면 그 자리에서 날짜를 바꾸던가요. 그 사람, 어쩐지 우리를 꼭 오게 하려고 결심한 것처럼 보였어요."

"대체 왜 그럴까? 아이리스의 생일 파티인데, 아이리스 양이 우리를 꼭 부르고 싶어 하는 것 같지도 않았잖아요."

"맞아요. 그랬죠……."

샌드라가 머리를 굴리며 천천히 대답하더니 불쑥 물었다.

"파티가 어디서 열리는지 알아요?"

"모르겠는데."

"룩셈부르크예요."

스티븐은 충격으로 말문이 막히고 얼굴에서 핏기가 싹 가셨다. 그러나 애써 마음을 가다듬고 샌드라를 똑바로 쳐다보았다. 스티븐이 상상한 건지 정말로 샌드라가 의미심장한 눈길로 그를 쳐다보고 있는 건지는 알 수 없었다.

"그건 말도 안 돼."

감정을 숨기느라 말이 거칠게 튀어나왔다.

"그러니까 그 룩셈부르크에서…… 그날 일을 재연하려는 거로군요. 그 인간, 단단히 미쳤네."

"나도 그렇게 생각했어요."

"그럼 더더욱 초대를 거절해야겠군. 그날, 그렇게 끔찍한 일도 있었는데. 사람들이 얼마나 떠들어 댔는지 기억나지요? 신문에 난 사진들하며."

"그때의 불쾌함은 나도 기억해요."

"그 인간은 이게 우리한테 얼마나 기분 나쁜 초대인지 알고나 있는 거예요?"

"이유가 있었어요, 스티븐. 들어 보니 꽤 그럴듯하던데요."

"그 이유란 게 뭔데요?"

스티븐은 샌드라가 자기 말고 다른 데를 보며 말하고 있는 것에 감사했다.

"식사가 끝나고 나를 한쪽으로 부르더라고요. 설명을 하고 싶다면서. 그 아가씨…… 아이리스가 언니의 죽음 이후 아직 충격에서 회복하지 못하고 있다고 했어요."

샌드라가 말을 멈추자 스티븐이 마지못한 듯 동의했다.

"흠, 충분히 그럴듯하게 들리는군……. 안색이 별로 안 좋아 보이던데. 점심때도 아파 보이더군요."

"예, 나도 눈치챘어요……. 요 근래에 봤을 때는 건강하고 쾌활해 보였는데. 근데 조지 바턴이 또 뭐랬는지 알아요? 아이리스가 웬만하면 룩셈부르크에는 안 가려고 한다는 거예요."

"그럴 만도 하지."

"근데 조지 바턴의 말로는 그러면 안 된다는 거예요. 그 문제로 신경병 전문의한테 상담한 모양인데…… 신사상이니 뭐니 그런 교육을 받은 의사 있잖아요. 그 의사가 어떤 종류든 충격을 받으면 문제를 회피할 게 아니라 직시해야 한다고 조언했대요. 이를테면 추락 사고를 겪은 조종사가 사고 후 곧바로 다시 비행하는 식으로."
"그 전문의가 또 다른 자살 사건이 일어날까 봐 우려하던가요?"
샌드라가 조용히 대답했다.
"레스토랑이 연상시키는 두려움을 극복해야 한다고 충고했대요. 어쨌든 그냥 레스토랑일 뿐이니까요. 가벼운 파티를 열되 가능하면 그날 모였던 사람들을 그대로 초대하는 게 좋다고 했대요."
"초대 손님들만 죽어나겠군!"
"그렇게 가기 싫어요, 스티븐?"
갑자기 머릿속에 경고등이 번쩍 들어왔다. 스티븐은 재빨리 대꾸했다.
"물론 그 정도는 아니에요. 그냥 기분 나쁜 파티라는 생각이 들어서. 나는 조금도 신경 쓰이지 않아요……. 당신이 걱정돼서 그러지. 당신만 괜찮다면……."
샌드라가 불쑥 끼어들었다.
"괜찮지 않아요. 굉장히 신경 쓰여요. 하지만 조지 바턴이 거절 못 하게끔 말을 했어요. 어쨌거나 그때 이후로 나는 룩셈부르크에 자주 드나든걸요. 그건 당신도 마찬가지고. 약속을 잡기만 하면 거기니까요."
"하지만 이런 경우는 없었잖아요."

"그건 그렇죠."

"당신도 말했듯이 거절하기 어려운 초대이긴 해요. 거절하면 어차피 다른 날에 다시 초대할 테고. 하지만 샌드라, 당신까지 이런 불쾌할 일을 겪어야 할 이유는 없어요. 내가 갈 테니 당신은 마지막 순간에 취소해요. 두통이 심하다든가 감기 기운이 있다든가 하면서."

그러자 샌드라가 고집스럽게 턱을 들어올리며 말했다.

"그건 비겁한 짓이에요. 스티븐, 당신이 가면 나도 가요. 어쨌거나……."

그러면서 샌드라는 스티븐의 팔에 손을 얹었다.

"……우리 결혼이 아무리 무의미해도, 어려울 때 함께해 주는 정도는 해야 할 거 아녜요."

스티븐은 너무 놀라 샌드라를 빤히 바라보았다. 샌드라의 입에서 아주 오랫동안 알아 왔으나 그다지 중요하지는 않은 사실을 내뱉듯 너무나 쉽게 튀어나온 냉소적인 한마디에, 순간 할 말을 잃은 것이다.

스티븐은 이내 정신을 차리고 물었다.

"그게 무슨 말이죠? '우리 결혼이 아무리 무의미해도'라니?"

샌드라는 숨김없는 커다란 눈으로 스티븐을 똑바로 응시하며 되물었다.

"사실 아닌가요?"

"아니, 절대로 아니에요. 우리 결혼은 나한테 전부예요."

그 말에 샌드라는 미소를 지었다.

"그렇겠죠……. 어떤 면에서는. 우리는 환상의 팀이에요, 스티븐. 우리가 힘을 합치면 최상의 결과가 나오지요."

"그런 뜻이 아니었어요."

숨을 고르려고 애쓰며 스티븐은 두 손으로 샌드라의 손을 꼭 붙잡고 자기 쪽으로 끌어당겼다.

"샌드라, 나한테는 당신이 전부라는 걸 몰라요?"

그 순간 샌드라는 그것이 진실임을 알았다. 전혀 예상 못 한 놀라운 고백이었지만, 분명 사실이었다.

샌드라는 스티븐의 가슴팍에 얼굴을 묻었고 스티븐은 샌드라를 꼭 끌어안고 입을 맞추며 나오는 대로 지껄였다.

"샌드라, 샌드라……. 달링 사랑해요, 얼마나 겁이 났던지……. 당신을 잃을까 봐."

샌드라는 자기도 모르게 물었다.

"로즈메리 때문에요?"

"그래요."

그러더니 스티븐은 한 걸음 물러나 당황한 표정으로 말을 이었다.

"알고…… 있었어요? 로즈메리 일을?"

"당연하죠. 처음부터 죽."

"그럼 이해해 주는 거예요?"

샌드라는 고개를 저었다.

"아니요, 이해 못 해요. 죽었다 깨어나도 이해 못 할 거예요. 그 여자를 사랑했나요?"

"사랑했다고 볼 수는 없지. 내가 사랑하는 건 당신이에요."

그 말에 씁쓸한 분노가 치밀었다. 샌드라는 오래전 스티븐이 했던 말을 그대로 읊었다.

"방 저편에 서 있는 나를 본 순간부터? 또 거짓말할 생각 말아요……. 처음부터 거짓말이었으니까!"

스티븐은 갑작스러운 공격에 놀라는 대신, 샌드라가 한 말을 곰곰이 곱씹어 보는 것 같았다.

"맞아요, 거짓말이었어요……. 하지만 묘하게도, 사실이기도 해요. 생각하면 할수록 진심이었다는 확신이 들어요. 제발 이해하려고 해 봐요, 샌드라. 고결한 이유를 들어 자신의 비열한 행위를 정당화하려고 하는 사람들이 있지요? '자신에게 솔직해야 한다.'면서 몰인정하게 구는 사람들, '이렇게 하는 게 내 의무라고 생각한다.'고 뻔뻔스럽게 말하는 사람들. 자기가 저지른 못되고 비열한 행위가 전부 이타심에서 나온 것이었다고 죽는 순간까지 굳게 믿는 위선자들! 그 반대의 인간들도 존재한다는 걸 이해해 줘요. 너무나 냉소적이고 자기 자신과 삶을 불신한 나머지, 인간은 오직 악한 동기에 의해서만 움직인다고 믿는 그런 사람이요. 나는 당신이 필요했어요. 그것만큼은 진실이에요. 그때를 돌아보면, 당신이 필요하지 않았다면 결혼까지 가지 않았을 거라고 확신해요."

샌드라는 씁쓸하게 대꾸했다.

"나를 사랑한 건 아니었잖아요."

"맞아요. 나는 그때까지 사랑에 빠져 본 적이 없었어요. 나는 내

까다롭고 차가운 성격을 자랑스러워하는 사람이었어요……. 그래요, 감정적으로 황폐한, 굶주리고 이성에 무관심한 짐승이었어요! 그런데 어느 날, '방 저편에 서 있는' 여인과 사랑에 빠져 버렸어요……. 바보 같은 풋사랑이었지. 아주 짧고, 비현실적이고, 금세 끝나 버릴 한여름의 폭우 같은 사랑."

스티븐은 잠시 멈췄다가 말을 이었다.

"그러다 이곳, 페어헤이븐에서 정신을 차리고 진실을 깨달았어요."

"진실이라뇨?"

"내 인생에서 가장 중요한 한 가지는 바로 당신이란 것……. 당신의 사랑을 지키는 것."

"내가 진즉에 알았더라면……."

"대체 어떻게 생각했는데요?"

"그 여자랑 도망가려는 줄 알았어요."

"로즈메리랑?"

스티븐은 어이없다는 듯 웃음을 터뜨렸다.

"그렇게 되면 정말로 종신 징역형이지!"

"그 여자가 같이 도망가자고 하지 않았나요?"

"그랬었지요."

"근데 왜 안 갔어요?"

스티븐은 크게 숨을 들이마셨다. 그들은 어느새 그때로 돌아가 있었다. 보이지 않는 악한 기운이 다시 사방에서 죄어 오는 것이 느껴졌다.

"룩셈부르크 사건이 일어났지."

두 사람은 그날의 사건을 떠올리느라 말이 없었다. 한때 너무나 사랑스럽던, 청산가리에 파랗게 질린 얼굴.

죽은 여자를 바라보다가 다음 순간…… 고개를 들어 마주친 서로의 시선…….

"잊어버려요, 샌드라. 빌어먹을, 이제 좀 잊어버리자고!"

"소용없어요. 그 여자는 우리가 잊게 내버려 두지 않을 거예요."

그러고 나서 잠시 입을 다문 샌드라가 다시 말을 이었다.

"어떻게 하죠?"

"당신이 말한 대로. 문제를 직시해야 해요. 둘이 함께. 파티를 여는 이유가 뭐건 간에, 이 끔찍한 파티에 일단 가고 보는 거예요."

"조지가 아이리스에 대해서 한 이야기는 안 믿어요?"

"안 믿어요. 당신은?"

"사실일 수도 있지만, 그게 파티를 여는 진짜 이유는 아니에요."

"그럼 진짜 이유가 뭐라고 생각하는데요?"

"몰라요, 스티븐. 하지만 두려워요."

"조지 바턴이?"

"그래요. 내 생각에 그 사람…… 다 아는 것 같아요."

그러자 스티븐이 날카롭게 되물었다.

"알다니, 뭘?"

샌드라는 천천히 고개를 돌려 스티븐과 눈을 맞추고는 조용히 속삭였다.

"두려워하면 안 돼요. 용기를 내야 해요. 그 어느 때보다 더욱더. 당신은 큰일을 할 인물이에요. 세상이 필요로 하는 사람이라고요. 그런 사람의 앞길을 어떤 것도 가로막을 수 없어요. 나는 당신의 아내고, 당신을 사랑해요."

"이 파티의 정체가 뭐라고 생각해요, 샌드라?"

"아무래도 함정 같아요."

스티븐이 천천히 말했다.

"그걸 알고서 걸어 들어간다?"

"함정인 걸 아는 티를 절대 내서는 안 돼요."

"그건 그렇지."

갑자기 샌드라가 고개를 젖히고 웃음을 터뜨렸다.

"해 볼 테면 해 봐, 로즈메리. 당신은 이길 수 없어."

그러자 스티븐이 샌드라의 어깨를 꽉 붙들고 말했다.

"조용히 해요, 샌드라. 로즈메리는 죽었어."

"정말요? 어떨 땐, 그 여자가 꼭 살아 있는 것 같아요……."

3장

공원을 반쯤 가로질렀을 때 아이리스가 말했다.
"저는 나중에 가도 될까요, 형부? 좀 걷고 싶어서요. 프라이어스 힐까지 걸어갔다가 숲 쪽으로 내려올까 해요. 하루 종일 머리가 지끈지끈 아프지 뭐예요."
"저런. 신경 쓰지 말고 가 봐. 나는 먼저 갈게……. 오늘 오후에 손님이 오시기로 돼 있는데, 그분이 언제 도착할지 몰라서."
"그래요. 그럼 티타임에 다시 봬요."
아이리스는 휙 돌아서, 낙엽송이 빽빽이 서 있는 구릉을 향해 성큼성큼 걸어갔다.
언덕 꼭대기에 이른 아이리스는 크게 숨을 들이마셨다. 10월에 흔히 찾아오는 무덥고 습한 날씨였다. 축축한 습기가 나뭇잎을 흠뻑 적셨고, 곧 닥쳐올 또 한바탕의 폭우를 예견하는 잿빛 구름이 하늘에 낮게 드리웠다. 언덕 위라고 저 아래 골짜기보다 공기가 더 맑은 게 아닌데도 호흡이 한결 자유롭게 느껴졌다.

아이리스는 쓰러진 나무줄기에 앉아, 온통 나무로 둘러싸인 분지 속에 리틀 프라이어스가 다소곳이 들어앉은 골짜기를 내려다보았다. 왼쪽으로 시선을 돌리자 페어헤이븐 저택의 벽돌담을 타고 올라간 붉은 장미 넝쿨이 슬쩍 보였다.

아이리스는 손으로 턱을 괸 채 침울하게 주변 경치를 바라보았다. 그때 뒤에서 갑자기 부스럭 소리가 났다. 나뭇잎 떨어지는 소리만큼 작았지만 아이리스는 놀라서 고개를 휙 돌렸다. 앤터니 브라운이 나뭇가지 사이를 비집고 나타났다.

아이리스가 성난 목소리로 외쳤다.

"토니! 왜 그렇게 항상 동화극에 나오는 악마처럼 살금살금 나타나는 거예요?"

앤터니는 아이리스 옆 땅바닥에 털썩 앉더니 담뱃갑을 꺼내 내밀었다. 아이리스가 고개를 젓자, 한 개비를 꺼내 입에 물고 불을 붙인 다음 한 모금을 들이마시고 대답했다.

"왜냐하면 신문에서 '미스터리 맨'이라고 떠들어 대는 사람이 바로 나거든요. 살금살금 나타나 놀래 주는 게 내 취미입니다."

"내가 어디 있는지 어떻게 알았어요?"

"성능 좋은 망원경 덕분이지요. 아이리스가 오늘 패러데이 부부와 점심을 같이 한다는 소식을 듣고, 그 집에서 나올 때부터 언덕배기에서 지켜보고 있었어요."

"어째서 당신은 보통 사람처럼 우리 집에 찾아오지 않는 거예요?"

그러자 앤터니가 놀란 척하며 대꾸했다.

"난 보통 사람이 아니에요. 아주 비범한 사람이라고요."

"내가 보기에도 그래요."

앤터니가 아이리스를 돌아보며 물었다.

"무슨 문제라도 있습니까?"

"아뇨, 없어요. 단지……."

아이리스가 말을 멈추자 앤터니가 캐물었다.

"단지 뭐요?"

아이리스는 심호흡을 하고 나서 대답했다.

"이곳이 지겨워서요. 여기가 싫어요. 런던으로 돌아가고 싶어요."

"하지만 곧 갈 거잖아요?"

"다음 주에요."

"그럼 오늘 패러데이 가에서 한 식사는 작별 파티였습니까?"

"파티는 아니었어요. 패러데이 부부랑 나이 든 사촌 한 분만 참석했으니까요."

"패러데이 부부를 좋아해요, 아이리스?"

"글쎄요. 별로 안 좋아해요……. 이렇게 말하면 안 되는데. 우리한테 무척 잘해 주셨거든요."

"그 사람들이 아이리스를 좋아하는 것 같아요?"

"아뇨. 솔직히 우리를 싫어하는 것 같아요."

"재미있군."

"그래요?"

"아, 싫어하는 게 재미있다는 게 아니에요. 진짜로 싫어하기나 한다면 말이지. '우리'라고 한 걸 말한 거예요. 나는 아이리스를 싫어하는 것 같냐고 물었는데."

"아, 그렇군요······. 나만 놓고 보면, 소극적인 의미에서 꽤 좋아하는 것 같아요. 그 사람들이 싫어하는 건 우리 가족이 이웃에 산다는 거예요. 우리는 친구라고 할 수 없는 사이거든요. 패러데이 부부는 로즈메리의 친구였지요."

"그래요. 아이리스의 말대로 그 두 사람은 로즈메리의 친구였지. 샌드라 패러데이가 로즈메리의 절친한 친구였다고는 상상하기 힘들지만. 안 그래요?"

"맞아요."

아이리스가 대꾸했다. 아이리스는 뭔가 마음에 걸리는 표정이었지만, 앤터니는 태평하게 담배만 피워 댔다. 그러더니 대뜸 물었다.

"내가 패러데이 부부를 볼 때 가장 먼저 떠오르는 게 뭔지 알아요?"

"뭔데요?"

"그냥 그거요······. 두 사람은 패러데이 부부라는 것. 나는 항상 그렇게 생각했어요. 스티븐과 샌드라가 아니라 영국 국교가 맺어 준 두 사람, 하나로 단단히 굳어진 이인일체인 패러데이 부부. 그런 존재는 사실 아주 드물거든요. 패러데이 부부는 공통의 목표와 공통의 생활 양식은 물론이고 똑같은 희망과 두려움, 신념을 공유하는 사람들이에요. 이상한 점은, 두 사람의 성격이 판이하다는 거지요. 스티븐 패러데이는 내가 볼 때 식견은 넓으나 외부 의견에 극도로 민감하고, 지나칠 정도로 숫기가 없고, 도덕적 용기는 부족한 사람이에요. 반면 샌드라는 구시대적인 협소한 사고방식을 가졌지만 광적인 헌신이 얼마든지 가능한 데다, 무모할 정도로 용감하지요."

"스티븐 패러데이는 거드름이나 피우는 바보 같은 남자로 보여요."

"그 사람, 결코 멍청하지 않아요. 그저 불행한 출세자 중 한 명일 뿐이지."

"불행하다고요?"

"성공한 사람들은 대부분 불행해요. 그래서 성공한 사람이 되는 거거든……. 세상이 알아줄 대단한 업적을 세워 끊임없이 자기 자신을 확인해야 하기 때문이지."

"재미있는 분석이네요, 앤터니."

"잘 보면 사실임을 알 수 있을 거예요. 행복한 사람들은 실패한 사람들입니다. 왜냐하면 자기 자신을 있는 그대로 받아들이기 때문에 성공 못 해도 신경을 안 쓰거든요. 나처럼. 그리고 그런 사람들이 사귀기 편한 사람들이기도 하고……. 나처럼."

"자화자찬이 심하시네요."

"아이리스가 아직 내 장점을 못 깨달았을까 봐 살짝 찔러 주는 겁니다."

아이리스는 웃음을 터뜨렸다. 어느새 마음을 짓누르던 침울함과 두려움이 싹 가시고 기분이 가벼워졌다. 아이리스는 시계를 내려다보며 말했다.

"우리 집에 와서 같이 차라도 마시면서 우리하고도 좀 어울려요."

앤터니는 고개를 저었다.

"오늘은 말고. 곧 돌아가 봐야 하거든요."

아이리스가 앤터니를 휙 돌아보며 물었다.

"왜 우리 집에 안 오는 거예요? 이유가 있을 거 아니에요."

앤터니는 어깨를 으쓱했다.

"내가 초대를 받아들이는 데 유난히 까다로워서 그런다고 치죠. 당신 형부는 나를 싫어해요……. 그걸 숨기지도 않더군."

"형부 핑계 댈 생각 말아요. 루실라 고모랑 내가 부탁을 해도 그러기에요? 고모는 마음씨 좋은 분이세요……. 앤터니도 곧 좋아하게 될 거예요."

"그렇겠지. 하지만 그래도 오늘은 안 되겠어요."

"로즈메리 언니가 살아 있을 때는 자주 왔잖아요."

"그건 문제가 달라요."

그 순간 아이리스는 차가운 손이 심장을 건드린 것 같은 기분이 들었다.

"오늘 왜 여기 온 거예요? 이 동네에 볼일이라도 있었어요?"

"아주 중요한 볼일이죠…… 아이리스하고. 사실 아이리스한테 물어볼 게 있어요."

차가운 손이 사라지고 대신 희미한 떨림, 여자들이라면 본능적으로 감지하는, 그런 종류의 설렘에서 오는 두근거림이 시작됐다. 아이리스는 그녀의 증조할머니가 "오, X씨, 저는 상상도 못 했어요!"라고 말하기 몇 분 전에 얼굴에 떠올렸을 법한 멍한 표정을 지었다.

"뭔데요?"

아이리스는 순진하기 짝이 없는 얼굴로 앤터니를 보며 물었다.

앤터니는 심각하고 단호한 얼굴로 아이리스를 응시하고 있었다.

"솔직하게 대답해야 돼요, 아이리스. 물어보고 싶다는 건 이겁니다. 나를 믿어요?"

예상치 못한 질문에 아이리스는 잠시 당황했다. 이를 눈치챈 앤터니가 물었다.

"이런 건 줄 예상 못 했겠죠? 하지만 굉장히 중요한 질문이에요, 아이리스. 나한테는 세상에서 가장 중요한 질문입니다. 다시 묻지요. 나를 믿어요?"

아이리스는 0.1초쯤 주저하다가 눈을 내리깔며 대답했다.

"예."

"하나만 더 묻지요. 런던으로 돌아가서 아무한테도 알리지 않고 나랑 결혼해 주겠습니까?"

아이리스는 멍한 표정으로 그를 쳐다봤다.

"그럴 수는 없어요! 안 돼요!"

"나랑 결혼할 수 없다고요?"

"그런 식으로는 안 돼요."

"하지만 나를 사랑하잖아요. 내가 틀린 말을 한 건 아니겠지요?"

아이리스는 저도 모르게 대답했다.

"그래요, 당신을 사랑해요, 앤터니."

"사랑은 하는데 결혼은 못 하겠다? 블룸즈버리에 있는 세인트 엘프리다 교회는 내가 몇 주 동안 머물었던 곳이라 지금 당장이라도 목사님한테 결혼시켜 달라고 할 수 있는데도?"

"어떻게 그럴 수가 있겠어요? 형부가 크게 상처받을 거고 루실라 고모도 나를 용서하지 않을 거예요. 게다가 난 결혼할 수 있는 나이도 아니라고요. 겨우 열여덟 살인데."

"나이는 속이면 돼요. 보호자 동의 없이 미성년자와 결혼하면 어떤 처벌을 받는지 모르겠지만. 그건 그렇고, 아이리스의 보호자가 누구죠?"

"형부요. 수탁자이기도 해요."

"아까도 이야기했듯이 결혼하면 처벌은 받겠지만, 결혼을 막을 수는 없어요. 나한테 중요한 건 그것뿐이에요."

아이리스는 고개를 저었다.

"그럴 수 없어요. 그렇게 상처를 줄 수는 없다고요. 그것도 그렇지만, 도대체 왜요? 그렇게까지 할 이유가 뭔데요?"

"나를 믿느냐고 먼저 물어본 이유가 그거예요. 나름의 이유가 있으니 믿고 따라와 줬으면 해요. 이게 가장 쉬운 방법이어서 그런다고 치죠. 하지만 못 하겠다니 없었던 일로 하자고요."

아이리스가 풀이 죽은 채 말했다.

"형부가 당신을 조금만 더 잘 알았더라면. 지금 나랑 같이 우리 집으로 가요. 형부랑 루실라 고모밖에 없을 거예요."

"그래요? 나는 혹시나······."

앤터니는 잠시 망설이다가 말했다.

"아까 언덕을 올라오다가 아이리스네 집으로 어떤 남자가 들어가는 걸 봤어요······. 근데 재미있는 건, 그 사람, 내가 아는 이 같더군. 그 남자······."

앤터니는 다시 주저했다.

"전에 만난 적이 있는 사람이에요."

"아참, 깜빡했어요. 형부가 손님이 올 거라고 했는데."

"내가 본 사람은 레이스라는 사람이었어요. 레이스 대령."

"그분인지도 모르겠네요. 형부의 지인 중에 레이스 대령이라는 분이 계시거든요. 그날 밤에도 오시기로 돼 있었는데. 언니가······."

아이리스의 목소리가 떨리면서 잦아들었다. 앤터니가 아이리스의 손을 덥석 잡았다.

"그 일은 떠올리지 말아요. 그 끔찍한 일은 잊어버려요."

아이리스는 고개를 저었다.

"나도 어쩔 수가 없어요. 앤터니······."

"뭐죠?"

"혹시 그런 생각 해 봤어요? 그러니까······."

아이리스는 좀처럼 하고 싶은 이야기를 말로 표현할 수가 없었다.

"혹시 이런 생각 든 적 없어요? 로즈메리 언니가 자살을 한 게 아니라는 생각이요. 누군가 언니를 죽인 걸 수도 있다는 생각."

"맙소사, 아이리스, 대체 누가 그런 생각을 심어 준 거예요?"

아이리스는 대답을 피하고 재차 묻기만 했다.

"그런 생각이 한 번도 안 들었단 말이에요?"

"한 번도 한 적 없어요. 로즈메리는 자살한 거예요."

아이리스는 아무 대꾸도 하지 않았다.

"대체 누가 그런 소리를 한 거죠?"

형부가 해 준 충격적인 이야기를 털어놓을까 하는 생각이 아주 잠깐 들었지만, 아이리스는 참고 대신 조용히 말했다.

"그냥 든 생각이에요."

"그런 생각은 지워 버려요, 바보 아가씨."

앤터니는 아이리스를 일으켜 볼에 가볍게 입을 맞췄다.

"어두운 생각만 하는 아가씨로군. 로즈메리는 잊어요. 나만 생각해요."

4장

 레이스 대령은 생각에 잠긴 채 담배 파이프를 뻑뻑 빨며 조지 바턴을 응시했다.

 레이스는 조지 바턴이 어린 소년이었을 때부터 알고 지내온 사이였다. 바턴의 숙부가 레이스 가의 옛 이웃이었던 것이다. 두 사람은 나이 차가 스무 살 이상이나 났다. 예순이 넘은 레이스 대령은 키가 크고 항상 등을 꼿꼿이 펴고 다니는 군인 타입으로, 얼굴은 햇볕에 짙게 그을었고 철회색 머리는 짧게 깎은 스타일이었으며 눈은 날카롭게 빛이 났다.

 두 사람은 지금까지 특별히 가깝게 지낸 적은 없었지만, 바턴은 지금까지도 레이스에게 '어린 조지'로 남아 있었다. 먼 과거로부터 근근이 이어져 온 희미한 인연 중 하나였다.

 레이스 대령은 지금, 이 '어린 조지'가 어떤 사람인지 자신이 전혀 모르고 있음을 새삼 깨닫고 있었다. 조지가 성인이 된 후 몇 년간 두 사람은 간간이 만났지만, 서로에게서 공통점을 거의 발견하지 못했었다. 레이스는 바깥 활동을 주로 하는 사람, 말하자면 세력 확보에 주력하는 '건국자' 타입이며 인생의 대부분을 외국에서 보낸 사람이었다. 그런가 하면 조지는 단연 전형적인 '도시 신사'였다. 둘은 겹치는 관심 분야도 없었으며, 만나면 겨우 '옛날이 좋았지!' 식의 미적지근한 회상만 하다가 할 말이 없어 어색한 침묵이 감도는 가운데 헤어지는 경우가 대부분이었다. 레이스 대령은 일없이 수다를 떠는 타입이 아니었고, 한마디로 구세대 소설가들이 좋아했을 법한 강하고 말 없는 사나이였다.

지금도 레이스는 말없이, '어린 조지'가 왜 그렇게 꼭 만나자고 했는지 궁금해하고 있었다. 레이스 대령이 보기에 조지는 1년 전 봤을 때에 비해 어딘지 미묘하게 달라져 있었다. 조지 바턴은 언제나 답답한 사람의 전형이었다. 매사에 신중하고, 실질적이고, 상상력이 부족한 사람.

'그런데 저 친구 오늘은 뭔가 이상해 보이네.'

대령은 속으로 중얼거렸다. 고양이처럼 안절부절못하며 벌써 시가에 세 번째로 불을 다시 붙이고 있었는데, 그건 전혀 조지 바턴다운 행동이 아니었다.

레이스 대령은 파이프를 입에서 뗐다.

"어린 조지 군, 문제가 뭔가?"

"제대로 짚으셨습니다, 대령님. 문제가 있긴 있죠. 대령님의 조언이 절실합니다……. 대령님의 도움도요."

대령은 고개를 끄덕이고 기다렸다.

"1년쯤 전에 대령님은 런던에서 우리와 만찬을 하시기로 돼 있었죠……. 룩셈부르크 레스토랑에서요. 외국에 가야 한다며 마지막 순간에 취소하셨지만."

이번에도 대령은 고개를 끄덕였다.

"남아프리카 공화국이었지."

"그날 디너 파티에서 제 아내가 죽었습니다."

레이스는 의자에 앉은 채 불편하게 몸을 뒤척였다.

"알고 있네. 신문에서 읽었지. 새삼 입에 올리거나 조의를 표하지 않은 건 괴로운 일을 떠올리게 하고 싶지 않아서였어. 그래도 심히 유감이야. 그건 자네도 알지."

"아, 그럼요, 그럼요. 그 이야기를 하자는 게 아닙니다. 제 아내는 자살을 한 걸로 돼 있습니다."

"돼 있다고?"

"이걸 좀 읽어 보십쇼."

조지는 두 통의 편지를 내밀었다. 레이스의 눈썹이 올라갔다.

"익명의 편지인가?"

"그렇습니다. 저는 거기 적힌 내용이 사실이라고 믿습니다."

레이스는 천천히 고개를 저었다.

"그건 위험한 짓이야. 신문에 이런 사건이 실렸다 하면 얼마나 악질적인 투서가 많이 날아드는지 아나?"

"저도 압니다. 그런데 이 편지들은 그 당시에 쓴 게 아닙니다. 그로부터 6개월 후에 쓰인 편지예요."

레이스는 고개를 끄덕였다.

"고려해 볼 부분이군. 누가 쓴 것 같나?"

"모르겠습니다. 관심도 없고요. 중요한 건, 제가 이 편지 내용을 믿는다는 겁니다. 제 아내는 살해당했어요."

레이스는 담배 파이프를 내려놓고 등을 꼿꼿이 세웠다.

"그렇게 생각하는 이유가 뭔가? 당시에 의심 가는 점이라도 있었나? 경찰도 그렇게 생각했나?"

"그 당시 저는 정신이 나가 있었습니다……. 완전히 얼이 빠졌었죠. 법정심리에서 나온 판결을 그대로 받아들였어요. 아내는 독감을 앓았고, 그 때문에 우울증을 앓았죠. 자살 외에 다른 가능성은 언급되지도 않았습니다. 핸드백에 그것도 들어 있었으니까요."

"그게 뭔데?"

"청산가리요."

"기억나는군. 샴페인에 넣어 마셨다고 했지."

"예. 당시에는 모든 게 설명이 되는 것 같았습니다."

"혹시 평소에 자살하겠다고 으름장을 놓은 적 있나?"

"아뇨, 한 번도요. 로즈메리는 삶을 사랑했어요."

조지의 대답에 레이스는 고개를 끄덕였다. 조지의 아내는 한 번밖에 만난 적이 없었는데, 머리가 텅 빈 사랑스러운 여자로 보였지만 침울한 사람으로 보이지는 않았다.

"정신 상태 분석이라든지, 관련된 의학적 증거는?"

"로즈메리의 주치의가…… 자매가 어렸을 때부터 말 가의 주치의를 맡아 온 노인인데, 당시 항해 여행을 떠나고 안 계셨어요. 그분의 파트너인 젊은 의사가 독감에 걸린 로즈메리를 진찰했는데, 지독한 종류의 독감이라 다 낫고 나서도 심각한 우울 증세에 시달릴 수 있다는 말만 해 줄 뿐이었어요."

조지는 잠시 입을 다물었다가 다시 말을 이었다.

"이 편지를 받고 나서야 로즈메리의 주치의와 상담을 했습니다. 물론 편지 이야기는 안 했죠……. 그냥 무슨 일이 있었는지만 이야기했어요. 의사 선생님은 소식을 듣고 너무 놀랐다고 하셨어요. 그때 당시에 이야기를 들었다면 안 믿었을 거라고. 로즈메리는 자살할 타입이 아니라고 믿으셨나 봐요. 잘 안다고 생각했던 환자가 얼마나 예상 밖의 행동을 하는지, 그저 놀라울 따름이라고 하시더군요."

조지는 거기서 말을 끊었다가 다시 이어 갔다.

"의사 선생님과 이야기하고 나서야 로즈메리의 자살이 얼마나 미심쩍은 해명으로 들리는지 깨달았습니다. 어쨌거나 저는 로즈메리를 잘 아니까요. 로즈메리는 불행한 기분에 격하게 빠져드는 성격이었어요. 특정한 일에 집착하는 일도 있었고, 때때로 충동적으로 경솔하게 행동하기도 했고요. 하지만 결코 '다 벗어나고 싶다.'는 둥 자포자기한 적은 없었어요."

레이스는 다소 난처한 얼굴로 웅얼거렸다.

"혹시 단순한 우울증 말고 다른 자살 동기는 없었나? 당시 로즈메리가, 그러니까 특별히 불행해 보였던 적이 있었나?"

"그런…… 아뇨, 그것보다는 조금 초조해했습니다."

조지의 눈을 피하면서 레이스가 물었다.

"혹시 감상적인 사람은 아니었나? 나는 한 번밖에 못 봐서 잘 모르겠네. 근데 그런 타입이 있거든. 그러니까…… 자살을 시도하면서 희열을 느끼는 타입. 보통 누구랑 심하게 싸운 뒤에 그런 행동을 하지. '후회하게 해 주겠다!'는 유치한 심리를 드러내는 거야."

"로즈메리와 저는 싸운 적이 없습니다."

"그렇군. 게다가 청산가리가 사용됐다는 점으로 미루어 보아, 그 가능성은 배제해야겠군. 가지고 장난칠 수 있는 약물이 아니거든. 그건 다 아는 사실이지."

"그게 바로 또 하나의 반증입니다. 만에 하나라도 로즈메리가 자살을 기도했다면, 설마 그런 식으로 했겠어요? 그렇게 고통스럽고…… 그렇게 흉측한 방식으로. 수면제 과다 복용이 더 설득력 있겠어요."

"동감일세. 로즈메리가 청산가리를 구입하거나 다른 방식으로 손에 넣었다는 증거는 있었나?"

"아니요. 하지만 시골에서 친구들과 며칠 묵은 적이 있는데, 거기서 벌에 쏘였거든요. 어쩌면 청산가리 성분의 각성제를 복용했을 수도 있습니다."

"그래, 구하기 어려운 것도 아니니까. 정원사들은 대부분 조금씩 가지고 있지."

레이스 대령은 잠시 가만히 있다가 말을 이었다.

"상황을 정리해 보세. 자살 성향이나 자살 계획에 대한 직접적인 증거는 하나도 없군. 전부 소극적 증거일 뿐이야. 그런가하면 살인에 대한 직접적 증거 또한 없지. 있었다면 경찰이 그 증거를 손에 넣었을 테니까. 요새 경찰은 아주 빈틈없다고."

"살인이라고 누가 말을 꺼내기만 했어도 아주 허무맹랑한 소리로 치부했을 겁니다."

"그런데 여섯 달 후인 지금에 와서는 그렇게 허무맹랑한 소리로 들리지 않는다는 건가?"

조지가 천천히 대답했다.

"솔직히 지금까지 쭉 판결에 만족하지 못하고 있었던 것 같습니다. 무의식중에 마음의 준비를 하고 있었던 모양입니다. 그래서 실제로 종이에 '살인'이라고 쓴 글자를 봤을 때 그대로 받아들인 거죠."

레이스가 고개를 끄덕였다.

"그렇군. 그렇다면, 어디 이야기해 보게. 누가 범인인 것 같나?"

그러자 조지는 몸을 앞으로 기울였다. 얼굴에 미미한 경련이 일고 있었다.

"그게 가장 끔찍한 부분입니다. 로즈메리가 살해당했다면, 한 테이블에 앉았던 사람들, 우리 친구 중 한 명이 했다는 이야기니까요. 다른 사람은 우리 테이블에 접근하지 않았거든요."

"웨이터들은? 와인은 누가 따랐나?"

"찰스라고, 룩셈부르크의 수석 웨이터입니다. 찰스 아세요?"

레이스는 안다고 대답했다. 찰스를 모르는 사람은 없었다. 찰스가 의도적으로 손님에게 독을 먹였다고는 상상할 수 없었다.

"우리 테이블 서빙을 담당한 웨이터는 주세페였습니다. 우리는 주세페를 잘 알아요. 저만 해도 몇 년간 봐 온걸요. 제가 거기 갈 때마다 서빙을 맡기거든요. 아주 인상 좋고 쾌활한 친구입니다"

"그래, 디너 파티에 갔다고 치자. 누구누구 있었지?"

"하원 의원 스티븐 패러데이와 부인인 레이디 알렉산드라 패러데이. 제 비서인 루스 레싱과 앤터니 브라운이라는 친구. 로즈메리의 동생 아이리스, 그리고 저까지 합해서 총 일곱 명이었어요. 대령님이 오셨더라면 여덟이 됐겠죠. 대령님이 취소하셨을 때 마땅히 대신 부를 사람이 없었어요."

"그렇군. 이보게, 바턴, 자네 생각에는 누가 그런 것 같나?"

"몰라요! 모르겠다고 했잖습니까. 의심 가는 사람이 있었다면……."

"알았네, 알았어. 짚이는 데라도 있는 줄 알았지. 억지로 생각해낼 필요는 없네. 자리는 어떻게 앉았나? 자네부터 시작해서."

"제 오른쪽에는 샌드라 패러데이가 앉았습니다. 그 옆에는 앤터니 브라운. 그 옆은 로즈메리. 다음에 스티븐 패러데이, 그리고 아이리스, 그 옆에 앉은 루스 레싱이 제 왼쪽 자리였죠."

"그렇군. 자네 아내는 계속 샴페인을 마시고 있었나?"

"예. 잔을 여러 번 채웠으니까요. 그…… 그 일은 플로어 쇼가 진행되던 중에 일어났습니다. 상당히 시끄러웠지요. 요새 유행하는 흑인 쇼였는데, 우리 모두 무대를 쳐다보고 있었습니다. 로즈메리는 조명이 들어오기 직전에 테이블로 쓰러졌어요. 어쩌면 비명을 질렀을지도 모르죠. 숨을 헐떡거렸거나……. 근데 누구도 아무 소리도 못 들었어요. 의사가 그러는데 거의 즉사했을 거라더군요. 그나마 다행이지요."

"정말 그래. 흠, 바턴……. 지금까지 들은 이야기만 놓고 봤을 때, 누구인지 상당히 빤하군."

"무슨 뜻입니까?"

"스티븐 패러데이야. 로즈메리의 오른손 방향에 앉았다고 하지 않았나. 그럼 로즈메리의 샴페인 잔이 스티븐 패러데이의 왼손 근처에 놓이게 되지. 조명이 꺼지고 사람들 시선이 무대로 향했을 때 잔에 슬쩍 독을 넣는 거야 식은 죽 먹기지. 다른 사람은 그렇게 편리한 위치가 아니지. 룩셈부르크의 테이블 배치는 나도 잘 알아. 테이블 주위에 공간이 상당히 넓어……. 조명이 꺼진 상태에서도 스티븐 패러데이 말고 다른 사람이 들키지 않고 테이블로 몸을 숙여 약을 타는 건 불가능해. 로즈메리의 왼쪽에 앉은 사람도 마찬가지네. 로즈메리의 샴페인 잔에 독을 타려면 그녀의 앞을 가로질러 몸을 쭉 뻗어야 했을 테니까. 한 가지 다른 시나리오가 있지만 빤한 용의자부터 보기로 하지. 스티븐 패러데이 의원이 자네 아내를 죽이려고 들 이유가 있나?"

조지는 목이 콱 멘 채 대답했다.

"둘이…… 둘이 아주 가까운 사이였습니다. 만일…… 만일 로즈메리가 패러데이를 거부했다면, 앙심을 품었을 수도 있지요."

"신파 소설 같은 이야기군. 동기로 꼽을 수 있는 게 그것뿐인가?"

"예."

조지가 얼굴이 새빨개져서 대답했다. 레이스는 흘끔 쳐다보고는 이야기를 계속했다.

"두 번째 가능성을 살펴보지. 여자가 저질렀다는 시나리오야."

"여자가 왜요?"

"이보게, 조지, 여자 넷과 남자 셋으로 이루어진 일곱 명의 그룹이라면 저녁 내내 한두 번쯤은 세 쌍이 춤을 추고 여자 한 명이 테이블에 혼자 남아 있었을 수 있을 거라는 생각 안 해 봤나? 다들 춤은 췄는가?"

"아, 그럼요."

"잘됐군. 그럼 플로어 쇼 전에 누군가 혼자 앉아 있었던 것 기억나나?"

조지는 잠시 생각해 보고 대답했다.

"그게…… 맞아요, 아이리스가 마지막에 파트너가 없어서 혼자 남았고 그 전에는 루스가 남았어요."

"로즈메리가 마지막으로 샴페인을 마신 게 언제인지 기억나나?"

"글쎄요, 로즈메리는 브라운하고 춤을 추고 있었어요. 테이블로 돌아와서 이번 춤은 참 격렬했다고 말한 게 기억나요. 앤터니 브라운은 춤 솜씨가 현란하거든요. 그때 자리에 돌아와서 와인 잔을 비웠어요. 몇 분 후에 왈츠가 시작됐고 로즈메리는…… 저랑 춤을 췄어요. 제가 유일하게 잘 추는 게 왈츠라는 걸 알고 있었거든요. 패러데이는 루스랑 춤을 췄고 레이디 알렉산드라는 브라운이랑 췄고요. 아이리스가 혼자 남았죠. 그 춤이 끝나고 곧바로 쇼가 시작됐어요."

"그럼 자네 처제를 한번 살펴보지. 자네 부인이 죽고 처제가 혹시 유산을 물려받았나?"

당황했는지 조지의 말이 빨라지기 시작했다.

"레이스…… 그런 말씀은 하지도 마세요. 아이리스는 어린애예요. 순진한 여학생이라고요."

"난 살인을 저지른 여학생 두 명을 알고 있지."

"하지만 아이리스라니! 로즈메리를 얼마나 따랐다고요."

"잊어버리게, 바턴. 아이리스가 일을 저지를 기회가 있었으니, 동기도 있었는지 알고 싶었을 뿐이야. 자네 부인은 돈이 많았지. 그 돈이 누구에게로 갔나? 자네한테?"

"아니요, 아이리스에게 갔습니다. 신탁 재산으로요."

조지는 상황을 설명했고, 레이스는 집중해서 들었다.

"흥미로운 상황이로군. 부자 언니와 가난한 동생이라. 동생 입장에서 화가 날 수도 있겠어."

"처제는 화를 안 냈을 겁니다."

"그럴 수도……. 하지만 살인 동기가 있었다는 건 부정할 수 없네. 같은 식으로 계속 분석해 보도록 하지. 또 살인 동기를 가진 사람이 누구지?"

"없어요, 아무도 없어요. 로즈메리는 적이 없는 사람이었어요. 저도 많이 고민해 봤거든요. 이 사람 저 사람 떠보기도 하고, 알아내 보려고 애썼죠. 심지어 패러데이 부부의 별장 근처에 집을 사서…….”

거기서 조지는 말을 뚝 멈췄다. 레이스가 담배 파이프를 집어 들고 그 안을 파기 시작했다.

"나한테 뭐 숨기는 것 없나, 어린 조지?"

"무슨 말씀이십니까?"

"자네 뭔가 숨기고 있어. 다 티가 난다고. 거기 앉아서 아내의 명예를 지킨답시고 계속 거짓말이나 하든지 아니면 아내가 살해당했는지 아닌지 진짜로 알아내려고 노력하든지, 자네 맘대로 하게. 하지만 후자라면 숨기는 것 없이 다 털어놓아야 해."

잠시 침묵이 흘렀다.

"좋습니다, 그럼."

조지가 감정을 억누른 목소리로 말했다.

"대령님이 이기셨습니다."

"자네는 아내한테 정부가 있었다고 믿고 있군, 그렇지?"

"그렇습니다."

"스티븐 패러데이인가?"

"저도 몰라요! 맹세코 모릅니다. 그 사람이거나 아니면 다른 한 사람, 브라운이었을 겁니다. 둘 중 누구인지 정말 모르겠어요. 미쳐 버릴 지경이에요."

"앤터니 브라운이라는 친구에 대해서는 얼마나 알고 있나? 흥미롭군, 어디서 들어 본 이름 같은데."

"그 친구에 대해서는 아는 게 별로 없습니다. 아무도 몰라요. 잘생기고 쾌활한 친구입니다만…… 그 친구를 아는 사람은 아무도 없어요. 미국인이라는 이야기도 있는데 미국식 악센트를 안 쓰니까, 그것도 확실치 않습니다."

"아, 그거야 뭐, 미 대사관에 문의해 보면 알 수 있겠지. 둘 중 누군지 정말로 모르겠나?"

"예……. 정말로 모르겠어요. 하지만 들어 보세요, 레이스. 로즈메리는 편지를 쓰고 있었어요. 제가 나중에 압지를 확인했는데, 연애편지가 분명했어요. 근데 이름은 안 적혀 있었죠."

레이스는 사려 깊게 시선을 다른 데로 돌렸다.

"흠, 그래도 단서를 몇 개 더 건졌군. 예를 들어 레이디 알렉산드라를 보자고. 남편이 자네 부인과 바람을 피우고 있었다면, 확실히 용의선상에 오르는 거지. 그 여자는 뭐든지 심각하게 받아들이는 타입이거든. 말은 없으면서 생각은 깊은 타입. 여차하면 살인을 저지를 타입이야. 이야기가 슬슬 진전되는군. 신비에 싸인 브라운, 패러데이와 그의 부인, 그리고 어린 아이리스 말. 그 루스 레싱이라는 여자는 어떤가?"

"루스는 절대로 이 일과 관계없습니다. 최소한 납득할 만한 동기는 없어요."

"자네 비서라고 했지? 어떤 여자인가?"

"세상에서 가장 마음씨 고운 여자죠."

조지가 열성적으로 대답했다.

"거의 우리 가족이나 다름없어요. 제 오른팔이에요……. 제가 세상에서 가장 신뢰하는 사람입니다."

"그 여자를 꽤나 좋아하는군."

레이스가 조지를 가만히 쳐다보더니 한마디했다.

"저는 전적으로 루스 편입니다. 대령님, 그 여자는요, 완전 보물이에요. 제가 모든 면에서 의지할 정도죠. 세상에서 가장 진솔하고 착한 사람이에요."

레이스는 "그러시겠지."로 들리는 한마디를 웅얼거리고는 더 이상 그 문제에 대해 말하지 않았다. 미지의 인물 루스 레싱이 가진 아주 그럴싸한 범행 동기를 입 밖에 내려다가 그냥 삼키고 말았다. 그 '세상에서 제일 착한 여자'에게 로즈메리 바턴을 제거하고 싶어 할 결정적인 이유가 있음은 쉽게 짐작할 수 있었다. 우선 돈과 얽힌 동기가 있었다. 자신이 두 번째 바턴 부인이 되는 장면을 상상했을지도 모르는 일이니까. 아니면 진심으로 조지를 사랑하고 있는지도 몰랐다. 어쨌건 간에 로즈메리를 살해할 동기는 있었다.

대신 레이스는 부드럽게 말했다.

"자네한테도 그럴듯한 동기가 있다는 생각은 물론 해 봤겠지, 조지."

"저요?"

조지는 크게 놀란 표정이었다.

"오셀로와 데스데모나를 생각해 보게."

"무슨 뜻인지 알겠습니다. 하지만…… 하지만 저와 로즈메리 사이는 그렇지 않았어요. 저는 물론 로즈메리를 사랑했지만, 제가……
제가 참고 넘어가야 할 일들이 생길 거라고 늘 예상하고 있었어
요. 그렇다고 로즈메리가 저를 좋아하지 않았다는 이야기는 아니고
요……. 분명 애정이 있었어요. 저를 굉장히 좋아해 줬고 항상 잘해
줬어요. 근데 저는 센스도 없고 지루한 남자예요. 그건 세상이 다 알
죠. 로맨틱한 신사도 아니고요. 어쨌든 로즈메리와 결혼할 때 이미
태평한 날이 계속되지 않을 걸 알고 마음을 단단히 먹었어요. 로즈
메리도 저한테 거의 경고하다시피 했었죠. 그랬을 때 물론 마음이
아팠어요……. 하지만 그렇다고 해서 제가 로즈메리의 털끝 하나라
도 해칠 수 있다는 건……."

조지는 잠시 말을 잇지 못하다가, 다시 차분한 어조로 말했다.

"어쨌거나, 제가 했다면 왜 지난 일을 이제 와서 들추겠습니까?
자살로 판결이 났고 일이 다 가라앉은 마당에요. 정신 나간 짓이죠."

"맞는 말일세. 내가 자네를 심각하게 범인으로 고려하지 않는 것
도 그런 이유에서야. 자네가 살인을 저질렀고 수사망에서 빠져나갔
는데 이런 편지를 받았다면, 편지를 불태워 버리고 일을 조용히 묻
어 버렸겠지. 말이 나왔으니 또 이 사건에서 가장 흥미로운 점을 언
급하지 않을 수 없겠는데, 대체 그 편지들은 누가 쓴 거지?"

"예?"

조지는 놀란 표정으로 대답했다.

"짐작도 안 가는데요."

"자네는 그 점에 별로 관심이 없나 보군. 나는 상당히 흥미로운데.

내가 자네한테 제일 먼저 던진 질문이기도 하지. 일단 살인자가 쓴 건 아니라고 봐도 좋겠군. 자네 말대로 자살로 판명되고 사건이 마무리된 마당에 왜 새삼 일을 망치려고 들겠어? 그렇다면 누가 썼을까? 다시 문제를 일으켜서 좋을 사람이 누가 있을까?"

"하인들이요?"

조지가 자신 없는 목소리로 추측했다.

"그럴 수도 있지. 그렇다면 하인들 중 누구이며, 또 무엇을 알고 있을까? 로즈메리가 특정 하녀에게 자기 이야기를 털어놓곤 했나?"

조지는 고개를 저었다.

"아뇨. 당시 요리사가 있었는데…… 파운드 부인이라고, 아직도 저희 집에 계세요. 하녀도 몇 명 있었지만 다 다른 데로 갔을걸요. 저희 집에 오래 있지는 않았어요."

"이보게, 바턴, 내 조언을 원해서 나를 부른 거라고 믿고 한마디 하겠는데, 나라면 아주 신중하게 생각해 보겠네. 로즈메리가 죽었다는 사실은 변할 수 없어. 자네가 무슨 짓을 해도 로즈메리를 되살릴 수는 없다는 말이야. 자살설의 근거가 빈약하다면 살해설의 근거도 빈약하기는 마찬가지네. 그래도 일단 로즈메리가 살해당했다고 가정해 보지. 자네 정말로 지난 일을 새삼 들춰내길 원하는 건가? 불쾌한 조명을 받게 될 뿐 아니라 집안의 은밀한 사정도 다 드러나고, 자네 부인의 외도도 온 세상에 알려질 테고……."

조지 바턴은 인상을 쓰고 격한 목소리로 말했다.

"그럼 이런 짓을 저지른 놈을 그냥 내버려 두란 말입니까? 패러데이 자식, 건방지게 말만 잘하고 정치 경력에 매달려서는…… 그런 녀석이 비겁한 살인자일 수도 있다는 거잖아요."

"일단 일이 커지면 어떻게 될지 알고나 시작하라고 하는 이야기일세."

"저는 진실을 밝혀야겠어요."

"알겠네. 그렇다면 나는 이 편지를 가지고 경찰서에 가 봐야겠네. 아마 누가 쓴 건지, 그리고 그 사람이 뭘 알고 있는지 알아내는 데 오래 걸리지 않을 거야. 일단 경찰이 개입되면 없던 일로 할 수 없다는 거 명심하게."

"경찰에는 의뢰하지 않을 겁니다. 대령님을 뵙자고 한 것도 그런 이유에서예요. 살인범을 잡을 함정을 놓고 싶습니다."

"그게 도대체 무슨 소리인가?"

"들어 보세요, 대령님. 룩셈부르크에서 파티를 열 계획입니다. 대령님도 와 주세요. 똑같은 멤버예요. 패러데이 부부와 앤터니 브라운, 루스, 아이리스, 그리고 저까지요. 이미 계획은 다 세워 놨습니다."

"어쩔 셈인가?"

조지는 소리 없이 웃음을 터뜨렸다.

"그건 비밀입니다. 미리 말해 버리면 재미없죠……. 대령님께도 아직은 말할 수 없습니다. 아무것도 모르는 상태로 오셔서 제삼자의 입장에서 관찰해 주세요."

레이스는 상체를 앞으로 바싹 기울이고 아까와는 다른 날카로운 어조로 말했다.

"이런 짓은 마음에 안 들어, 조지. 소설에나 나올 법한 그런 극적인 아이디어는 현실에서는 통하지 않아. 경찰에 가게. 다들 뛰어난 수사관이야. 이런 문제를 어떻게 다루어야 할지 가장 잘 알고 있어. 전문가들이지. 아마추어가 수사관 흉내 내는 건 말리고 싶네."

"그래서 대령님을 초대한 겁니다. 아마추어가 아니시잖아요."

"이 친구야. 단지 내가 MI5에서 잠시 일했다고 해서? 그러면서 온전히 다 털어놓지도 않는군."

"그럴 필요가 있어서 그러는 겁니다."

레이스는 고개를 저었다.

"미안하네. 거절하겠어. 자네의 계획이란 게 마음에 안 들어. 동참하고 싶지 않아. 그만둬, 조지. 믿고 맡겨도 될 사람이 있다니까."

"싫습니다. 계획도 다 세워 놨다니까요."

"그렇게 고집부리지 말게. 이런 일에 대해서는 자네보다 내가 더 잘 알아. 자네 계획은 영 아니야. 생각대로 되지 않을 걸세. 위험할 수도 있어. 그런 생각은 해 봤나?"

"적어도 한 사람에게는 위험한 계획이지요."

레이스는 한숨을 푹 내쉬었다.

"자네는 앞뒤 안 가리고 불구덩이에 뛰어들고 있어. 내가 말리지 않았다고 나중에 탓하지나 말게. 마지막으로 한 번 더 부탁하네. 이 말도 안 되는 계획을 그만둬."

그러나 조지 바턴은 고개를 저을 뿐이었다.

5장

 드디어 찾아온 11월 2일의 아침은 축축하고 음침했다. 엘바스턴 스퀘어 저택의 식당은 너무 어두워서 아침 식사를 하는데 불을 켜 둬야 할 정도였다.
 아이리스는 평소 습관처럼 커피와 토스트를 방으로 가져오도록 하는 대신, 귀신처럼 허연 얼굴을 하고서 식탁 앞에 앉아 손도 안 댄 음식을 포크로 괜히 찔러 보고 있었다. 초조하게《더 타임스》를 넘기는 조지의 맞은편에서 루실라 드레이크가 손수건에 얼굴을 묻고 펑펑 울고 있었다.
 "그 애는 끔찍한 짓을 저지르고 말 거야. 어찌나 마음이 여린지……. 걔가 이유 없이 자기 생사가 달렸다고 말할 리가 없어."
 신문을 부스럭거리며 조지가 날카롭게 대꾸했다.
 "걱정 마세요, 고모님. 제가 알아서 하겠다고 했잖습니까."

"그랬지, 조지. 자네는 마음이 정말 넓다니까. 하지만 조금이라도 늦으면 돌이킬 수 없는 일이 일어날 것 같아서. 자네가 이것저것 조사해 보겠다고 했지만……. 근데 그런 것들은 시간이 걸리거든."

"아뇨, 아닙니다, 금세 처리될 거예요."

"그 애가 '반드시 3일까지' 보내 달라고 했는데, 내일이 3일이잖아. 내 새끼한테 무슨 일이 생기면 내 자신을 용서하지 못할 거야."

"아무 일도 없을 겁니다."

조지는 커피 한 모금을 천천히 마셨다.

"나한테 아직 전환채권이 남아 있는데 그걸로……."

"루실라 고모님, 다 저한테 맡기세요."

"걱정 마세요, 루실라 고모. 형부가 다 알아서 해 주실 거예요. 처음 있는 일도 아니잖아요."

"한동안은 괜찮았지."

('세 달 동안은.' 고모의 푸념에 조지가 속으로 한마디했다.)

"불쌍한 내 새끼가 그 지독한 농장에서 못돼 먹은 녀석들한테 사기 당한 이후로."

조지는 냅킨으로 콧수염을 닦고, 일어서서 나가는 길에 드레이크 부인의 등을 따뜻하게 툭툭 두드려 주었다.

아이리스는 홀로 나가는 조지를 따라가 말했다.

"형부, 오늘 밤 파티는 연기해야 될 것 같지 않아요? 고모가 저렇게 힘들어하시는데. 집에 같이 있어 드려야 하지 않을까요?"

조지의 얼굴이 순식간에 붉으락푸르락해졌다.

"당치도 않은 소리! 왜 그런 망나니 사기꾼 때문에 우리 인생까지 망쳐야 해? 저건 협박이야……. 누가 봐도 협박이라고. 내 맘대로 했으면 그 녀석, 한 푼도 못 받게 하는 건데."

"루실라 고모가 가만 계시지 않을걸요."

"고모님은 바보야……. 옛날부터 그랬지. 마흔 넘어서 애 낳은 여자들은 도대체가 정신 차릴 줄을 모른다니까. 자식이 요람에 있을 때부터 해 달라는 건 무조건 다 해 줘서 버릇을 망쳐 놓질 않나. 한 번이라도 스스로 해결하라고 내버려 뒀으면, 지금쯤 빅터도 인간 노릇 제대로 하고 있을 텐데. 더 이상 딴소리하지 마, 처제. 빅터 문제는 어떻게든 해결해서 고모님이 마음 편히 주무실 수 있게 할 테니까. 그게 안 되면 파티에 같이 가시게 하면 되고."

"안 돼요, 고모는 레스토랑을 싫어하세요……. 가면 항상 꾸벅꾸벅 조시죠. 후끈한 열기도 싫어하시고, 게다가 담배 연기가 자욱해서 천식 발작도 일으키시잖아요."

"나도 알아. 농담이었어. 가서 고모님을 위로해 드려, 처제. 내가 다 알아서 할 테니까."

조지는 휙 돌아서 현관으로 나가 버렸다. 아이리스는 천천히 식당으로 돌아가는데, 갑자기 전화벨이 울려서 얼른 수화기를 집어 들었다.

"여보세요, 누구시죠?"

핏기 없이 무기력한 얼굴이 순간 들뜬 표정으로 바뀌었다.

"앤터니!"

"맞습니다, 앤터니예요. 어제 전화했는데 집에 없던데. 혹시 그동안 열심히 형부를 설득하고 있었던 거예요?"

"무슨 소리예요?"

"조지가 오늘 밤 파티에 꼭 오라고 해서요. '내 순진한 처제한테 손가락 하나 대지 마!' 하는 평소 태도하고 180도 달라서. 꼭 와야 된다고 극구 강조를 하더군요. 그래서 혹시 아이리스가 그동안 내 이야기를 잘해 줘서 그런 줄 알았지요."

"아니, 아니에요……. 나는 아무 이야기도 안 했어요."

"그럼 그냥 마음을 바꿨단 말이에요?"

"그건 아닌데. 사실……."

"여보세요……. 아이리스, 아직 거기 있어요?"

"안 끊었어요."

"무슨 말을 하려고 했잖아요. 무슨 일이죠, 아이리스? 한숨 소리에 땅 꺼지겠네. 무슨 문제라도 생긴 거예요?"

"아뇨, 아무것도 아니에요. 내일이면 괜찮아질 거예요. 내일은 모든 일이 다 잘될 거예요."

"대단한 믿음이군. 그런데 '내일이란 없다.'란 말은 못 들어 봤어요?"

"그만둬요."

"아이리스, 대체 무슨 일이에요?"

"아무것도 아니에요. 말할 수 없어요. 약속했거든요."

"말해 봐요."

"안 돼요. 정말로 안 돼요. 앤터니, 한 가지만 말해 줄래요?"

"할 수 있으면."

"혹시…… 로즈메리 언니를 사랑했나요?"

잠시 침묵이 흐르다가 수화기에서 웃음소리가 터져 나왔다.

"그거였군. 그래요, 아이리스. 로즈메리한테 약간 빠지긴 했었지. 매력적인 여자잖아요. 그런데 어느 날, 로즈메리와 이야기하고 있는데 당신이 계단을 내려오는 걸 봤어요. 그 순간 정신 차린 겁니다. 내가 사랑하는 사람은 이 세상에 아이리스밖에 없어요. 그게 있는 그대로의 진실이에요. 그런 것으로 고민하지 말아요. 로미오도 줄리엣과 사랑에 빠지기 전에 로잘린에게 빠졌었잖아요."

"고마워요, 앤터니. 그 말을 들으니 기뻐요."

"오늘 밤에 봐요. 아이리스의 생일 맞지요?"

"사실 생일은 일주일 뒤인데, 그래도 내 생일 파티인 건 맞아요."

"별로 기뻐하는 목소리가 아닌데."

"안 기쁘니까요."

"조지가 어련히 알아서 잘 할까마는, 약간 정신 나간 아이디어 같지 않아요? 똑같은 장소에서……."

"아뇨, 저도 그날 이후…… 언니가 죽은 뒤에도 룩셈부르크에 여러 번 갔었어요. 약속 장소로 인기가 많으니까요."

"그렇긴 하지. 어떻게 보면 잘된 일이에요. 아이리스를 위해 생일 선물을 준비했어요. 맘에 들어야 할 텐데. 오 르부아(안녕)."

그렇게 말하고 앤터니는 전화를 끊었다.

아이리스는 루실라 고모를 설득하고 달래기 위해, 필요하다면 입씨름이라도 할 작정으로 다시 식당으로 갔다.
회사에 도착한 조지는 곧바로 루스 레싱을 들여보내라고 지시했다.
깔끔한 검정색 재킷과 치마 차림에 미소 띤 얼굴로 들어오는 루스를 보자, 조지의 근심 어린 표정이 다소 밝아졌다.
"안녕하세요."
"좋은 아침이에요, 루스. 그런데 또 문제가 생겼어요. 이걸 봐요."
루스는 조지가 내민 전보를 받아들었다.
"또 빅터 드레이크!"
"맞아요, 실컷 욕해요."
루스는 전보를 손에 든 채 잠시 아무 말이 없었다. 웃을 때 코 옆에 주름이 자글자글 지는, 갈색의 갸름한 얼굴이 떠올랐다. '상사와 결혼하는 타입의 여자……' 운운하며 놀리던 목소리도 떠올랐다. 오래전의 일이 이렇게 선명하게 떠오를 수 있다니.
'마치 어제 일 같아…….'
그러다 조지의 목소리에 루스는 퍼뜩 정신을 차렸다.
"외국으로 보낸 게 1년 전 아니었나요?"
루스는 계산해 보고 대답했다.
"아마 그럴 거예요. 더 정확히 말하면 10월 27일이었던 걸로 기억해요."
"당신은 역시 대단해. 놀라운 기억력이야!"

루스는 속으로 그건 그럴 만한 이유가 있기 때문이라고 대꾸했다. 빅터 드레이크를 만나 이야기를 나누고 돌아온 그날, 수화기에서 흘러나오는 로즈메리의 무심한 한마디를 듣고 자신이 얼마나 로즈메리를 깊이 증오하고 있는지 깨달은 것이다.

"그래도 이 정도면 다행으로 쳐야겠지. 그 인간이 거기서 지금까지 버틴 것만 해도 어디예요. 석 달 전에 50파운드를 더 보내긴 했지만."

"이번에는 300파운드라니, 좀 많은 것 같은데요."

"많긴 많지. 하지만 그걸 다 줄 건 아니니까. 이번에도 조사를 해야겠어요."

"바로 오길비 씨와 의논해 보겠습니다."

알렉산더 오길비는 부에노스아이레스에 상주하는 대행인으로, 성실하고 빈틈이 없는 스코틀랜드인이었다.

"그래요. 즉시 전보를 쳐요. 늘 그렇듯 드레이크 부인은 또 앓아누우셨지. 여차하면 히스테리 발작을 일으킬 기세라니까. 오늘 밤 파티에 아무도 못 가게 만들 작정인가 봐요."

"제가 남아서 돌봐 드릴까요?"

조지는 아주 단호히 거절했다.

"아니. 그럴 필요 없어요. 루스는 오늘 밤 파티에 꼭 있어야 해. 당신이 필요해요, 루스."

그러면서 조지는 루스의 손을 잡았다.

"루스는 너무 남 생각만 해서 탈이야."

"저는 그렇게 이타적인 사람이 아니에요."

루스는 미소를 지으며 이렇게 제안했다.

"오길비 씨랑 해외 통화로 상의하는 건 어떨까요? 어쩌면 오늘 밤까지 일을 처리할 수 있을 것 같은데."

"좋은 생각이에요. 그 정도면 비싼 통화료를 부담할 가치가 있지."

"지금 바로 전화하겠습니다."

루스는 아주 조심스럽게 조지의 손에 잡힌 손을 빼고 방에서 나갔다.

사무실에 혼자 남은 조지는 남은 일들을 차례차례 처리했다.

12시 30분이 되자 그는 밖으로 나가 택시를 잡아타고 룩셈부르크로 갔다.

유명하고 손님들에게 인기 있는 수석 웨이터 찰스가 레스토랑 입구에 마중 나와 위엄 있게 고개를 숙이며 미소 띤 얼굴로 인사했다.

"안녕하십니까, 바턴 씨."

"안녕하시오, 찰스. 오늘 밤 파티 준비는 다 됐습니까?"

"부탁하신 건 다 준비됐습니다."

"같은 테이블이죠?"

"안쪽 자리에서 가운데 테이블이라고 하셨죠?"

"맞습니다. 좌석 하나 더 준비해 달라고 한 것도 해결됐겠지요?"

"다 준비됐습니다."

"그리고 그것…… 로즈메리도?"

"예, 바턴 씨. 테이블 장식으로는 별로 보기가 안 좋더군요. 빨간베리 열매를 조금 섞는 건 어떨까요? 아니면 국화라도?"

"아니, 아니, 로즈메리만 꽂아 줘요."

"잘 알겠습니다, 선생님. 메뉴를 확인하고 싶으시겠죠. 주세페."

손가락을 한 번 까딱하자, 만면에 웃음을 띤 몸집이 작은 중년의 이탈리아 남자가 나타났다.

"바턴 씨께 메뉴를 보여 드려요."

즉시 메뉴가 대령되었다.

굴 요리와 맑은 수프, 룩셈부르크의 스페셜 서대기 요리, 꿩 요리, 푸아레 엘렌(정식 이름은 '푸아레 벨 엘렌'. '아름다운 엘렌'이라는 뜻의, 배로 만든 디저트—옮긴이), 베이컨으로 싼 닭의 간.

조지는 메뉴를 무심히 훑었다. 건성으로 훑고는 도로 건넸다.

"예, 좋습니다. 아주 마음에 듭니다."

문까지 배웅을 나온 찰스가 목소리를 조금 낮추고 말했다.

"저희가 얼마나 감사하는지 모르실 겁니다, 바턴 씨. 다시 이곳을 찾아 주셔서요."

그러자 조지의 얼굴에 다소 오싹한 미소가 떠올랐다.

"과거는 잊어야지요. 과거에 얽매여 살 수는 없잖습니까. 다 지난 일이니까요."

"맞는 말씀입니다, 바턴 씨. 그 당시 저희도 얼마나 충격을 받고 슬퍼했는지 모르실 겁니다. 마드무아젤께 행복한 파티가 되기를 바라고, 모든 것이 선생님 마음에 들기를 빕니다."

우아하게 허리 숙여 인사한 찰스는, 곧 창가 테이블에 식기를 잘

못 세팅하고 있는 덜 떨어진 웨이터를 발견하고 성난 잠자리처럼 잽싸게 튀어 갔다.

조지는 쓴웃음을 지으며 밖으로 나갔다. 조지는 룩셈부르크 관계자들에게 동정심을 느낄 정도로 남의 입장을 헤아려 주는 사람은 아니었다. 로즈메리가 그곳을 자살 장소로 선택한 것, 혹은 누군가 로즈메리를 그곳에서 살해하기로 한 것은 룩셈부르크의 잘못이 아니었다. 그 사건으로 당시 룩셈부르크는 매상에 상당한 타격을 입었다. 그러나 한 가지 계획을 추진 중인 사람들이 대부분 그렇듯, 조지도 머릿속에 온통 그 계획에 대한 생각뿐이었다.

그는 평소에 잘 가는 클럽에서 점심을 먹고 오후에는 이사회에 참석했다.

사무실로 돌아오는 길에 공중전화로 메이다 베일(런던 서부에 위치한 고급 주거 지역 — 옮긴이) 지역 번호로 전화를 한 통 걸었다. 그리고 안도의 한숨을 내쉬며 공중전화 부스에서 나왔다. 모든 것이 스케줄대로 진행되고 있었다.

조지는 회사로 돌아갔다.

곧바로 루스가 방에 들어왔다.

"빅터 드레이크 문제인데요."

"뭐죠?"

"일이 생각만큼 쉽게 풀리지 않을 것 같습니다. 형사소추의 여지가 있는 일이 발생했어요. 빅터가 상당 기간 동안 회사 돈을 횡령해 온 것으로 드러났습니다."

"오길비가 그렇게 이야기합디까?"

"예. 오전에 통화가 됐는데, 오길비 씨가 알아보시고 10분 전에 다시 전화 주셨어요. 빅터가 상당히 뻔뻔스럽게 나오더래요."

"그 인간이라면 그러고도 남지!"

"그런데 돈을 상환하면 회사에서 기소하지 않을 거라고 하는데요. 오길비 씨가 회사 상급 파트너 한 분께 상의해 봤는데 그 말에 동의하셨답니다. 총 채무액은 165파운드입니다."

"그럼 빅터 도련님은 그 거래에서 깔끔하게 135파운드를 챙기려고 했던 거군?"

"그랬던 것 같습니다."

"뭐, 어쨌거나 우리가 그 계획을 무산시켰으니 된 거지."

조지가 어두운 얼굴로 중얼거렸다.

"오길비 씨에게 그렇게 처리해 달라고 했습니다만. 잘한 건가요?"

"솔직히 그 건방진 사기꾼이 감옥에 들어가는 꼴을 보고 싶지만……. 빅터의 어머니도 생각해야겠지. 어리석은 노인네지만, 착한 분이기도 하니까. 그럼 빅터 도련님은 이번에도 한 건수 올리게 되는 거로군."

"참 사람 좋으세요."

"내가요?"

"제가 보기에는 사장님이야말로 이 세상에서 가장 훌륭한 분이에요."

조지는 가슴이 뭉클했다. 기쁜 동시에 조금 부끄럽기도 했다. 충동적으로 조지는 루스의 손을 잡고 손등에 입을 맞추었다.
 "착한 루스. 당신은 내게 가장 소중한 친구야. 당신이 없었으면 나는 어떻게 됐을까?"
 두 사람은 서로 아주 가까이 서 있었다.
 루스는 속으로 생각했다.
 '이 사람과 행복할 수도 있었어. 내가 이 사람을 행복하게 해 줄 수도 있었어. 만일······.'
 조지는 이렇게 생각하고 있었다.
 '레이스의 충고를 받아들여야 할까? 다 포기해야 할까? 그게 정말로 최선의 길이 아닐까?'
 잠시 결심이 흔들렸지만, 그건 한순간에 불과했다. 조지가 말했다.
 "룩셈부르크에서 9시 30분, 잊지 말아요."

6장

초대받은 사람이 모두 모였다.

조지는 안도의 한숨을 내쉬었다. 마지막 순간에 누군가 취소할까 봐 계속 초조해했는데, 다행히도 모두 와 주었다. 뻣뻣하며 다소 건방진 태도의 키가 큰 스티븐 패러데이. 엄숙한 느낌의 검정색 벨벳 드레스에 에메랄드 목걸이를 두른 샌드라 패러데이. 샌드라는 좋은 집안에서 자란 것이 그대로 태도에 드러나, 평소보다 더 우아하면서도 아주 편안해 보였다. 똑같이 검정색 드레스를 입었으나 보석 박힌 브로치 외에 장신구를 하지 않은 루스. 칠흑 같은 검은 머리는 차분하게 가라앉힌 스타일이었고, 드러난 목과 팔은 그 자리에 모인 어느 여자보다 새하얬다. 루스는 일하는 여성이라 할 일 없이 햇볕 아래 앉아 피부를 태울 시간적 여유가 없었기 때문이었다. 조지와 눈이 마주치자 루스는 마치 조지가 무슨 걱정을 하는지 다 아는 것처럼, 안심하라는 미소를 지어 보였다. 조지는 마음속이 따뜻해졌다. 충실한 루스. 조지의 옆자리에 앉은 아이리스는 평소와 다르게 조용했다. 유일하게 아이리스만 이 이상한 파티에 대한 불편한 심정을 감추지 못하고 있었다. 안색이 유난히 창백했는데, 전체적으로 차분한 아름다움을 더해 오히려 잘 어울렸다. 아이리스는 일자로 떨어지는 단순한 스타일의 녹색 원피스를 입고 있었다. 마지막으로 도착한 건 앤터니 브라운이었는데, 조지의 눈에는 그가 야생 짐승처럼, 특히 팬서나 표범처럼 빠르고 소리 없이 다가오는 것 같았다. 마치 문명에 완전히 적응되지 않은 사람 같은 분위기를 풍기고 있었다.

마침내 모두 한자리에 모였다. 조지가 놓은 덫에 모두 단단히 걸린 것이다. 이제 연극을 시작하기만 하면 되는 것이다…….

칵테일 잔들이 비워졌다. 일행은 라운지에서 일어나 아치문을 지나 레스토랑의 메인 홀로 들어갔다.

춤추는 커플들, 부드러운 흑인 음악, 능숙하게 사람들과 테이블을 피해 바쁘게 돌아다니는 웨이터들.

찰스가 얼른 튀어나와 만면에 웃음을 띠고 일행을 테이블로 안내했다. 조지 일행의 예약석은 식당의 제일 안쪽, 다른 곳보다 더 깊숙이 들어간 공간에 있었는데, 얕은 아치형 천장 아래 배치된 세 테이블 중 가운데 있는 큰 테이블이었다. 나머지 두 테이블은 딱 두 사람이 마주 앉기 좋은 작은 테이블이었다. 피부가 누리끼리한 중년의 외국 남자와 예쁜 금발 여자가 한 테이블에 앉아 있었고, 나머지 테이블은 굉장히 어려 보이는 커플 한 쌍이 차지하고 있었다. 가운데 테이블이 조지 바턴 일행을 위해 준비된 자리였다.

조지가 쾌활한 목소리로 자리를 지정해 주었다.

"샌드라, 내 오른쪽 자리에 앉아 주시겠습니까. 그 옆은 브라운 씨가 앉으시고. 아이리스, 사랑하는 처제, 이 파티는 처제를 위해 준비한 파티야. 그러니 꼭 내 옆에 앉아 줘. 그 옆은 패러데이. 그다음은 당신, 루스……."

조지는 말을 멈췄다. 루스와 앤터니 사이에 빈 의자가 하나 있었다. 테이블은 7인석으로 준비되어 있었다.

"내 친구 레이스 대령은 좀 늦을 겁니다. 우리더러 기다리지 말라더군요. 그래도 곧 올 겁니다. 여러분이 그분을 꼭 만나 뵈었으면 합니다. 대단한 분이죠. 전 세계에 안 가 보신 곳이 없으니, 재미있는 모험담도 실컷 들려주실 겁니다."

자리에 앉으면서 아이리스는 속으로 분노가 치미는 것을 느꼈다. 형부가 일부러 그녀와 앤터니를 따로 앉혔다고 생각했기 때문이었다. 파티 주최자 바로 옆인 이 자리에는 루스가 앉아야 하는 거였다. 그렇다, 조지는 여전히 앤터니를 싫어하고 불신하는 게 틀림없었다.

아이리스는 맞은편을 슬쩍 쳐다봤다. 앤터니가 잔뜩 인상을 쓰고 앉아 있었다. 그는 아이리스에게 시선도 안 주는 대신 옆의 빈자리를 흘끔 쳐다보더니 입을 열었다.

"다른 사람 한 명을 더 초대하셨다니 다행입니다, 바턴 씨. 제가 좀 일찍 자리를 떠야 할지도 몰라서요. 불가피한 사정이 생겨서. 여기서 아는 사람을 마주쳤거든요."

조지가 웃음 띤 얼굴로 말했다.

"노는 시간까지 일을 하시려고? 그러기에는 너무 젊은 나이 아닌가요, 브라운 씨? 근데 당신이 하는 일이 뭔지 못 들은 것 같은데?"

마침 그 순간 테이블이 조용해졌다. 앤터니의 대답은 딱딱하고 차가웠다.

"조직범죄입니다, 바턴. 사람들이 물어보면 언제나 그렇게 대답하죠. 강도질 대행은 기본이고, 절도가 전문입니다. 주로 마피아 집단들이 일을 의뢰하고는 은신처에 숨어서 결과를 기다리지요."

샌드라 패러데이가 웃음을 터뜨리며 말했다.

"군수 산업 쪽과 관련 있지 않나요, 브라운 씨? 요새는 소설에서 군수업계의 제왕이 항상 악당 역을 맡더군요."

아이리스는 앤터니가 순간적으로 놀라움을 감추지 못하고 눈이 휘둥그레지는 것을 보았다. 앤터니는 가볍게 응수했다.

"제 정체를 탄로내시면 어떻게 합니까, 레이디 알렉산드라. 일급 비밀이란 말입니다. 외국 스파이가 도처에 깔려 있는데 그런 경솔한 발언을 하시다니."

그러면서 앤터니는 심각한 척하며 고개를 설레설레 저었다.

웨이터가 와서 굴 요리 접시를 치웠다. 스티븐이 아이리스에게 춤을 청했다.

잠시 후에는 모두들 플로어에 나가 춤을 추고 있었다. 분위기도 아까보다 한결 가벼웠다.

머지않아 아이리스와 앤터니가 춤을 출 차례가 됐다.

아이리스가 대뜸 말했다.

"우리 자리를 떨어뜨려 놓다니, 형부도 참 못됐어요."

"마음을 써 준 거죠. 오히려 아이리스를 내내 마주 볼 수 있어서 좋던데."

"정말로 일찍 일어나야 해요?"

"그렇게 될지도 몰라요."

잠시 뜸을 들이다가 앤터니가 물었다.

"레이스 대령이 온다는 것, 알고 있었어요?"

"아뇨, 전혀 몰랐어요."

"그것참 이상하군."

"그분을 아세요? 아, 맞아요, 안다고 했죠. 지난번에."

아이리스가 덧붙였다.

"그분, 어떤 분이에요?"

"미지의 인물이지요."

두 사람은 테이블로 돌아왔고, 밤은 점점 깊어 갔다. 조금 전에는 분위기가 풀리는가 싶더니 다시 천천히 긴장이 고조돼, 어느새 테이블에는 팽팽한 긴장감이 돌고 있었다. 파티 주최자만이 아무 걱정 없는 태도로 쾌활하게 떠들어 댔다.

아이리스는 조지가 시계를 확인하는 것을 보았다.

그때 갑자기 드르르 하는 드럼 소리가 들리더니, 조명이 꺼지고 방 한가운데에 무대가 준비됐다. 그러자 사람들은 각자 의자를 뒤로 빼고 무대를 잘 볼 수 있도록 옆으로 돌려 앉았다. 먼저 남자 셋과 여자 셋이 춤을 추며 등장했다. 그다음은 성대모사를 하는 남자가 나와 기차 소리, 증기롤러(도로를 평평하게 만드는 기계―옮긴이), 비행기, 재봉틀, 소가 기침하는 소리를 냈다. 대성공이었다. 다음 순서는 레니와 플로의 춤 공연이었는데, 춤이라기보다는 공중그네 곡예에 가까웠다. 큰 박수가 터져 나왔다. 다음은 룩셈부르크 6중주단의 앙상블. 그리고 마침내 조명이 다시 들어왔다.

모두들 눈을 깜빡거렸다.

불이 들어옴과 동시에 바턴 일행이 앉은 테이블에는 오랜 긴장이 탁 풀린 듯한 안도의 분위기가 감돌았다. 마치 모두들 어떤 일이 일어날 것을 은연중에 기대하고 있었던 것 같았다. 지난번에는 조명이 들어옴과 동시에 테이블 위에 쓰러져 있는 시체를 발견했기 때문이었다. 이제야 비로소 과거를 과거로 받아들일 수 있게 된 것 같았다. 옛 비극의 그림자가 마침내 걷힌 것이다.

샌드라가 들뜬 표정으로 앤터니를 돌아보았다. 스티븐은 아이리스에게 말을 걸었고, 루스도 그쪽으로 몸을 기울이고 대화에 동참했다. 오직 조지만 가만히 앉아 맞은편의 빈 의자에 시선을 고정하고 멍하니 바라볼 뿐이었다. 그 빈자리는 테이블 세팅이 돼 있었다. 잔에 샴페인도 차 있었다. 언제라도 누군가 들어와 그 자리에 앉을 것처럼…….

옆에서 아이리스가 쿡 찌르며 말을 걸었다.

"정신 차려요, 형부. 일어나서 저랑 춤춰요. 저랑은 아직 한 번도 안 추셨잖아요."

조지는 공상에서 깨어나 아이리스에게 미소를 지어 보이며 샴페인 잔을 들었다.

"먼저 건배부터 하지······. 오늘 생일을 맞은 아가씨를 위해. 아이리스 말 양이 오래오래 건강하게 살기를!"

일행은 웃음을 터뜨리며 샴페인을 마셨고, 모두들 일어나 춤을 추러 나갔다. 조지와 아이리스, 스티븐과 루스, 앤터니와 샌드라가 파트너였다.

흥겨운 재즈 멜로디가 흐르고 있었다.

얼마 후 모두들 웃고 떠들며 테이블로 돌아와 앉았다.

갑자기 조지가 상체를 앞으로 기울이며 말했다.

"모두에게 부탁이 있습니다. 약 1년 전, 우리가 함께한 만찬이 비극으로 끝났었지요. 지나간 슬픔을 굳이 떠올리자는 건 아닙니다. 다만 로즈메리가 완전히 잊히는 걸 원치 않을 뿐입니다. 여러분께 로즈메리의 기억을 위해 건배를 청하고 싶습니다. 기억하기 위해서요."

그러고는 잔을 들어 올렸다. 나머지도 예의 바른 표정으로 잠자코 잔을 들어 올렸다.

조지가 건배했다.

"로즈메리를 위해, 영원히 기억되기를."

모두들 일제히 잔을 입으로 가져가 샴페인을 마셨다.

잠시 침묵이 흘렀다. 그런데 조지가 앞으로 휘청하더니 의자에 앉은 채로 푹 쓰러지면서 두 손을 목으로 가져갔고, 얼굴이 시퍼렇게 변하면서 숨을 헐떡거렸다.

1분 30초 후 조지는 숨을 거두었다.

제3부
아이리스

"죽은 사람은 평안할 줄 알았는데, 그게 아니더군요……."

1장

 레이스 대령은 런던 경찰청으로 들어갔다. 대령은 경관이 가져온 용지를 작성해서 내고 몇 분 후에는 켐프 경감의 사무실에서 경감과 악수를 나누고 있었다.
 두 사람은 서로 잘 아는 사이였다. 켐프는 런던 경찰청의 터줏대감인 배틀 총경과 여러 면에서 스타일이 비슷했다. 실제로 배틀 총경의 지휘하에 몇 년간 일했기 때문에 무의식중에 선배의 매너리즘을 답습했는지도 모를 일이었다. 심지어 나무를 깎아 놓은 것 같은 생김새마저 비슷했다. 그러나 배틀이 티크나무나 오크나무를 깎은 것 같다면, 켐프 경감은 좀 더 보기에 그럴싸한 나무, 예를 들면 마호가니나 아니면 오래된 자단 재목을 조각해 놓은 것 같았다.
 "연락 주셔서 감사합니다, 대령님. 이번 사건은 외부의 도움이 많이 필요할 것 같습니다."

"벌써 최고로 유능한 분들 손에 맡겨진 것 같소만."

켐프는 극도로 신중히 다뤄야 하거나 언론의 초점이 쏠리는 사건, 아주 중대한 사건만 자신의 손에 떨어진다는 명백한 사실을 겸손 떨지 않고 담담히 받아들였다. 그가 심각한 태도로 대꾸했다.

"키더민스터 집안이 개입돼서 그렇습니다. 얼마나 신중하게 다뤄야 할지 짐작이 가시죠."

레이스는 고개를 끄덕였다. 레이스도 레이디 알렉산드라 패러데이를 몇 번 만난 적이 있었다. 말수가 적으면서도 입지가 확고한 여성으로, 얼굴을 보여 주는 것만으로도 강력한 홍보가 가능한 사람이었다. 연단에서 연설하는 것을 들어 본 적이 있었는데, 유창한 화술은 없지만 주제에서 벗어나지 않고 명확하고 자신 있게 이야기해 청중을 사로잡았다.

공적인 생활은 신문에 낱낱이 실리지만 사생활은 다들 알고 있는 배경 외에는 거의 존재하지 않는 것처럼 노련하게 잘 숨길 줄도 아는 부류의 여자였다.

그렇다 해도 사생활이 없을 수는 없었다. 그들도 절망과 사랑, 질투의 괴로움을 아는 사람들이었다. 평정을 잃고 사랑이라는 도박에 삶이 좌지우지될 수도 있었다.

레이스가 호기심 어린 목소리로 물었다.

"그 여자가 범인이라고 보시오, 켐프 경감?"

"레이디 알렉산드라요? 그렇게 생각하세요, 대령님?"

"모르겠소. 하지만 일단 범인이라고 가정해 봅시다. 아니면 같은 키더민스터 보호막 아래 있는 그 남편을."

캠프 경감의 흔들림 없는 청록색 눈동자가 레이스의 짙은 색 눈동자를 똑바로 응시했다.

"만일 둘 중 한 사람이 살인을 저질렀다면, 우리는 공정하게 그 사람을 처벌할 겁니다. 잘 아시면서 그러시네요. 이 나라에서 살인범을 두려워해서 벌벌 떠는 일이나 살인범을 봐주는 일은 용납되지 않습니다. 하지만 증거가 아주 확실해야 합니다. 검사가 그 점을 강조할 겁니다."

레이스는 고개를 끄덕이더니 말했다.

"이제 사건 개요를 들어 봅시다."

"조지 바턴이 청산가리를 음독하고 죽었습니다. 1년 전 부인이 죽었을 때와 사인이 같죠. 이번 사건 때 사실은 레스토랑에 계셨다고요?"

"그렇소. 바턴이 파티에 참석해 달라고 했소. 난 거절했고. 하는 짓이 마음에 안 들었거든. 일단 그 계획에 반대의 뜻을 표하면서, 아내의 죽음에 미심쩍은 부분이 있거든 마땅히 찾아가야 할 사람을 찾아가라고 했지……. 런던 경찰 말이오."

캠프는 고개를 끄덕였다.

"그랬어야 하는 건데."

"대신 바턴은 자기 뜻을 고집했소. 살인범을 잡을 덫을 놓겠다나. 어떤 덫인지는 이야기 않더군. 나는 일이 잘못될까 봐 마음이 불안했소. 그래서 감시하기 위해 어젯밤 룩셈부르크에 직접 가 보기까지 했소. 내 테이블은 물론, 바턴 일행의 테이블에서 멀리 떨어져 있었지. 금세 들키지 않기 위해 그런 겁니다. 불행하게도 도움이 될 만한 이야기는 드릴 수가 없군요. 수상한 행동은 전혀 못 봤거든. 웨이터와 바턴 일행 말고는 그 테이블에 접근한 사람도 없었습니다."

"그렇죠. 이렇게 되면 저절로 범위가 좁혀지지요, 안 그렇습니까? 범인이 일행 중 한 명이거나 아니면 웨이터, 주세페 볼사노라는 이야기가 되니까요. 그렇잖아도 오늘 또 소환했습니다. 대령님이 한번 보고 싶어 하실 것 같아서요……. 그런데 도저히 범행을 저질렀을 사람으로는 보이지 않습니다. 룩셈부르크에서 12년 일했답니다. 평판이 좋고 유부남에 애가 셋, 이력도 좋습니다. 고객들과도 얼굴 붉히는 일 한 번 없었고요."

"그럼 파티 일행이 남는군요."

"그렇죠. 바턴 부인이 죽었을 때 그 자리에 있었던 사람들 그대로입니다."

"그 사건은 어떻게 됐습니까, 켐프?"

"안 그래도 조사해 보고 있었습니다. 두 사건이 관계가 있는 게 확실하니까요. 조사는 애덤스에게 맡겼습니다. 당시에는 명백한 자살이라고 보기는 힘들었지만 자살이 가장 그럴듯하고, 또 살인을 뒷받침할 결정적인 증거가 없었기 때문에 자살로 판결하고 넘어가야 했습니다. 별다른 수가 없었죠. 경찰청 기록에 그런 케이스가 꽤 됩니다. 의문의 여지가 남아 있는 자살 사건. 그런 경우 시민들은 판결을 받아들이고 넘어가죠……. 하지만 우리는 다 기억해 둡니다.

어떤 경우에는 사건 종결 후에도 계속해서 증거를 찾기도 하고요. 때때로 뭔가 찾아내기도 하고, 또 어떤 때는 아무것도 못 건지고 끝납니다. 이번 경우는 건진 게 없었습니다."

"지금까지는."

"지금까지는. 누군가 바턴 씨한테 부인이 살해당한 거라고 익명 제보를 했습니다. 그러자 조지 바턴은 혼자서 조사에 착수했습니다. 범행의 덜미를 잡았다고 광고한 거나 마찬가지죠. 정말로 잡았는지는 저도 모르겠습니다. 하지만 살인범은 위협을 느낀 것 같습니다. 동요한 살인범이 바턴을 제거한다. 제가 보기에는 그렇게 된 것 같습니다. 대령님도 동의하십니까?"

"아, 그렇소······. 거기까지는 어려울 게 없어 보입니다. 그 '덫'이 뭐였는지는 아무도 모르지만······. 그날 테이블에 빈자리가 하나 있는 걸 봤소. 어쩌면 깜짝 증인이 오기로 돼 있었는지도 모르지. 아무튼 그 빈자리로 의도한 것 이상의 수확을 얻었소. 범인에게 겁을 줘, 덫이 작동하기도 전에 범인이 먼저 움직이게 만들었으니까."

"흠. 용의자가 다섯이나 되네요. 거기다 첫 번째 사건인 바턴 부인의 사건도 계속 조사해야 하고요."

"그럼 이제는 그게 자살이 아니었다고 확신하는 거요?"

"이번 살인 사건이 그걸 증명해 주는 것 같습니다. 그래도 당시에는 자살을 가장 합당한 판결로 받아들일 수밖에 없었지요. 뒷받침하는 증거도 있었고요."

"독감 후 우울 증상 말이오?"

그러자 켐프의 경직된 얼굴에 슬며시 미소가 퍼졌다.

"그건 검시 법원의 판단이었습니다. 의학적 증거를 토대로 판결이 났고, 모두에게 덜 골치 아픈 쪽으로 마무리됐지요. 자주 있는 일입니다. 게다가 자신의 유품 처리를 부탁하며 동생에게 쓰다 만 편지도 있으니까요. 자살을 염두에 두고 있었다는 걸 보여 주죠. 아무튼 우울증에 시달렸던 건 확실합니다. 그런데 여성의 경우, 열에 아홉은 치정 관계가 원인입니다. 남자의 경우 대부분이 돈 문제인 것과는 다르게요."

"그럼 바턴 부인이 바람을 피웠다는 걸 경감도 알고 계셨군요."

"예, 금세 알아냈습니다. 숨긴다고 숨겼겠지만, 알아내는 데 그리 오래 걸리지 않았죠."

"상대는 스티븐 패러데이요?"

"예. 둘은 얼스 코트 근처에 있는 작은 아파트에서 만남을 가졌습니다. 6개월 넘게 진행됐고요. 두 사람이 말다툼을 했다고 가정해 봅시다······. 아니면 패러데이가 싫증을 냈을 수도 있고요······. 그렇다면 뭐, 그 상황에서 여자가 절망감에 자살했다고 봐도 큰 무리가 없겠죠."

"사람 많은 레스토랑에서 청산가리를 음독하는 방법으로?"

"예, 극적인 효과를 노렸다면 가능하죠. 남자가 지켜보는 가운데 죽는다는. 남의 이목이 집중되는 걸 즐기는 사람들도 있잖습니까. 제가 듣기로 바턴 부인은 사회적 관습에 별로 연연하지 않는 사람이었다고 해요. 항상 조심했던 건 패러데이 쪽이었지요."

"레이디 알렉산드라가 외도 사실을 알았다는 증거는 있소?"

"지금까지 알아낸 바에 의하면 부인은 모르고 있었습니다."

"다 알고 있었을지도 모릅니다, 켐프. 안다고 티를 내는 여자가 아니잖소."

"아, 물론이죠. 두 가지 가능성을 다 고려해야 합니다. 부인의 동기는 질투. 남편의 동기는 정치 경력 보호. 이혼당하면 여태껏 쌓아온 경력이 말짱 무너졌을 테니까요. 요새는 이혼해도 옛날처럼 크게 타격을 받지는 않겠지만, 그래도 패러데이의 입장에서는 키더민스터 가문을 적으로 삼아서 좋을 게 없죠."

"그 비서 아가씨는 어떻소?"

"빔인 후보입니다. 조지 바턴한테 연정을 품었을 수 있습니다. 사무실에서의 관계도 상당히 친밀한 편이었고 또 그 비서가 바턴에게 푹 빠져 있었다는 이야기도 있습니다. 실제로 어제 오후에 전화 담당 여직원 중 하나가 바턴이 루스 레싱의 손을 붙잡고 '당신 없으면 나 혼자 아무것도 못 할 거'라고 말한 걸 흉내 내다가 레싱 양한테 들켰는데, 레싱 양은 그 자리에서 한 달치 급여를 주고 그 직원을 내보냈답니다. 그 문제에 꽤 민감했던 걸로 보입니다. 레싱 양 말고도 로즈메리의 여동생이 있습니다. 엄청난 돈을 물려받았거든요. 그 점을 간과할 수 없죠. 착한 아가씨로 보이지만, 실제로는 어떨지 아무도 모르잖습니까. 그리고 바턴 부인의 또 다른 남자친구도 있어요."

"그 사람에 대해 아시는 게 있다면 좀 듣고 싶소만."

켐프가 천천히 대답했다.

"기가 막힐 정도로 알아낸 게 거의 없습니다……. 기껏 알아낸 것도 별 쓸모가 없고요. 여권에는 아무 문제가 없습니다. 미국 시민이라는 것 외에는, 적인지 친구인지조차 못 알아냈습니다. 영국으로 건너와 클라리지스 호텔에 묵었고, 무슨 수를 썼는지 듀스베리 경과 친분을 맺었습니다."

"사기꾼이오?"

"그럴 수도 있지요. 듀스베리는 단단히 그 친구한테 넘어간 모양입니다. 저택에 장기간 묵게 했을 정도니까요. 참 시기가 미묘하죠."

"군수 산업이라. 듀스베리가 만든 새 탱크 모델의 성능 테스트 과정에서 문제가 발생하지 않았소?"

"그랬죠. 이 브라운이라는 친구, 자기 입으로 무기 산업에 관심이 있다고 말하고 다녔습니다. 그런데 공교롭게도 이 친구가 나타난 직후 말씀하신 사보타주가 발각이 됐어요. 큰 사고가 터지기 직전에 아슬아슬하게 누군가 문제를 발견한 거죠. 브라운은 듀스베리의 측근들과 많이 접촉했습니다. 군수 업체에 몸담고 있는 사람들하고만 친분을 쌓은 것 같더군요. 그 결과, 제 의견으로는 관련업자들이 그 친구에게 결코 보여 주면 안 될 것들을 보여 준 겁니다……. 그 친구가 나타나고 얼마 안 있어 심각한 작동 오류가 발생한 적도 한두 번 있었습니다."

"흥미로운 친구로군요, 앤터니 브라운이라는 작자."

"그렇습니다. 사람 꾀는 재주가 상당한데, 그 재주를 최대한 활용하지요."

"그럼 바턴 부인은 어떻게 엮인 거요? 조지 바턴은 군수 산업과 아무 관계가 없잖습니까?"

"그렇죠. 그런데 둘이 상당히 친밀한 사이였던 것 같습니다. 브라운이 바턴 부인에게 실수로 정보를 흘렸을지도 모릅니다. 대령님이 누구보다 더 잘 아시잖습니까? 미모의 여자가 남자한테서 정보를 빼내는 게 얼마나 쉬운 일인지."

레이스는 켐프 경감의 말을, 자신이 과거에 지휘했던 대간첩 부서에서 쌓은 경험을 뜻하는 것으로 받아들이고 고개를 끄덕거렸다. 눈치 없고 답답한 사람이라면 자신이 남녀 관계에서 저지른 실수를 상대방이 비꼬는 것으로 받아들였겠지만, 레이스는 현명한 사람이었다.

레이스는 잠시 생각하다가 다시 입을 열었다.

"조지 바턴이 받은 익명의 편지들은 조사해 봤소?"

"예. 어젯밤 바턴의 책상 서랍에서 발견했습니다. 말 양이 찾아 줬죠."

"내가 그 편지에 관심이 많다는 거 아시잖습니까, 켐프 경감. 어서 전문가의 소견을 말씀해 보시오."

"싸구려 편지지에 평범한 잉크를 썼습니다. 지문 조사 결과 조지 바턴과 아이리스 말 양이 손을 댄 것이 밝혀졌고요……. 그리고 봉투에 신원미상의 지문이 잔뜩 묻어 있습니다. 우체국 직원이나 뭐 그런 사람들이 남긴 지문이겠죠. 글씨는 인쇄된 것이고, 전문가의 의견으로는 어디 아픈 데가 없고 좋은 교육을 받은 사람이 작성한 거랍니다."

"좋은 교육이라. 그럼 하인은 아니겠구먼."

"그렇습니다."

"점점 더 흥미로워지는군."

"최소한 다른 누군가가 의심을 품고 있었다는 것 정도는 알 수 있지요."

"그러면서 경찰에는 가지 않은 사람. 조지가 의심을 품도록 만들 용의는 있으면서 직접 진상을 조사할 용의는 없었던 사람. 뭔가 미심쩍은 부분이 있소, 켐프. 혹시 조지가 직접 작성했을 가능성은 없소?"

"그럴 수도 있지요. 하지만 왜요?"

"자살의 사전 준비로…… 살인처럼 보이게 만들려고 꾸민 자살."

"스티븐 패러데이에게 화살이 쏠리도록 조작한다? 그럴듯한 생각이네요. 하지만 그러려면 패러데이가 확실히 범인으로 지목받도록 만반의 준비를 해 놓지 않았을까요? 지금으로서는 패러데이가 범인이라는 증거가 하나도 없는데요."

"청산가리는? 혹시 용기가 발견됐소?"

"예. 테이블 밑에서 흰색 조그만 종이 포장이 발견됐습니다. 종이에서 청산가리 흔적이 나왔고요. 지문은 없었습니다. 추리 소설이라면 특수 재질의 종이거나 아니면 종이가 특이한 방식으로 접혀 있었겠죠. 추리 소설 작가들한테 수사 절차에 대한 교육이라도 시켜 주고 싶습니다. 웬만하면 흔적이 발견되지도 않고 또 증거 하나 찾아내기가 엄청 힘들다는 걸 알게 되겠죠!"

그 말에 레이스는 씩 웃었다.

"정곡을 찌르는 말씀이오. 어젯밤에 별다른 건 발견하지 못했소?"

"사실 오늘 조사하려던 게 그겁니다. 어젯밤 모두에게서 약식 진술을 받은 다음, 말 양과 함께 엘바스턴 스퀘어로 돌아가서 바턴의 책상과 서류를 살펴봤습니다. 관계자들한테 오늘 더 상세한 진술을 받을 작정입니다. 옆 테이블에 앉았던 사람들한테서 받은 진술도 있는데……."

그러면서 경감은 서류를 뒤적거렸다.

"……아, 여기 있군요. 근위보병 제1연대 소속, 제럴드 톨링턴과 백작 가문의 아가씨, 퍼트리샤 브라이스 우드워스. 약혼한 젊은 커플입니다. 서로의 얼굴만 쳐다보느라 다른 게 눈에 들어오기나 했을지 의문이네요. 다음은 페드로 모랄레스 씨…… 멕시코에서 건너온 역겨운 물건입니다. 눈의 흰자위까지 노란색이더군요. 그리고 동행인 크리스틴 섀넌 양…… 남자 돈을 우려먹는 금발의 예쁜이죠. 이 아가씨도 목격한 게 별로 없을 겁니다. 돈에 관계된 일 외에는 그렇게 멍청할 수가 없어요. 이들이 뭔가 목격했을 리는 거의 없다고 봐도 좋을 텐데, 그래도 혹시 모르니까 이름과 주소를 받아 적어 놨지요. 웨이터인 주세페부터 시작할까 합니다. 지금 여기 와 있습니다. 곧 들여보내라고 하지요."

2장

 주세페 볼사노는 원숭이를 닮은 영리해 보이는 얼굴에 몸집이 호리호리한 중년의 남자로, 불안해하기는 했지만 지나치게 떨지는 않았다. 본인의 말에 따르면 열여섯 살 때 영국에 건너왔고 영국 여자와 결혼했기 때문에, 영어가 상당히 유창했다.
 켐프는 동정적인 태도로 주세페를 심문했다.
 "자 그럼, 주세페, 더 할 이야기는 없는지 들어 봅시다."
 "저한테는 굉장히 불쾌한 일입니다. 그 테이블의 서빙을 맡은 게 접니다. 와인을 따라 준 것도 저고요. 사람들이 제가 정신이 나갔다고, 와인 잔에 독을 탔다고 수군댈 거예요. 사실이 아닌데도 그렇게 떠들고 다닐 거라고요. 그렇잖아도 골드스타인 씨가 저한테 일주일쯤 집에서 쉬라고 하셨어요……. 레스토랑에서 손님들이 저한테 이것저것 캐묻거나 손가락질할까 봐 그런 거죠. 그래도 골드스타인 씨는 공평하고 공정한 분이세요. 제 잘못이 아니라는 것도 잘 아시고요. 게다가 제가 거기서 얼마나 오래 일했는지 아시니까, 다른 레스토랑 사장들처럼 저를 해고하지 않으신 거예요. 무슈 찰스도 저한테 잘해 주셨어요. 그래도 저한테는 힘든 상황이에요. 겁도 나고요. 혹시 저한테 적이 있는 건 아닐까라는 의문이 들어서요."

캠프가 최대한 무표정한 얼굴로 말했다.

"그래서…… 적이 있습니까?"

주세페는 슬픈 원숭이 같은 얼굴을 일그러뜨리며 웃음을 터뜨렸다. 그러고는 두 팔을 쭉 펴보이며 되물었다.

"저요? 세상에 적이라곤 한 명도 없는 사람입니다. 좋은 친구는 많지만 적은 없어요."

캠프는 대답 대신 흠 하고 소리를 냈다.

"이제 어젯밤 이야기를 해 보죠. 어떤 샴페인을 서빙했는지 말해 봐요."

"1928년산 뵈브 클리코였어요. 품질 좋고 비싼 고급 술이죠. 바턴 씨가 워낙에 음식이고 술이고 최고만 좋아하셨거든요."

"술을 사전에 주문했나요?"

"예. 모든 것을 찰스 씨와 상의하셨어요."

"테이블의 빈자리는?"

"그것도 바턴 씨가 요청하신 겁니다. 찰스 씨에게 주문하셨고 찰스 씨가 저한테 지시했죠. 저녁 늦게 젊은 아가씨 한 분이 앉게 될 거라고 하셨대요."

"젊은 아가씨?"

레이스와 켐프는 서로를 바라보았다.

"그 아가씨가 누구인지 압니까?"

주세페는 고개를 저었다.

"아뇨, 전혀 모릅니다. 나중에 올 거라는 이야기만 들었어요."

"술 이야기를 계속해 보죠. 몇 병이나 있었습니까?"

"우선 두 병에, 여분으로 한 병 더 준비가 돼 있었어요. 첫 번째 병은 금세 바닥났어요. 두 번째는 쇼가 시작하기 조금 전에 제가 땄습니다. 잔들을 채운 다음에 얼음통에 꽂아 놓았죠."

"바턴 씨가 따라 놓은 샴페인을 마시는 걸 마지막으로 본 게 언제죠?"

"가만 있자. 쇼가 끝나고 일행은 어린 아가씨의 건강을 위해 건배했어요. 그 아가씨의 생일이었으니까요. 그런 다음 모두들 플로어에 나가서 춤을 췄어요. 그다음에 다들 자리에 돌아왔을 때 바턴 씨가 술을 마시더니, 갑자기 푹 쓰러져 죽었어요."

"춤추고 있을 때 술잔을 채우지는 않았습니까?"

"아니요, 무슈. 마드무아젤을 위해 건배할 때 잔이 다들 꽉 차 있었는데 건배할 때 아주 조금씩만 마셨거든요. 아직 많이 남아 있었죠."

"혹시 누가…… 누구라도…… 일행이 춤추는 사이 테이블에 접근하지는 않았고?"

"그런 사람 한 명도 없었습니다, 경감님. 확실합니다."

"일행이 다 같이 춤추러 나갔습니까?"

"예."

"그리고 다 같이 자리에 돌아왔고?"

주세페는 눈을 질끈 감고 애써 기억을 더듬었다.

"바턴 씨가 먼저 돌아왔어요……. 아가씨랑 같이요. 바턴 씨는 다른 분들보다 걸음이 더 힘이 있었어요. 춤을 그리 오래 안 추셨거든요. 그다음에 금발 신사, 패러데이 씨와 검정색 드레스를 입은 아가씨가 들어왔어요. 레이디 알렉산드라 패러데이와 피부색이 짙은 신사분이 마지막에 들어오셨고요."

"패러데이 씨와 레이디 알렉산드라를 아는군요?"

"예, 경감님. 룩셈부르크에 자주 오셨거든요. 고상한 분들이시죠."

"자, 주세페, 만일 일행 중 누군가가 바턴 씨의 잔에 뭔가 집어넣었다면 그걸 당신이 봤을 것 같습니까?"

"확답할 수 없습니다, 경감님. 저는 그 옆 테이블 두 개하고 또 레스토랑 메인 홀의 다른 테이블 두 개를 담당합니다. 정신없이 요리를 나르지요. 바턴 씨의 테이블을 감시하고 있을 수가 없습니다. 쇼가 끝나고 모두들 일어서서 춤을 출 때 저는 가만히 서 있습니다. 그때 아무도 테이블에 접근하지 않았다고 자신 있게 말 할 수 있는 이유도 그겁니다. 하지만 다들 자리에 앉으면 그때부터 또 바빠집니다."

켐프가 고개를 끄덕였다.

"그런데 제 생각에는, 누구한테 들키지 않고 그러기는 어려운 것 같습니다. 제가 보기에는 바턴 씨만 그럴 수 있을 것 같아요. 경감님은 그렇게 보지 않으세요?"

그러면서 주세페는 호기심에 찬 얼굴로 경감을 쳐다봤다.

"그래, 그렇게 생각한다 이거지요?"

"물론 제가 아는 게 뭐가 있겠습니까마는…… 그냥 그런 생각이 든다는 거죠. 한 1년쯤 전에 그 예쁜 부인이 자살하지 않았습니까. 혹시 바턴 씨도 너무나 슬픈 나머지 똑같은 방법으로 자살을 한 게 아닐까요? 낭만적이죠. 물론 레스토랑 매상에는 좋지 않지만, 자살을 생각하는 사람이 그런 걸 신경 쓸 여유가 어디 있어요."

주세페는 마주 앉은 두 사람을 열심히 번갈아 쳐다봤다.

켐프가 고개를 저으며 대꾸했다.

"그렇게 쉬운 문제가 아닙니다."

켐프는 몇 가지 질문을 더했고, 얼마 후 주세페는 집으로 돌아갔다.

주세페가 나가고 문이 닫히자 레이스가 말했다.

"혹시 우리가 저렇게 믿도록 유도하려는 게 아닐까?"

"슬픔에 잠긴 남편이 아내의 기일에 자신도 따라서 자살한다? 정확하게는 기일도 아니지만……. 기일 근처이긴 하죠."

"위령의 날이었지."

"그렇습니다. 맞아요, 그렇게 믿도록 조작한 걸 수도 있습니다……. 하지만 그렇다면, 범인이 누구든 간에 바턴 씨가 익명의 편지를 보관하고 있었다는 것과 바턴 씨가 대령님과 상의한 것, 편지를 아이리스 말에게 보여 줬다는 것은 몰랐을 겁니다."

켐프는 시계를 흘끔 확인했다.

"12시 30분에 키더민스터 저택에 가 보기로 돼 있습니다. 그 전에 다른 두 테이블에 앉았던 사람들을 찾아가서 인터뷰할 시간이 조금 있네요……. 다는 아니더라도 몇 명은요. 같이 가시겠습니까, 대령님?"

3장

 모랄레스 씨는 리츠 호텔에 묵고 있었는데, 아침에 불쑥 찾아가서 보기에는 너무나 볼썽사나운 꼴을 하고 있었다. 면도도 안 해 덥수룩한 데다가 눈의 흰자위가 벌겋게 충혈됐고, 하여간 심한 숙취에 시달리고 있는 게 분명했다.
 모랄레스 씨는 미국인이었고 온갖 비속어를 다 사용했다. 기억나는 건 전부 이야기해 주겠다는 등 협조적인 태도로 나오면서도 정작 지난밤 일에 대해 기억해 낼 수 있는 부분은 별로 없는 것 같았다.
 "크리시(크리스틴의 애칭 — 옮긴이)와 같이 갔지요……. 그 여자, 참 독한 여자데요! 끝내주게 좋은 데라고 하더니. 그래서 제가 말했죠. '귀염둥이, 당신이 가자는 데라면 어디든지 가지.' 가 보니 아주 고상한 곳이더라고요, 그건 인정하죠……. 음식 하나가 얼마나 비싸던지! 한 30달러 가지고 있던 걸 거기서 다 쓰고 왔다니까요. 근데 밴드는 형편없던데요……. 뭐 하나 제대로 연주하지 못하고."

전날 밤 일을 이야기한다면서 자꾸 딴소리를 하자, 경감은 모랄레스 씨가 옆 테이블 일행을 떠올리도록 채근해야 했다. 그러나 막상 그 이야기를 시작하자 모랄레스 씨는 별로 협조적이지 않았다.

"예, 옆에 테이블이 있고 사람들이 앉아 있었죠. 근데 어떻게 생겼는지는 기억이 안 납니다. 그 남자가 갑자기 뻗어 버리기 전에는 별로 눈길을 주지 않았거든요. 처음에는 너무 취해서 그러는 줄 알았죠. 그러니까 생각나는데, 그 귀부인들 중 하나가 떠오르는데요. 까만 머리에 갖출 거 다 갖춘 여자였죠."

"초록색 벨벳 드레스를 입은 숙녀를 말하는 겁니까?"

"아뇨, 그 여자 말고요. 그 여자는 너무 비쩍 말랐어요. 이 여자는 검은색 드레스 차림이었고 나올 데가 다 나온 여자였어요."

모랄레스 씨의 음흉한 시선을 받은 여자는 바로 루스 레싱이었다.

모랄레스 씨는 루스를 떠올리며 기분 좋은 듯 코에 살짝 주름을 만들었다.

"그 여자가 춤추는 걸 쭉 지켜봤죠. 기가 막히게 잘 추던데요! 내가 한두 번 신호를 보냈는데, 그쪽은 영 차갑게 나오더라고요. 당신네 영국인들이 자주 그러듯이 나를 그냥 개무시합디다."

모랄레스 씨에게서는 더 이상 유용한 정보를 알아낼 수가 없었다. 게다가 모랄레스 씨가 스스로 플로어 쇼가 시작될 때쯤 술에 잔뜩 취해 있었다고 고백했기 때문에, 더 이상 붙잡아 둘 이유가 없었다.

켐프는 감사하다고 말하고 자리에서 일어서려고 했다.

모랄레스 씨가 희망이 담긴 눈으로 말했다.

"저는 내일 뉴욕으로 돌아갑니다만, 혹시 제가 더 머물렀으면 하지는 않으십니까?"

"말씀은 고맙지만 모랄레스 씨를 증언대에 세울 일은 없을 것 같습니다."

"그게 말이죠. 이곳이 꽤 마음에 드는데……. 만약 경찰의 요청이라고 하면 회사도 거절하지 못할 거라 이 말씀입니다. 경찰이 여기 있으라고 하면 있어야 하니까요. 어쩌면 아주 열심히 생각하면 뭔가 기억날 수도 있는데?"

그러나 켐프는 상대방의 얕은 수작에 넘어가지 않았다. 얼마 후 켐프와 레이스는 차를 몰고 브룩가(街)로 향했다. 깐깐한 신사가 일행을 맞았는데, 퍼트리샤 브라이스 우드워스의 아버지였다.

장군인 우드워스 경은 두 사람에게 거리낌 없이 불편한 심기를 쏟아냈다.

"내 딸이…… 감히 누구 딸을……! 이런 종류의 사건에 개입됐다고 주장하다니? 숙녀가 약혼자랑 레스토랑에 가서 식사 좀 했다고 형사들이랑 런던 경찰청에 시달려야 하다니, 영국이 대체 어떻게 돌아가고 있는 건가? 내 딸아이는 그 사람들을 알지도 못한다고. 그 이름이 뭐더라……. 허바드…… 아니, 바턴? 런던에 사는 신사인지 누구인지! 이러니 이제 마음 놓고 어디 다니겠나. 룩셈부르크는 그나마 믿을 만한 곳이었는데. 한데 거기서 벌써 이런 일이 두 번이나 일어났다잖아. 팻(퍼트리샤의 애칭 — 옮긴이)을 거기 데려가다니, 제럴드도 못 미더워. 요새 젊은 것들은 자기가 제일 똑똑한 줄 안다니까. 어쨌든 간에 자네들, 내 딸 데리고 가서 못살게 굴고 반대 신문이니 뭐니 할 생각 꿈에도 말게. 변호사 부르기 전에는 아무것도 못할 줄 알라고. 링컨 여관에 있는 내 친구 앤더슨한테 당장 전화 걸어서 상의해 봐야……."

거기까지 말하다가 장군은 갑자기 멈추고 레이스를 뚫어지게 쳐다봤다.

"자네 어디선가 봤는데. 그게 어디더라……?"

그러자 미소 띤 레이스의 입에서 곧장 대답이 나왔다.

"배더포어에서. 1923년입니다."

"세상에. 조니 레이스 아닌가! 자네가 어쩐 일로 이런 일에 개입돼서 그러는가?"

레이스는 씩 웃으며 대답했다.

"따님 면담 이야기가 나왔을 때 제가 마침 켐프 경감하고 같이 있었습니다. 따님을 경찰청으로 오시게 하는 것보다 켐프 경감이 여기로 오는 편이 나을 거라고 제가 제안했습니다. 그리고 저도 따라왔지요."

"아…… 어……. 사려가 깊구먼, 레이스."

"물론 저희는 가능하면 따님이 불쾌하지 않을 쪽으로 일을 처리하겠습니다."

켐프 경감이 거들었다.

그런데 그때 문이 열리고 퍼트리샤 브라이스 우드워스 양이 들어와 젊은 사람답게 침착하고 냉정하게 상황을 주도하기 시작했다.

"안녕하세요. 런던 경찰청에서 오셨지요? 언제 오시나 기다리고 있었습니다. 제 아버지가 싫은 소리를 하셨죠? 그러지 마세요, 아버지……. 의사 선생님이 혈압 안 오르게 조심하라고 하셨잖아요. 왜 이렇게 사사건건 혈압을 올리고 그러세요. 경감님이신지 총경님이신지 모르겠지만, 하여튼 손님들은 제 방으로 안내해 드리고 아버지께는 위스키소다를 갖다 드리라고 월터스한테 말할게요."

장군은 한꺼번에 몇 마디를 퍼붓고 싶은 걸 참고 겨우 이 한마디만 중얼거렸다.

"옛 친구, 레이스 대령이다."

그 말에 퍼트리샤는 금세 레이스 대령에게 흥미를 잃고, 활짝 웃는 얼굴을 켐프 경감에게 돌렸다.

그러고는 장군의 딸답게 당당하게 일행을 자기 방으로 안내하며 아버지만 남아 있는 서재의 방문을 꼭 닫았다.

"불쌍한 아버지. 무슨 일이든 저렇게 흥분하시죠. 하지만 알고 보면 다루기 쉬운 분이에요."

계속해서 유쾌한 대화가 이어졌지만, 별로 얻을 것은 없는 대화였다.

"미칠 노릇이에요. 내 평생 살인 사건이 일어난 장소에 있을 기회는 다시 없을 텐데……. 근데 살인이 맞긴 맞죠? 신문에는 애매모호한 어조로 기사가 났지만, 나는 제리(제럴드의 애칭 — 옮긴이)하고 통화하면서 살인이 틀림없다고 했어요. 생각해 보세요. 살인이 바로 옆에서 일어나고 있었는데 나는 그쪽을 쳐다보지도 않았다니!"

진심으로 후회하는 목소리였다.

켐프 경감이 예상했듯이, 겨우 일주일 전에 약혼한 두 젊은이가 상대방 외에 다른 사람은 쳐다보지도 않았음이 분명해졌다.

아무리 도움이 되려고 노력해도 퍼트리샤가 할 수 있는 건 고작 몇몇 사람만 기억해 묘사하는 정도였다.

"샌드라 패러데이는 굉장히 세련돼 보였어요. 뭐, 그분이야 항상 그렇지만요. 스키아파렐리(이탈리아 태생 패션디자이너 — 옮긴이)의 옷을 입고 있었어요."

"샌드라 패러데이를 아시오?"

레이스가 물었다.

"얼굴만 알아요. 근데 패러데이 씨는 좀 따분한 사람 같아요. 정치인들이 대개 그렇듯 좀 거만하고요."

"혹시 다른 사람들은 알아보지 못했소?"

퍼트리샤는 고개를 저었다.

"아뇨, 나머지는 한 번도 못 본 사람들이었어요……. 적어도 제 기억에는 그래요. 사실 스키아파렐리의 옷만 아니었으면 샌드라 패러데이도 못 알아봤을 거예요."

저택에서 나오면서 켐프 경감이 심각한 얼굴로 말했다.

"조금 있으면…… 톨링턴 도련님도 똑같이 아무 도움도 안 된다라는 걸 확인하게 되겠죠. 스키편지 뭔지…… 무슨 물고기 이름 같구먼……. 하여간 옷에 한눈팔지 않았다는 것만 빼고요."

레이스도 동의했다.

"적어도 스티븐 패러데이의 신사복이 너무 눈이 부셔서 눈이 멀 것 같았다는 둥, 그런 이야기는 안 할 것 같군요."

"아, 할 수 없죠. 크리스틴 섀넌이나 면담해 봅시다. 거기서도 아무것도 못 건지면, 파티 일행 외에 다른 목격자들한테서 단서를 건지는 걸 포기하는 걸로 하고요."

섀넌 양은 켐프 경감이 말한 대로 '금발의 예쁜이'였다. 탈색한 머리를 아주 교묘하게 모양을 내서 빗어 넘겨, 아기 같은 보드랍고 사랑스러운 얼굴이 더욱 돋보였다. 섀넌 양은 켐프 경감이 단언한 대로 멍청할지는 몰라도 분명 보기에는 좋았고, 커다란 연푸른색 눈에서 엿보이는 날카로움은 지적인 면에서만 멍청하고 일상적인 상식이나 경제적 감각에 있어서는 빗나가는 일이 없음을 말해 주었다.

섀넌은 두 사람을 더할 나위 없이 친절하게 맞으면서 즉시 음료를 권했고, 두 사람이 거절하자 곧바로 담배를 권했다. 섀넌이 살고 있는 아파트는 굉장히 비좁았고 싸구려 티가 나는 모던풍 가구로 꾸며져 있었다.

"제가 도울 수만 있다면 최대한 돕고 싶어요, 경감님. 물어보실 게 있으면 얼마든지 물어보세요."

켐프는 레스토랑에서 가운데 테이블에 앉았던 일행의 태도와 그 테이블의 분위기에 대한 빤한 질문을 몇 개 던졌다.

그러자 크리스틴은 자신이 보기보다 빈틈없고 예리한 관찰자라는 것을 증명해 보였다.

"파티는 분위기가 썩 좋지 않았어요……. 누가 봐도 알 수 있었죠. 테이블에 찬바람이 쌩쌩 불더라고요. 그 아저씨가 참 불쌍해 보였어요. 파티를 주최한 사람이요. 제대로 하려고 애를 쓰긴 쓰는데……. 그러면서도 안절부절못하고……. 그런데 그렇게 애를 써도 분위기는 냉랭하기만 했죠. 그분 오른쪽에 앉은 키 큰 여자는 막대기처럼 뻣뻣했고, 또 왼쪽에 앉은 어린 여자는 단단히 화가 나 있었어요. 맞은편에 있는 피부색 짙은 잘생긴 남자랑 나란히 앉지 못하게 했다고 화가 난 거예요. 그 아가씨 옆에 앉은 키 큰 금발 남자는 꼭 배탈 난 표정으로 금방이라도 음식이 목에 걸릴 것처럼 깨작거리며 먹더라고요. 그 옆에 앉은 여자는 최선을 다해서, 아주 열심히 말을 시켰지만 그 여자도 불안해하는 것 같았어요."

"참 이것저것 많이도 보셨군요, 섀년 양."

레이스 대령이 말했다.

"한 가지 털어놓지요. 사실 그날 너무 지루했어요. 그 남자랑 사흘 연속으로 데이트를 했는데, 어찌나 지겹던지! 그 사람은 런던 관광에만 푹 빠져 있었어요. 매일 멋진 곳만 보러 가자고 하고……. 뭐, 나쁜 남자는 아니에요. 매번 샴페인을 찾기는 했지만. 우리는 콤프라두르랑 미유 플뢰르에도 다 가 봤고, 그러다가 마지막으로 룩셈부르크에 간 거였어요. 혼자서 어찌나 좋아하던지. 어떻게 보면 불쌍할 정도라니까요. 그런데 하는 이야기는 왜 그렇게 재미가 없는지. 그동안 멕시코에서 성사시킨 사업 계약 건을 줄줄 읊는데, 똑같은 이야기를 세 번씩 들었다니까요. 그리고 자기가 만났던 부잣집 여자들 이야기에, 그 여자들이 전부 다 자기한테 얼마나 열렬히 매달렸는지까지. 그런 이야기는 조금만 들어도 질리게 마련이죠. 게다가 페드로는 누가 봐도 잘생긴 남자는 아니잖아요……. 그래서 그냥 맛있는 요리 먹는 데 열중하면서 다른 테이블 구경이나 했죠.”

“저희 입장에서는 잘된 일이군요, 섀넌 양. 저희 문제를 해결하는 데 도움이 될 만한 것도 목격하셨기를 바랍니다.”

경감의 말에 크리스틴은 금발머리를 설레설레 가로저었다.

“그 아저씨를 누가 해치웠는지는 저도 몰라요……. 전혀 짐작도 안 가요. 그냥 샴페인을 한 모금 마시더니 갑자기 얼굴이 시퍼래지면서 푹 쓰러지더라고요.”

“그 전에 마지막으로 마신 게 언제인지는 기억하십니까?”

크리스틴은 잠시 생각하다가 대답했다.

“그럼요. 기억나요. 플로어 쇼 직후였어요. 조명이 들어오니까 그 아저씨가 자기 잔을 집어 들더니 뭐라고 말을 했고, 다른 사람들도 따라서 잔을 들었어요. 건배를 하는 것 같았어요.”

경감은 고개를 주억거리며 재촉했다.

“그런 다음에는요?”

“그런 다음에 음악이 시작됐고 모두들 의자를 뒤로 밀며 일어나 웃으면서 춤추러 나갔어요. 처음으로 분위기가 자연스러워지는 것 같았어요. 그렇게 딱딱한 분위기를 풀어 주다니, 술의 힘은 놀랍죠.”

“일행이 전부 같이 나갔습니까? 테이블을 비워 놓고요?”

"예."

"아무도 바턴 씨의 잔에 손을 안 댔고요?"

크리스틴의 대답에는 망설임이 없었다.

"아무도요. 그 점은 제가 확신해요."

"자리를 비운 동안 아무도…… 단 한 사람도 테이블에 접근하지 않았단 말이죠."

"예. 물론 웨이터만 빼고요."

"웨이터? 어떤 웨이터요?"

"앞치마를 두른, 한 열여섯쯤 된 미숙한 웨이터요. 정식 웨이터 말고. 그 테이블을 담당한 정식 웨이터는 꼭 원숭이처럼 생긴 친절한 사람이었어요. 이탈리아계 같던데."

켐프 경감은 주세페 볼사노를 이야기하는 것임을 알아차리고 고개를 한번 끄덕했다.

"그 어린 웨이터가 어떻게 했습니까? 잔을 채웠습니까?"

크리스틴은 고개를 저었다.

"어머, 아뇨. 테이블 위에 있는 건 아무것도 안 건드렸어요. 일행이 자리에서 일어날 때 한 여자분이 떨어뜨린 핸드백을 주웠죠."

"누구의 가방이었죠?"

크리스틴은 잠시 생각하더니 대답했다.

"맞아요. 그 어린 아가씨 핸드백이었어요. 초록색과 금색이 섞인. 나머지 둘은 검은색 핸드백을 들고 있었거든요."

"웨이터가 핸드백을 주워서 어떻게 했습니까?"

크리스틴은 놀란 표정으로 대답했다.

"테이블에 다시 올려놨을 뿐이에요."

"잔은 안 건드린 게 확실합니까?"

"어머, 안 건드렸어요. 핸드백을 내려놓고 잽싸게 가 버린걸요. 왜냐하면 정식 웨이터 한 명이 어디로 가라는 둥, 이걸 가져오라는 둥, 또 잘못되면 다 네 잘못이라는 둥 신경질을 부리고 있었거든요."

"누가 테이블에 접근한 건 그때뿐이었습니까?"

"그렇죠."

"하지만 누군가 섀넌 양이 안 보는 사이에 접근했을 수도 있겠네요?"

그러나 크리스틴은 단호하게 고개를 저었다.

"아뇨, 그런 일은 없었을 거예요. 왜냐하면 전화가 왔다고 페드로가 테이블을 떠서 아직 안 돌아오는 바람에, 할 일도 없고 심심해서 계속 두리번거렸거든요. 저는 주변에서 일어나는 일들을 잘 안 놓치는 편인데, 그때는 더욱이 옆에 빈 테이블 말고는 쳐다볼 것도 없었어요."

이번에는 레이스가 물었다.

"제일 먼저 테이블로 돌아온 게 누구요?"

"초록색 드레스를 입은 아가씨랑 아저씨요. 그 둘이 자리에 앉고 나서 금발 남자랑 검정색 드레스 입은 여자가 돌아왔고, 그다음에는 그 신경질적인 여자랑 잘생기고 피부색 짙은 남자가 돌아왔어요. 그 남자, 춤을 진짜 잘 추더군요. 다들 자리에 돌아오고 웨이터가 알코올램프에 요리를 미친 듯이 데우고 있을 때, 아저씨가 몸을 앞으로 숙이면서 뭔가 한 말씀 했어요. 그러자 다들 잔을 들었죠. 그런 다음에 그 일이 일어난 거예요."

크리스틴은 거기서 멈추더니, 밝은 목소리로 덧붙였다.

"끔찍한 일이죠, 안 그래요? 물론 처음에는 뇌졸중인 줄 알았어요. 저희 숙모님이 뇌졸중이었는데 딱 그렇게 쓰러지셨거든요. 마침 페드로가 돌아와서 제가 이렇게 말했어요. '저기 좀 봐요, 페드로, 저 남자 뇌졸중으로 쓰러졌어요.' 그랬더니 페드로는 이러더군요. '그냥 취해서 저러는 거야. 취해서 정신을 잃은 것뿐이라고.' 그러는 자기가 더 취한 사람 같던데. 제가 계속 감시해야 했다니까요. 룩셈부르크 같은 레스토랑에서는 취해서 쓰러지면 안 좋아해요. 제가 스페인계 남자들을 싫어하는 이유도 그거예요. 그 사람들, 술 취하면 완전히 망가지거든요. 같이 있는 여자가 어떤 불쾌한 일을 당할지 아무도 모르죠."

크리스틴은 잠시 생각에 잠기더니, 오른쪽 손목에 찬 화려한 팔찌를 슬쩍 내려다보며 한마디 덧붙였다.

"그래도 그 사람들, 마음 씀씀이가 크긴 해요."

켐프는 여자로서 살면서 겪는 시련과 고충이라는 주제에서 다시 본 주제로 주의를 환기시키며 크리스틴의 진술을 재차 확인했다.

섀넌 양의 아파트를 나서면서 켐프가 레이스에게 말했다.

"외부인의 증언으로 단서를 찾을 마지막 기회가 날아가 버렸네요. 뭐라도 건질 수 있는 아주 좋은 기회였는데 말입니다. 저 아가씨, 목격자로서는 최고예요. 있는 것 없는 것 다 보고, 본 것을 정확하게 기억하죠. 볼 게 있었다면 저 아가씨가 봤을 겁니다. 그렇다면 목격할 게 없었다는 이야기가 되겠죠. 놀라워요. 마술이에요! 조지 바턴이 샴페인을 마시고 춤을 추러 나간다. 돌아와서 아무도 건드리지 않은 그 잔에서 샴페인을 더 마신다. 그런데 짠! 샴페인에 청산가리가 들어 있다. 미치고 환장할 노릇이죠……. 그렇게 될 수가 없는데도 일이 그렇게 됐다는 겁니다."

켐프는 잠시 입을 다물었다가 말을 이었다.

"그 웨이터. 어린 녀석 말입니다. 주세페가 그 애 이야기는 한마디도 안 했잖습니까. 조사해 봐야겠어요. 모두들 춤추러 나갔을 때 테이블에 접근한 사람이 그 애밖에 없으니까요. 뭔가 건질 게 있을지도 모릅니다."

레이스는 고개를 저었다.

"그 아이가 바턴의 잔에 뭔가 넣었다면 저 아가씨가 봤을 거요. 저 아가씨는 예리한 눈을 타고났소. 머리는 굴릴 게 없으니까 대신 눈을 굴리는 거지. 아뇨, 켐프, 우리가 아직 밝혀내지 못해서 그렇지, 분명 단순한 설명이 가능할 겁니다."

"맞아요, 하나 있습니다. 자기 스스로 독을 넣었다는 것."

"나도 사실은 그렇게 된 거라는 쪽으로 쏠리고 있는데……. 유일하게 설명 가능한 시나리오가 그거니까. 하지만 만약 그렇다면 켐프, 바턴은 그게 청산가리인 줄 모르고 넣었을 거요."

"누가 청산가리를 바턴에게 줬단 말입니까? 소화제나 혈압 낮추는 약이라는 둥…… 어쨌든 그렇게 속이면서요?"

"그럴 수도 있지."

"그럼 그게 누군데요? 패러데이 부부는 아닐 테고."

"아무래도 그 둘은 가능성이 적지."

"제가 보기에는 앤터니 브라운 씨도 마찬가지로 아닌 것 같습니다. 그렇다면 두 사람이 남는데…… 상냥한 처제하고……."

"헌신적인 비서."

켐프가 레이스를 바라보았다.

"그래요, 그 여자라면 바턴을 속여 넘길 수 있었겠네요……. 저는 이제 키더민스터 저택에 가 봐야 합니다. 대령님은요? 말 양을 만나 보시게요?"

"다른 아가씨를 만나 볼까 합니다. 회사로 찾아가서. 고인의 옛 친구로서 조의를 표해야지. 회사 밖으로 데리고 나가서 점심 한 끼를 사 줄지도 모르고."

"그래, 그쪽이 범인이라고 생각하시는 거로군요."

"아직은 아무런 단정도 짓지 않았소. 그저 냄새를 맡으면서 돌아다녀 보는 거요."

"그래도 아이리스 말 양도 만나 보셔야 합니다."

"말 양도 만나 볼 거요……. 근데 먼저 말 양이 집에 없을 때 한번 가 보려고 생각 중이오. 왠지 아시오, 켐프?"

"짐작도 못 하겠는데요."

"왜냐하면 쩍쩍거리는 사람이 있기 때문이지. 새처럼 쉴 새 없이 쩍쩍대는……. 내가 어렸을 땐 사람들이 '새가 말해 줬어.'라는 말을 자주 했었지. 그거, 다 사실이오, 켐프. 이 쩍쩍대는 인간들은, 마냥 쩍쩍대도록 놔두기만 하면 참 많은 것을 이야기해 주거든."

4장

 두 사람은 거기서 헤어졌다. 레이스는 택시를 잡아타고 시내에 있는 조지 바턴의 사무실로 향했다. 켐프 경감은 경비를 고려해 버스를 타고 바로 근처에 위치한 키더민스터 저택으로 갔다.
 저택의 정문 계단을 올라가 벨을 누르는 경감은 표정이 어두웠다. 까다로운 영역에 발을 들여놓았음을 알고 있었기 때문이었다. 키더민스터 당파는 정치적 영향력이 대단했고 그 분파 또한 전국에 걸쳐 촘촘하게 퍼져 있었다. 켐프 경감은 영국 법원의 공정성을 전적으로 신뢰했다. 만약 스티븐 패러데이나 알렉산드라 패러데이가 로즈메리 바턴 혹은 조지 바턴의 죽음에 개입됐다면, 어떤 연줄이나 영향력도 처벌을 피하게 해 주지 못할 터였다. 반면 두 사람이 무죄이거나 혹은 범죄 개입 증거가 유죄 판결을 이끌어 내기에는 너무 미약할 경우, 담당 경사가 조금이라도 경솔하게 행동했다가는

윗사람들에게 크게 질책당하기 십상이었다. 상황이 이렇다 보니 경감이 이제 곧 해야 할 일을 즐겁게 받아들이지 못하는 것도 이해할 만했다. 조금만 불쾌한 질문을 해도 키더민스터 부부가, 켐프 경감의 표현에 따르면, '입에서 불을 뿜을' 게 뻔했으니까.

그러나 켐프는 곧 자신이 너무 순진하게 넘겨짚었음을 깨달았다. 키더민스터 경은 그 정도 일에 거칠게 나오기에는 외교적 기술이 너무나 노련한 사람이었다.

방문 이유를 말하자 즉시 거만한 집사가 켐프 경감을 저택 뒤편에 위치한, 조명이 어둡고 책이 빼곡한 방으로 안내했다. 그곳에서 이미 키더민스터 경과 그의 딸, 사위가 기다리고 있었다.

키더민스터 경이 앞으로 다가와 악수를 청하며 정중하게 말했다.
"정확히 시간을 맞춰 오셨군요, 경감. 딸과 사위를 런던 경찰청으로 출두하게 하는 대신 이렇게 직접 찾아와 줘서 내가 얼마나 감사하고 있는지 알아줬으면 하오. 물론 딸과 사위는 필요하면 경찰에 출두할 마음의 준비를 하고 있었지만……. 그거야 말 안 해도 당연한 거고. 그래도 두 사람 다 경감의 배려에 감사하고 있습니다."

샌드라가 조용히 말했다.
"정말 감사드려요, 경감님."

샌드라는 부드러운 소재의 짙은 빨간색 드레스를 입고 있었다. 등지고 있는 길고 좁은 창에서 들어오는 빛을 받으며 앉아 있는 모습이 마치 켐프가 옛날에 외국의 어느 성당에서 본 스테인드글라스 작품을 연상시켰다. 샌드라의 긴 달걀형 얼굴과 다소 각진 어깨 때문에 더 그렇게 보이는지도 몰랐다. 성(聖) 누구라고 했었지······. 그러나 레이디 알렉산드라 패러데이는 성인이 아니었다. 성인하고는 거리가 멀어도 한참 멀었다. 하지만 생각해 보면 성당에서 성인으로 추앙하는 이들 중 몇몇은 실제로는 인정 많고 너그러운 그리스도 교인이 아니라 편협하고 광신적이며 자기 자신과 남들에게 잔인하게 군 괴짜들이었으니까.

아내 옆에 바짝 붙어 서 있는 스티븐 패러데이는 얼굴에 감정을 전혀 드러내지 않고 있었다. 조신한 태도로 격식을 차리고 서 있는 모습이 딱 국회의원의 태도였다. 있는 그대로의 스티븐 패러데이는 깊숙이 묻혀서 보이지 않았다. 그러나 있는 그대로의 스티븐이 어딘가 분명 숨어 있다는 걸 경감은 알고 있었다.

키더민스터 경이 먼저 운을 떼며, 아주 능숙하게 인터뷰의 방향을 정했다.

"우리 모두에게 굉장히 불쾌하고 괴로운 일이라는 건 굳이 숨기지 않겠습니다, 경감. 내 딸과 사위가 공공장소에서 끔찍한 변사 사건에 연루된 게 이번이 벌써 두 번째입니다······. 같은 레스토랑에, 같은 식구의 두 사람이오. 이런 종류의 유명세는 사람들의 이목을 받는 공인에게 큰 손해라오. 물론 구설수에 오르는 걸 전적으로 피할 수는 없겠지요. 우리도 그 점은 잘 알고 있습니다. 따라서 내 딸과 패러데이 씨는 문제가 신속히 종결되고 대중의 관심이 잦아들기를 바라는 입장에서 성심성의껏 협조할 것입니다."

"감사합니다, 키더민스터 경. 적극적으로 협조해 주시니 고마울 따름입니다. 그렇게만 해 주신다면 저희 쪽에서는 일을 더 수월하게 진행할 수 있지요."

샌드라 패러데이가 말했다.

"묻고 싶으신 건 다 물어보세요, 경감님."

"감사합니다, 레이디 알렉산드라."

키더민스터 경이 불쑥 말했다.

"한 가지 짚고 넘어갈 것이 있소, 경감. 경감도 나름의 소식통이 있을 테지만, 내가 친구인 경찰청장에게서 들은 바에 의하면 이 바턴이라는 자의 죽음을 자살보다는 타살로 보고 있다던데. 표면상으로는, 그리고 일반인의 눈에는 자살에 가깝게 보이는데도 불구하고 말이오. 샌드라, 너도 자살이라고 보지 않았니?"

샌드라가 고딕 작품 속의 여인처럼 고개를 살짝 숙이며 조용한 목소리로 대답했다.

"어젯밤에는 그렇게밖에 볼 수 없었어요. 작년에 불쌍한 로즈메리 바턴이 음독자살을 했던 그 레스토랑에, 심지어 똑같은 멤버들이 그대로 모여 있었으니까요. 올여름에 시골에서 바턴 씨를 몇 번 마주쳤는데, 바턴 씨는 계속 이상하게 행동했어요. 전혀 다른 사람처럼 굴더라고요. 아내의 죽음 때문에 내내 괴로워하고 있는 것 같았어요. 아내를 끔찍이 사랑했거든요. 아내의 죽음을 아직도 극복하지 못한 것 같더라고요. 그러니 자살이, 당연하지는 않아도 그럴듯한 설명으로 보였던 거예요. 더구나 조지 바턴을 죽이고 싶어 할 사람이 있다는 것도 상상할 수 없고요."

스티븐 패러데이가 재빨리 덧붙였다.

"제가 봐도 그렇습니다. 바턴은 좋은 사람이었습니다. 그 친구에게 적이 있을 거라고는 생각하기 힘들 정도로요."

켐프 경감은 대답을 기다리며 자기를 바라보고 있는 세 사람을 번갈아 쳐다보며 잠시 뜸을 들이다가, 속으로 '조금 찔러 볼까?' 하고 생각하며 입을 열었다.

"말씀하신 게 틀리지는 않을 겁니다, 레이디 알렉산드라. 하지만 부인께서 모르고 계신 사실이 있습니다."

키더민스터 경이 재빨리 끼어들었다.

"경감이 억지로 모든 사실을 털어놓게 만들 수는 없지. 밝히기 민감한 사안을 숨기는 것은 전적으로 경감의 권한이니 다 이해하오."

"말씀은 감사합니다만, 이 시점에서 사실을 좀 더 명확히 하는 것도 좋을 듯합니다. 요약하면 이렇습니다. 조지 바턴은 죽기 전에, 자기 아내가 알려진 것처럼 자살한 게 아니라 누군가에게 독살당한 것 같다고, 두 사람에게 말했습니다. 바턴 씨는 직접 범인을 알아낼 작정이었고, 지난밤에 말 양의 생일 파티라는 명목으로 마련한 만찬은 사실상 아내의 살인범을 잡으려고 설치한 덫이었습니다."

잠시 불편한 침묵이 흘렀다……. 그 침묵 속에서, 겉으로는 무표정해도 사실은 굉장히 예민한 켐프 경감은 당혹감이라고 할 만한 기류를 느꼈다. 세 사람 중 누구의 얼굴에도 드러나지 않았지만, 켐프는 분명히 느낄 수 있었다.

제일 먼저 정신 차리고 입을 연 것은 키더민스터 경이었다.

"하지만 확실히…… 그렇게 생각했다는 것 자체가 그 불쌍한 바턴이…… 어…… 제정신이 아니었다는 것을 보여 주지 않소? 아내의 죽음에 너무 집착하다 보니 정신이 살짝 돌아 버린 건지도 모르지."

"그럴지도 모르지요, 키더민스터 경. 하지만 최소한 조지 바턴이 자살을 생각하지 않았다는 것만은 증명됩니다."

"아…… 그렇지요. 무슨 말인지 알겠소."

다시 한 번 침묵이 내려앉았다. 갑자기 스티븐 패러데이가 날카롭게 내뱉었다.

"하지만 도대체 어떻게 해서 애초에 바턴이 그런 생각을 하게 됐다는 말입니까? 어쨌든 바턴 부인이 자살한 것은 맞지 않습니까."

켐프 경감은 패러데이에게 차분한 시선을 돌렸다.

"바턴 씨는 그렇게 믿지 않았습니다."

키더민스터 경이 다시 끼어들었다.

"경찰은 그렇게 보고 사건을 종결짓지 않았소? 그 당시 자살이 아님을 증명하는 단서는 하나도 없지 않았습니까?"

"당시에는 모든 사실이 자살과 맞아떨어졌습니다. 자살이 아니라는 증거가 없었지요."

조용히 대꾸한 켐프는 키더민스터 경만큼 눈치 빠른 사람이면 그 말의 정확한 의미를 놓칠 리가 없음을 알고 있었다.

지금까지보다 조금 더 딱딱한 태도를 취하며 켐프가 말했다.

"이제 몇 가지 질문을 하고 싶은데, 괜찮겠습니까, 레이디 알렉산드라?"

"물론이죠."

샌드라가 경감을 향해 고개를 살짝 돌리며 대답했다.

"당시 바턴 씨의 죽음이 자살이 아니라 타살일 거라는 의심은 조금도 안 하셨습니까?"

"전혀요. 자살이라고 믿어 의심치 않았어요. 지금도 그렇게 믿고요."

켐프는 마지막 말을 무시하고 물었다.

"최근 1년간 혹시 익명의 편지를 받은 적은 없습니까, 레이디 알렉산드라?"

여태까지 보여 준 침착한 태도가 무너지고 처음으로 샌드라의 얼굴에 놀란 표정이 떠올랐다.

"익명의 편지요? 세상에, 그런 게 온 적은 없었어요."

"확실합니까? 그런 종류의 편지는 받으면 매우 불쾌하기 때문에 애써 무시하는 경우가 많지요. 그런데 이번 사건에서 굉장히 중요한 단서가 될지도 모르기 때문에, 만약 그런 편지를 받으셨다면 반드시 말씀해 주셔야 합니다."

"그렇군요. 하지만 분명히 말씀드리건대 그런 편지는 받은 일이 없습니다, 경감님."

"좋습니다. 아까 올여름에 바턴 씨의 행동이 이상했다고 하셨지요. 어떻게 이상했습니까?"

샌드라는 잠시 생각하다가 대답했다.

"뭐랄까, 아주 예민하게 굴고 불안해했어요. 상대방이 하는 말에 잘 집중하지 못하는 것 같았고요."

샌드라는 남편에게 고개를 돌리며 물었다.

"당신한테도 그렇게 보였어요, 스티븐?"

"맞아요, 그게 딱 알맞은 표현인 것 같군. 게다가 몸도 아픈 것 같았어요. 그 친구, 체중이 심하게 줄었거든요."

"두 분을 대하는 태도에서 달라진 점은 못 느끼셨습니까? 예를 들면, 전보다 좀 차갑게 굴지는 않던가요?"

"아뇨. 그 반대였어요. 우리 별장과 지척에 있는 저택을 사들였는데, 거기 머물면서 우리 덕을 많이 봤다고 고마워하는 것 같았어요⋯⋯. 동네 이웃들을 소개받고 그런 것 말이에요. 물론 저희야 그런 면에서 도움을 줄 수 있어서 기뻤지요. 조지 바턴 씨뿐만이 아니라 착한 아이리스 말 양을 위해서도요."

"돌아가신 바턴 부인과는 친한 사이셨습니까, 레이디 알렉산드라?"

샌드라는 가볍게 웃음을 터뜨렸다.

"아뇨, 그렇게 가까운 사이는 아니었어요. 오히려 스티븐하고 친구 사이였죠. 바턴 부인은 정치에 관심을 보였고, 스티븐은⋯⋯ 바턴 부인에게 정치적 가르침을 줬다고 해야겠네요. 스티븐도 그런 관계를 즐겼을 거예요. 바턴 부인은 아주 매력적이고 아름다운 여성이거든요."

켐프 경감이 속으로 감탄하며 중얼거렸다.

'그리고 당신은 아주 영리한 여성이지. 그 두 사람에 대해 얼마나

알고 있는지 궁금한걸······. 아마 알 만큼 알고 있겠지.'

"바턴 씨가 아내가 자살한 게 아닌 것 같다는 이야기를 직접 한 적이 있습니까?"

"아뇨, 없었어요. 그래서 방금 듣고 그렇게 놀란 거예요."

"말 양은요? 언니의 죽음에 대한 이야기를 꺼낸 적이 한 번도 없었나요?"

"없었어요."

"조지 바턴이 왜 시골에 별장을 구입했는지, 짚이는 데라도 있습니까? 부인께서, 아니면 패러데이 씨가 권유하셨나요?"

"아니요. 저희도 놀랐어요."

"바턴 씨가 두 분께 항상 친절하게 굴었나요?"

"아주 친절했어요."

"앤터니 브라운 씨에 대해서는 얼마나 알고 계십니까, 레이디 알렉산드라?"

"거의 아무것도 몰라요. 몇 번 만난 게 다예요."

"패러데이 씨는 어떻습니까?"

"브라운 씨에 대해서는 제가 샌드라보다 더 모른다고 해야겠네요. 아내는 적어도 브라운과 춤이라도 춰 봤지요. 언뜻 봐서는 호감가는 청년 같더군요······. 미국인이죠, 아마."

"패러데이 씨가 보시기에, 당시 브라운과 바턴 부인이 특별히 친밀했던 것 같습니까?"

"그 점에 대해서는 아는 바가 전혀 없습니다, 경감님."

"단순히 패러데이 씨가 어떤 인상을 받았는지를 물어보는 겁니다."

스티븐은 얼굴을 찡그렸다.

"두 사람은 사이가 좋았습니다……. 저는 그 정도밖에 모릅니다."

"레이디 알렉산드라는요?"

"그냥 제가 받은 인상을 물으시는 건가요, 경감님?"

"바로 그겁니다."

"그렇다면, 도움이 될지 모르겠지만 저는 두 사람이 서로 잘 아는 아주 가까운 사이라는 인상을 받았어요. 그냥 두 사람의 눈길에서요. 뚜렷한 근거는 없고요."

"여성분들이 이런 일에 한해서는 더 예리한 법이지요."

켐프는 자기가 약간 얼빠진 미소를 지으면서 이렇게 말하는 걸 레이스 대령이 봤더라면 얼마나 비웃었을까 속으로 상상해 보았다.

"그럼 레싱 양은 어떻게 보셨습니까, 레이디 알렉산드라?"

"레싱 양은 제가 알기로, 바턴 씨의 비서지요. 바턴 부인이 죽던 날 처음 만났어요. 그다음에는 레싱 양이 시골에 놀러와 머물렀을 때 한 번 봤고, 어젯밤에 한 번 더 봤어요."

"비공식적인 질문을 하나만 더 하자면, 레싱 양이 조지 바턴을 사랑하고 있다는 인상을 받으셨습니까?"

"그런 생각은 전혀 못 해 봤어요."

"그럼 이제 어젯밤 일을 이야기해 보도록 하지요."

켐프는 스티븐과 샌드라 모두에게 어젯밤의 끔찍한 사건에 대해 상세히 질문했다. 대단한 단서를 건질 거라고 기대하지도 않았지만, 역시나 수확이라고는 이미 아는 이야기를 다시 한 번 확인한 게 전부였다. 중요한 사항에 대한 기술은 완벽하게 일치했다. 바턴이 아이리스를 위해 건배를 제안했고, 샴페인을 마셨으며, 곧바로 일어나서 춤추러 나갔다. 일행이 모두 자리를 비웠으며 조지와 아이리스가 제일 먼저 자리에 돌아왔다. 테이블의 빈자리에 대해서는 두 사람 다 아는 바가 없었다. 조지 바턴이 레이스 대령이라는 친구가 오기로 돼 있다고 말했다는 것 빼고는……. 그러나 그것이 거짓말임을 켐프 경감은 이미 알고 있었다. 샌드라 패러데이가 설명하고 스티븐 패러데이도 동의한 바에 따르면, 플로어 쇼가 끝나고 조명이 들어왔을 때 조지는 빈 의자를 묘한 표정으로 뚫어지게 쳐다보고 있었고, 정신이 딴 데 팔려서 옆에서 뭐라고 하는지도 못 들었을 정도였다. 그러다가 갑자기 정신을 차리고 아이리스의 건강을 위해 건배했다.

경감이 이미 알고 있는 사실에 추가된 사항은, 샌드라가 페어헤이븐에서 조지 바턴과 나누었다는 대화였다. 샌드라에게 아이리스를 위해 부디 부군과 함께 이번 파티 계획에 협조해 달라고 사정했다는 것이다.

경감이 보기에 그것은, 진실은 아닐지라도, 적어도 그럴듯하게 들리는 핑계이기는 했다. 경감은 알아보기 힘든 단어 몇 개를 끼적인 다음 수첩을 탁 덮으며 자리에서 일어섰다.

"도움 주시고 협조해 주셔서 대단히 감사합니다, 키더민스터 경.

물론 패러데이 씨와 레이디 알렉산드라도요."

"내 딸이 꼭 증언대에 서야 합니까?"

"이 경우 법적 절차는 순전히 형식적인 것으로 그칠 겁니다. 일단 신원을 증명하고 의학 증거를 분석하느라, 법정심리는 일주일 연기될 겁니다. 그때 가서……."

켐프 경감의 어조가 미묘하게 달라졌다.

"……더 이야기하기로 하지요."

그리고 나서 경감은 스티븐 패러데이를 향해 말했다.

"그건 그렇고, 패러데이 씨, 확실히 해 주셨으면 하는 부분이 몇 가지 있는데요. 레이디 알렉산드라까지 귀찮게 할 필요는 없지요. 경찰청으로 전화 주셔서 편하신 시간으로 약속을 잡기로 하죠. 바쁘신 몸인 것은 잘 아니까요."

지나가는 투로 가볍게 말했지만, 세 쌍의 귀는 거기에 숨은 의미를 놓치지 않았다.

스티븐은 흔쾌히 협조하겠다는 투로 간신히 대꾸했다.

"물론입니다, 경감님."

그리고는 시계를 흘끔 내려다보며 웅얼거렸다.

"그만 일하러 가 봐야겠습니다."

스티븐이 황급히 자리를 뜨고 경감도 바삐 떠나자, 키더민스터 경이 딸을 돌아보며 단도직입적으로 물었다.

"스티븐이 그 여자랑 바람을 피웠던 거냐?"

샌드라는 아주 잠깐 망설이다가 대답했다.

"그럴 리가요. 바람을 피웠다면 제가 알았겠죠. 게다가 스티븐은 그럴 사람이 아니에요."

"얘야, 애써 모르는 척해서 좋을 일이 아니다. 진실은 밝혀지게 돼 있으니까. 그러니 상황의 심각성을 파악하고 대비하는 게 낫지 않겠니."

"로즈메리 바턴은 그 사람, 앤터니 브라운과 더 가까운 사이였어요. 둘이서 같이 안 다닌 데가 없을 정도로요."

키더민스터 경이 천천히 대꾸했다.

"그러냐. 뭐, 네가 더 잘 알겠지."

그러나 딸의 말을 믿지는 않는 눈치였다. 방을 나가는 키더민스터 경의 얼굴은 잿빛으로 질린 채 당혹감이 어려 있었다. 경은 아내가 기다리고 있는 방으로 갔다. 경은 조금 전에 아내가 서재에 들어오는 걸 반대했었다. 그 이유는, 아내의 거만한 태도가 일을 더 어렵게 만들 뻔한데 지금 시점에서는 경찰과의 협조가 아주 중요하기 때문이었다.

"그래서요? 어떻게 됐어요?"

다짜고짜 질문한 아내에게 키더민스터 경이 천천히 말했다.

"겉보기에는 꽤 잘 마무리된 것 같은데. 켐프는 예의 바른 사람이오. 태도도 싹싹하고……. 인터뷰를 아주 능숙하게 처리하더군. 솔직히 내가 보기에는 너무 능숙하게 다루었지만."

"그럼 심각한 거예요?"

"그래, 심각하오. 샌드라가 그 작자와 결혼하게 놔두는 게 아니었어, 비키(빅토리아의 애칭 — 옮긴이)."

"내가 뭐랬어요."

키더민스터 경은 아내의 말에 수긍했다.

"알아요, 알아……. 당신이 옳았소……. 내 판단이 틀렸고. 하지만 말해 두는데, 그 애는 우리가 뭐라 해도 그와 결혼했을 거요. 샌드라가 한번 마음을 정하면 아무도 그 애의 마음을 돌릴 수 없소. 그 애가 패러데이를 만난 건 재앙이었소. 그런 전력도 조상도 확실치 않은 인간을……. 그런 인간이 위기 상황에서 어떻게 나올지 누가 알겠소?"

"그렇군요. 당신은 우리가 살인자를 가족으로 받아들였다고 생각하는 거예요?"

"나도 모르오. 알지도 못하면서 사위를 살인자로 단정 짓고 싶지는 않소. 하지만 경찰은 그렇게 생각하고 있지……. 그 사람들, 꽤나 예리한 친구들이니까. 스티븐은 그 바턴 부인이라는 여자와 바람을 피웠소. 그건 분명해. 바턴 부인이 남편을 생각해 자살했거나, 아니면 남편이…… 어떻게 알게 된 건지 바턴이 외도를 눈치채고 추문을 폭로할 계획을 착착 실행하고 있었는데, 스티븐이 중압감을 견디지 못하고…… 결국……."

"독살했다?"

"바로 그거요."

레이디 키더민스터는 고개를 저었다.

"내 생각은 달라요."

"나도 당신 생각이 맞기를 바라. 하지만 누군가 독을 타긴 탔소."

"내가 보기에…… 스티븐은 그런 짓을 저지를 배짱이 없어요."

"스티븐은 정치 경력에 목숨을 건 사람이야……. 대단한 재능을 가졌고, 진정한 정치가가 될 재량도 충분해요. 그런 인간이 궁지에 몰리면 무슨 짓을 저지를지 아무도 모른다고."

그러나 레이디 키더민스터는 이번에도 고개를 저었다.

"그래도 그럴 만한 배짱은 없다고 봐요. 무모한 일을 저지를 배짱이 있는 사람이 더 범인으로서 그럴듯해요. 나는 너무나 걱정돼요, 윌리엄. 걱정돼서 죽겠어요."

키더민스터 경이 휘둥그런 눈으로 아내를 쳐다보았다.

"당신 혹시 샌드라가…… 우리 딸 샌드라가……?"

"내 입으로 이런 말 꺼내는 것조차 싫지만…… 비겁하게 현실을 외면해 봤자 아무 소용 없잖아요. 샌드라는 그 인간한테 완전히 홀렸어요. 처음부터 그랬죠. 그리고 샌드라한테는 묘한 구석이 있어요. 난 그 애를 이해하지는 못했지만, 그래도 언제나 그 애가 걱정됐어요. 스티븐을 위해서라면 무슨 짓이라도 무릅쓸 아이니까. 어떤 대가를 치르더라도. 그 애가 정말로 정신이 나갔고 또 그만큼 독해서 일을 저질렀다면, 우리는 그 애를 보호해 줘야 돼요."

"보호한다고? 무슨 소리요, 보호한다니?"

"당신이 어떻게 힘을 써야 한다고요. 우리 딸인데 어떻게든 해 봐야 하지 않겠어요? 다행히 당신한테는 일을 무마시킬 수 있는 영향력이 있으니까."

키더민스터 경은 아내를 빤히 바라보았다. 아내의 성격을 잘 안다고 생각했는데 지금까지 미처 보지 못했던 아내의 무모한 현실 감각을, 그리고 불쾌한 사실에도 눈 하나 깜짝 않는 차가움과 파렴치한 짓도 개의치 않는 비도덕성을 새삼 발견하자, 그 당혹감은 이루 말할 수 없었다.

"우리 딸이 살인범으로 밝혀진다면, 내 지위를 이용해 딸이 처벌을 피하도록 하라는 말이오?"

"물론이죠."

"맙소사, 비키! 당신 어떻게 그런 생각을! 그런 짓을 할 수는 없어. 그건…… 그건 명예를 더럽히는 짓이야."

"쓸데없는 소리!"

레이디 키더민스터가 날카롭게 말했다.

두 사람은 서로를 노려보았다. 너무나 사고방식이 판이해서 둘 중 어느 쪽도 도저히 상대방의 관점을 이해할 수 없었다. 마치 아가멤논과 클리타임네스트라가 이피게니아를 놓고 싸우며 서로 잡아먹을 듯 노려보는 것 같았다(아가멤논 왕이 왕비 클리타임네스트라를 속여 가며 큰딸 이피게니아를 전쟁의 제물로 바쳤다는 신화 — 옮긴이).

"당신 정도면 정치적 권한으로 사건을 종결짓고 자살로 판결을 내리라고 경찰에 압력을 가할 수 있잖아요. 처음 있는 일도 아니고…… 모르는 척하지 말아요."

"그건 공공 정책에 관련된 문제일 경우에나 그랬지……. 국익에 관계된 일 말이오. 이건 사적인 일이에요. 이런 일에 공적 권한을 이용할 수는 없어."

"당신이 마음만 먹으면 할 수 있어요."

키더민스터 경은 분노로 얼굴이 붉으락푸르락했다.

"할 수 있더라도 안 하겠어! 그건 공적 지위를 부당하게 이용하는 거야."

"샌드라가 체포되고 재판을 받게 될 경우 최고의 변호사를 고용하는 건 물론 당연한 얘기고, 그 애가 유죄라 해도 어쨌든 처벌을 면하게 하려고 할 수 있는 일은 다 할 거 아니에요?"

"그거야 당연하지. 하지만 그건 전혀 다른 이야기요. 당신네 여자들은 그걸 이해 못 한다니까."

레이디 키더민스터는 그러한 공격에도 아랑곳 않고, 그저 고집스럽게 입을 꾹 다물었다. 샌드라는 딸자식 중에서 가장 애정이 덜 가는 아이였지만, 그래도 지금 이 순간 레이디 키더민스터는 한 자식의 어머니였다. 자식을 지키기 위해서는 어떤 부도덕한 짓도 마다하지 않을 어머니……. 샌드라를 위해서는 있는 힘을 다해 싸울 준비가 되어 있었다.

키더민스터 경이 다시 입을 열었다.

"어쨌거나 확실한 증거가 없으면 샌드라는 기소되지 않을 거요. 게다가 당신은 몰라도, 나는 내 딸이 살인자라고는 단 1초도 생각할 수가 없군. 비키, 당신이 잠시라도 그런 생각을 했다는 것도 나는 믿을 수가 없소."

아무 대꾸가 없자, 키더민스터 경은 불편한 심정으로 방에서 나갔다. 다른 사람도 아닌 비키, 그렇게 오랜 세월을 함께한 비키에게 상상도 못 한 이런 당혹스러운 면이 있었다니!

5장

레이스가 방문했을 때 루스 레싱은 커다란 책상 앞에서 서류 더미와 씨름하고 있었다. 레이스는 검정색 재킷과 검정색 치마 차림으로 조용하고 차분하게 일하는 루스를 보고 속으로 감탄하지 않을 수 없었다. 눈 밑의 검은 그림자와 꾹 다문 입 말고는 슬픔을(지금 느끼는 감정이 슬픔이 맞다면) 다른 감정과 마찬가지로 철저하게 숨기고 있었다.

레이스가 방문한 목적을 말하자 루스는 즉시 대답했다.

"와 주셔서 감사합니다. 물론 누구신지 알지요. 바턴 씨가 지난밤에 기다린 그분 아니세요? 바턴 씨가 그렇게 말씀하신 게 기억나요."

"파티 전에 그렇게 말했소?"

루스는 잠시 생각해 보고 대답했다.

"아니요. 테이블에 자리 잡고 앉을 때 그렇게 말씀하셨어요. 그 이야기를 듣고 제가 좀 놀랐던 기억이……."

루스는 얼굴을 붉히며 입을 다물었다.

"물론 초대한 것 자체가 이상해서 놀랐다는 게 아니고요. 대령님이 바턴 씨와 오랜 친구 사이였다는 건 저도 아니까요. 1년 전의 파티에도 오시기로 돼 있었고요. 제 말뜻은 그러니까, 대령님이 오시기로 돼 있었다면 바턴 씨가 숫자를 맞추기 위해 여자 손님을 한 명 더 초대하지 않은 게 놀라웠다는 거였어요. 그렇지만 물론 대령님이 늦거나 어쩌면 아예 안 오실 수도……."

루스는 다시 말을 멈췄다.

"내가 왜 이렇게 정신이 없지. 쓸데없는 것에 신경 쓰고. 오늘 아침은 정말 정신이 없네요."

"그래도 평소처럼 출근은 하셨군요?"

그러자 루스는 놀란 것을 넘어 거의 충격을 받은 표정을 지었다.

"당연하죠. 제 의무인걸요. 처리하고 지시해 둘 게 얼마나 많은데요."

"조지는 자신이 루스 양에게 얼마나 의지하는지 모른다고 입버릇처럼 말했지."

레이스가 조용히 말했다.

루스는 얼른 고개를 돌렸지만, 레이스는 루스가 침을 삼키고 눈을 깜빡거리는 것을 보았다. 감정을 철저히 감추려는 루스의 태도에 레이스는 오히려 그녀의 결백을 거의 확신할 수 있을 것 같았다. 그러나 어디까지나 결백하게 보인다는 것이지, 결백이 증명된 것은 아니었다. 레이스는 연기자보다 더 연기를 잘하는 여자들, 울어서 눈이 빨개진 게 아니라 화장술로 눈시울을 빨갛게 만들고 눈 밑을 거무스름하게 칠하고 훌쩍거리는 여자들을 많이 봐 온 터였다.

레이스 대령은 일단 판단을 보류하고 속으로 중얼거렸다.

'어쨌거나 대단히 침착한 여자이긴 하군.'

다시 책상 쪽으로 고개를 돌린 루스가 차분히 대꾸했다.

"바턴 씨를 모시기 시작한 지 몇 년이 됐어요. 내년 4월이면 벌써 8년이네요……. 저는 바턴 씨가 일하는 스타일을 잘 알고, 제 생각에 바턴 씨도 저를…… 신뢰하셨던 것 같습니다."

"물론 그랬겠지. 점심때가 다 됐군요. 나와 함께 어디 조용한 데 가서 점심 식사나 하지 않겠소? 묻고 싶은 게 몇 가지 있거든."

"고맙습니다. 물론 좋죠."

레이스는 루스를 잘 아는 작은 레스토랑으로 데려갔다. 테이블과 테이블 사이가 충분히 떨어져 있고 조용한 대화가 가능한 레스토랑이었다.

주문을 마친 레이스는 웨이터가 자리를 뜨자 맞은편에 앉은 루스를 바라보았다.

레이스는 루스의 윤기 흐르는 검은 머리에 앙다문 입매와 매력적인 턱선을 보며 새삼 참 잘생긴 여자라고 생각했다.

레이스는 음식이 나올 때까지 쓸데없는 잡담을 하며 시간을 때웠고, 루스도 눈치 빠른 여자답게 똑같이 잡담을 하며 기다렸다.

그러나 음식이 나오자, 잠시 말이 없던 루스가 불쑥 말했다.

"어젯밤 일에 대해 묻고 싶으시죠? 주저 말고 물어보세요. 너무 믿기 어려운 일이라 저도 좀 이야기를 해 봐야겠어요. 그 일이 실제로 일어나는 걸 직접 목격하지 않았다면 절대로 믿지 않았을 거예요."

"켐프 경감하고는 이미 면담을 마쳤소?"

"예, 어제요. 똑똑하고 노련하신 분 같더군요."

루스는 말을 잠시 멈췄다가 이었다.

"정말 살인인가요, 레이스 대령님?"

"켐프가 살인이라고 하던가요?"

"대놓고 말씀하시진 않았지만, 하시는 질문에서 알 수 있었어요."

"자살인지 아닌지에 대한 레싱 양의 의견도 켐프 경감의 의견만큼이나 중요하오. 레싱 양은 바턴 씨를 잘 알았고, 또 내가 알기로는 어제도 거의 종일 같이 있었으니까. 어제 바턴 씨가 어떻던가요? 평소와 비슷했소? 아니면 좀 불안해하거나…… 당황하거나…… 기분이 들떠 있진 않았습니까?"

루스는 망설이다가 대답했다.

"딱 집어 말하기 어려워요. 당황하고 심란해하시긴 했는데……. 이유가 있었거든요."

루스는 빅터 드레이크와 관련해 제기됐던 문제를 설명하고, 빅터의 전력을 간략하게 이야기했다.

"흠. 어느 집안에나 있는 문제아로군. 그래서 바턴이 그 사람 때문에 심란해했다고?"

루스가 천천히 대답했다.

"정확히 설명하기가 어렵네요. 저는 바턴 씨를 잘 알아요. 바턴 씨가 그 일로 짜증을 내고 동요하시긴 했는데……. 게다가 이런 경우 늘 그렇듯 드레이크 부인이 또 눈물로 하소연했을 게 뻔해요. 그래서 당연히 일을 빨리 처리하고 싶어 하셨죠. 근데 제가 보기에는……."

"어떻게 보셨소, 레싱 양? 아마 레싱 양의 직감이 틀리지 않을 거요."

"그게, 이렇게 표현하는 게 적당할지 모르겠는데, 짜증이 평소의 짜증과는 종류가 다른 것 같았어요. 왜냐하면 이런 일은, 모양새만 달랐을 뿐이지, 전에도 여러 번 있었거든요. 작년에는 빅터 드레이크가 여기 영국에서 말썽을 일으켜서 남아메리카로 보내 버리기까지 했는데, 그해 6월에 벌써 돈을 달라고 전보를 치더라고요. 이런 식이니 제가 바턴 씨의 반응에 익숙할 수밖에 없죠. 그런데 이번에는 바턴 씨가 짜증을 내시는 게 다른 이유보다는 전보가 하필 바턴 씨가 그날 저녁 파티에 온 신경을 쏟고 있을 때 와서 그런 것 같았어요. 파티 준비에만 정신을 쏟고 다른 일에는 완전히 신경을 끄고 싶어 하는 것 같았어요."

"바턴이 주최한 파티에서 뭔가 이상한 점은 없었소, 레싱 양?"

"있었죠. 바턴 씨가 유난히 이상하게 굴었어요. 마치 아이처럼 흥분하시더라고요."

"혹시 특별한 목적을 가지고 그런 파티를 연 것 같지는 않고?"

"바턴 부인이 자살한 1년 전 파티의 복제판인 걸 두고 하시는 말씀이죠?"

"그렇소."

"솔직히, 이해할 수 없는 일을 벌이고 있다고 생각했어요."

"조지가 딱히 설명은 안 하던가요? 아니면 레싱 양에게 뭔가 털어놓지는 않았소?"

루스는 고개를 저었다.

"솔직히 말씀해 주시오, 레싱 양. 바턴 부인이 자살한 게 아니라는 생각은 한 번도 안 해 봤소?"

루스는 깜짝 놀라 대답했다.

"예, 그런 생각은 안 해 봤어요."

"조지 바턴이 아내가 살해당한 것 같다고 이야기한 적이 한 번도 없었소?"

루스는 레이스를 빤히 쳐다봤다.

"조지가 그렇게 믿었었나요?"

"처음 듣는가 보군. 그렇소, 레싱 양. 조지는 아내가 자살한 게 아니라 살해당했다는 내용의 투서를 받았소."

"올여름에 그렇게 이상하게 군 이유가 그거였군요? 도대체 왜 저렇게 이상하게 굴까 했죠."

"그 익명의 편지에 대해서 전혀 모르고 있었소?"

"전혀요. 편지가 여러 통 왔나요?"

"내가 본 건 두 통이었소."

"그런데 나는 전혀 모르고 있었다니!"

상처를 받은 목소리였다.

레이스는 잠시 루스를 관찰하다가 말했다.

"그럼, 레싱 양, 한 가지 묻겠소. 레싱 양이 보기에 조지가 자살했다는 게 있을 법한 일 같습니까?"

루스는 고개를 저었다.

"아뇨……. 오, 아니에요."

"하지만 조지가 들떠 있었다고…… 심란해했다고 하지 않았소?"

"예, 하지만 한동안 계속 그랬는걸요. 이제는 왜 그랬는지 알겠네요. 그리고 어젯밤 파티 일로 왜 그렇게 흥분했는지도. 뭔가 꿍꿍이 속이 있었던 거예요. 그때 상황을 똑같이 재연해서 뭔가 새로운 걸 알아내려는 의도였던 게 틀림없어요……. 가엾은 조지, 거기에 얼마나 집착했으면."

"로즈메리 바턴의 경우는 어떻소, 레싱 양? 여전히 자살이라고 보시오?"

루스는 미간을 찡그리며 대답했다.

"자살이 아닐 거라고는 생각도 못 해 봤어요. 자살이 당연한 것처럼 보였으니까."

"독감 후에 앓은 우울증 때문에?"

"글쎄요, 어쩌면 다른 이유가 있었을지도 모르죠. 당시 아주 불행해했거든요. 누구라도 알아챌 정도로."

"이유가 뭐였는지 짐작 가는 데라도?"

"글쎄요……. 예. 적어도 당시에는 있었어요. 물론 제가 틀렸을 수도 있지요. 근데 바턴 부인 같은 타입의 여자들은 감정을 숨기지 못하거든요. 굳이 숨기려고 하지도 않고요. 다행히 바턴 씨는 눈치 못

채셨던 것 같아요······. 맞아요, 바턴 부인은 몹시 불행해했어요. 그리고 그날 밤에는 감기로 컨디션이 안 좋은 것 말고도 두통까지 앓고 있었어요."

"두통이 있었다는 걸 어떻게 알았소?"

"레이디 알렉산드라한테 말하는 걸 들었거든요. 파우더룸에서 외투를 벗고 화장을 고치면서요. 아스피린이 있었으면 좋겠다고 하니까 레이디 알렉산드라가 마침 하나 가지고 있다면서 부인한테 줬어요."

잔을 들어 올리던 레이스 대령의 손이 허공에서 멈칫했다.

"바턴 부인이 그걸 받았고?"

"예."

대령은 입도 안 대고 잔을 내려놓고는, 맞은편에 앉은 루스를 가만히 바라보았다. 루스는 자신이 한 말이 얼마나 큰 의미를 갖는지 전혀 모르는 것 같았다. 그건 분명 중대한 의미가 있는 말이었다. 좌석 배치상 로즈메리의 잔에 뭔가를 넣기가 아주 어려웠던 샌드라가, 다른 방법으로 로즈메리의 잔에 독을 넣을 기회가 있었음을 말해 주기 때문이었다. 로즈메리에게 건넨 아스피린 캡슐에 청산가리 가루를 넣었을 수도 있었다. 보통 캡슐은 몇 분 만에 녹지만, 이건 젤라틴이나 그 비슷한 물질로 내부에 한 겹을 덧댄 특수한 캡슐이었는지도 모른다. 아니면 로즈메리가 캡슐을 받아 뒀다가 나중에 삼켰을 수도 있었다.

레이스가 불쑥 물었다.

"먹는 걸 봤소?"

"뭐라고 하셨죠?"

멍한 표정을 보니, 잠시 딴생각을 하고 있었던 것 같았다.

"로즈메리 바턴이 아스피린 캡슐을 삼키는 걸 봤소?"

루스는 다소 놀란 표정으로 대답했다.

"그게…… 아뇨, 먹는 것까지는 못 봤어요. 레이디 알렉산드라한테 고맙다고 하는 건 들었지만."

그렇다면 로즈메리가 약을 받아 핸드백에 넣어 두었다가, 플로어 쇼 도중 두통이 더 심해져 약을 샴페인 잔에 넣고 녹여서 마셨을 수도 있다는 이야기였다. 순전히 추측에 불과했지만, 충분히 있을 법한 시나리오였다.

"왜 그런 걸 물으시는 거죠?"

의문으로 가득 찬 번뜩이는 루스의 눈을 들여다보고 있자니, 명민한 두뇌가 작동하는 것을 실제로 보고 있는 느낌이 들었다.

그러다가 루스가 불쑥 말했다.

"아, 알겠어요. 왜 조지가 패러데이 별장 근처에 집을 샀는지 알겠어요. 그리고 익명의 편지 이야기를 저한테 하지 않은 이유도요. 처음에는 말 안 한 게 도무지 이해되지 않았는데 말이에요. 조지가 편지 내용을 믿었다면 우리 중 누군가, 즉 그날 테이블에 함께 앉았던 다섯 명 중 한 명이 로즈메리 바턴을 죽였다는 이야기가 되죠. 그게 나였을 수도 있었다는 이야기잖아요!"

레이스가 부드러운 목소리로 말했다.

"로즈메리 바턴을 죽일 이유가 있소?"

루스가 눈을 내리깐 채 한참을 꼼짝 않고 가만히 앉아 있는 바람에, 레이스는 루스가 질문을 못 들은 줄 알았다. 그러나 그게 아니었다.

"별로 하고 싶은 이야기는 아니에요. 하지만 아시는 게 좋을 것 같으니 털어놓겠어요. 저는 조지 바턴을 사랑했어요. 조지가 로즈메리를 만나기 전부터 사랑했어요. 조지가 제 마음을 알았는지는 모르겠어요. 알았건 몰랐건 조지가 신경 쓰지 않은 건 분명하지요. 조지는 저를 좋아했어요. 분명 애정이 있긴 있었죠. 하지만 제가 원하는 형태의 애정은 아니었어요. 그래도 저는 저야말로 그 사람의 아내 자리에 잘 어울린다고 믿었어요. 저라면 그 사람을 행복하게 해 줄 수 있다고요. 조지는 로즈메리를 사랑했지만, 결혼해 살면서 행복해하지는 않았어요."

레이스가 조용히 물었다.

"루스 양은 로즈메리를 싫어했소?"

"그랬어요. 아! 로즈메리는 굉장히 사랑스럽고 매력 넘치고 호감 가는 여자였지요. 그런데 저한테는 한 번도 호의적으로 대해 주지 않았어요! 전 그 여자를 굉장히 싫어했어요. 죽었을 때 충격을 받기는 했지만……. 그런 식으로 죽었다는 것도 충격이었죠……. 안됐다는 생각은 한 번도 안 들었어요. 말하기 뭣하지만, 기쁘기까지 했어요."

루스는 잠시 입을 다물었다.

"미안하지만 다른 이야기를 하면 안 될까요?"

레이스는 재빨리 방향을 바꿨다.

"어제 있었던 일에 대해 기억나는 대로, 최대한 자세히 이야기해 줬으면 하오. 그날 아침부터…… 특히 조지가 한 행동이나 말은 하나도 빠뜨리지 말고."

루스는 곧 그날 아침 일부터 줄줄 이야기하기 시작했다. 빅터의 끈질긴 요구에 조지가 짜증을 낸 것, 루스가 남아메리카로 전화해 일을 처리한 것과 문제가 해결됐다고 조지가 기뻐한 것. 이어서 루스는 룩셈부르크에 도착했을 때의 어색했던 분위기와 파티 주최자인 조지가 보인 이상한 행동, 그리고 끔찍했던 마지막 순간까지 상세히 묘사했다. 루스의 묘사는 레이스가 지금까지 들은 증언들과 정확히 일치했다.

이어서 루스는 미간을 찌푸리며, 레이스 자신도 궁금해하던 것을 입 밖에 꺼냈다.

"자살은 아니었어요……. 분명 자살은 아니에요……. 하지만 어떻게 살인일 수가 있죠? 그러니까, 어떻게 독을 탔을 수 있겠느냐고요. 답은 '그럴 수 없다.'예요. 우리 중 누구도 그럴 수 없었어요! 그렇다면 우리가 나가서 춤추는 동안 누군가 조지의 술잔에 독을 탄 걸까요? 그렇다면 대체 누가 그런 건데요? 도대체가 말이 안 돼요."

"증언에 따르면, 춤추는 동안 아무도 테이블에 접근하지 않았소."

"그럼 더욱더 말이 안 되죠! 청산가리가 저절로 샴페인 잔에 들어갔을 리는 없잖아요!"

"혹시 누가 잔에 청산가리를 넣었을지, 조금이라도 짐작 가는 사람

없소? 어젯밤 일을 잘 되짚어 보시오. 아무것도 아닌 것 같아도, 아무리 사소해도, 조금이라도 의심이 가는 부분은 없었소?"

레이스는 루스의 표정이 변하는 것을 보았다. 아주 짧은 순간이었지만, 불확신의 빛이 스치고 지나갔다. 루스는 아주 잠깐, 0.1초쯤 망설이다가 대답했다.

"없었어요."

그러나 분명 뭔가가 있었다. 레이스는 확신할 수 있었다. 분명 뭔가 목격했거나 들었거나 아니면 수상한 점을 눈치챘는데 무슨 이유에서인지 말하지 않기로 한 것이었다.

레이스는 더 이상 강요하지 않았다. 루스 같은 타입의 여자에게서는 억지로 알아내려고 해 봤자 소용없다는 걸 잘 알기 때문이다. 이유야 어쨌건 침묵하기로 마음을 먹었으면 절대 마음을 바꾸지 않을 사람이었다.

그러나 뭔가가 있다는 것은 확실했다. 그 사실만으로도 레이스는 새로운 기운과 자신감이 솟았다. 막다른 골목에서 마주친 단단한 벽에서 처음으로 균열을 발견한 것 같은 기분이었다.

레이스 대령은 점심 식사 후 루스와 헤어진 뒤에도 계속해서 루스를 생각하며 엘바스턴 스퀘어로 향했다.

루스 레싱이 범인일 수 있을까? 상황을 종합해 봤을 때, 레이스는 루스가 범인이 아니라는 쪽으로 마음이 기울었다. 전적으로 정직하고 숨김없이 이야기하는 걸로 보였기 때문이다.

살인을 저지를 역량이 있는 사람일까? 대부분의 사람들은 필요한 경우 다들 살인을 저지를 역량이 있었다. 아무나 죽일 수 있다는 게 아니라 특정한 사람을 죽일 수 있다는 뜻이었다. 누군가를 용의선상에서 제거하는 일이 어려운 이유가 바로 그것이다. 루스 레싱에게는 분명 무자비한 구석이 있었다. 게다가 동기도 있었다. 그것도 여러 개씩이나. 우선 로즈메리를 제거함으로써 '바턴 부인' 자리를 꿰찰 기회를 얻을 수가 있었다. 돈 많은 남자와 결혼하기 위해서건 아니면 사랑하는 남자와 결혼하기 위해서건, 일단은 로즈메리를 제거하는 일이 필수였다.

레이스의 의견은 돈 많은 남자와의 결혼이 루스 레싱에게 충분한 동기가 될 수 없다는 쪽으로 기울었다. 루스는 고작 돈 많은 남편 덕에 편하게 사는 인생에 목숨을 걸기에는 너무 냉철하고 신중한 여자였다. 사랑? 그쪽이 더 들어맞을지도 모른다. 레이스가 보기에 루스는 겉으로는 냉정하고 차가워도 자신에게 맞는 남자만 나타나면 얼마든지 열정으로 활활 불타오를 수 있는 타입의 여자였다. 조지에 대한 애정과 로즈메리에 대한 증오로 냉정하게 로즈메리의 살인을 계획하고 실행했을 수도 있었다. 계획이 차질 없이 실행됐으며 자살 판결이 이의 없이 받아들여졌다는 사실만으로도 루스에게 살인을 저지를 역량이 충분히 있음이 증명되는 셈이었다.

그런데 조지가 익명의 편지를 받고(누구에게서? 왜? 그것이 레이스 대령을 끊임없이 괴롭히는, 풀리지 않는 의문이었다.) 의심을 품어 덫을 놓는다. 그래서 루스가 조지를 제거한다.

아니, 말이 안 된다. 어딘가 들어맞지 않는 구석이 있다. 조지를 제거했다는 것은 그만큼 당황하고 겁먹었다는 것을 뜻했다. 그런데 루스 레싱은 쉽사리 당황하는 사람이 아니었다. 루스는 조지보다 더 냉철하고 영리했으며, 조지가 놓은 덫을 그다지 머리를 쓰지 않고도 가뿐히 피해 갈 수 있는 사람이었다.

결국 루스 레싱도 확실하게 범인이라고 단정 지을 수는 없다는 이야기였다.

6장

루실라 드레이크는 레이스 대령을 반갑게 맞았다.

집 안에는 블라인드가 전부 내려져 있었고, 온통 검정색으로만 차려입은 루실라가 손수건으로 눈물을 찍으며 방에 들어와 떨리는 손을 내밀며 입을 열었다.

"그동안 아무도 만날 수 없었어요, 아무도요. 우리 조지의 옛 친구니까 그나마 얼굴을 보는 거지요. 집 안에 남자가 없으니까 그렇게 적막할 수가 없어요! 정말이지 남자가 한 명도 없으니까 아무 일도 안 된다니까요. 가난한 홀몸의 늙은이하고 세상 물정 모르는 아가씨, 이렇게 둘뿐이에요. 언제나 조지가 모든 일을 처리해 왔거든요. 이렇게 찾아와 주시다니, 대령님은 참 사려 깊으세요. 정말 얼마나 고마운지 몰라요. 그저 망연자실하고 있었어요. 물론 레싱 양이 모든 일을 처리하겠지만······. 장례식도 준비해야겠고······. 그런데 법정심리는 어떻게 됐나요? 경찰이 온 집 안을 휘젓고 다닐 걸 생각하면 정말 끔찍해요. 물론 제복을 입지 않은 사복경찰일 테고, 또 여러 가지로 배려해 주긴 하겠지만. 하지만 너무나 당혹스러워요. 너무나 끔찍한 비극이에요. 레이스 대령님은 이 모든 게 다 연상 작용 때문이라고 생각하지 않으세요? 정신분석학자들은 그렇게 설명하곤 하잖아요? 불쌍한 조지, 그 끔찍한 룩셈부르크에서 똑같은 사람들과 똑같은 파티를 하다가 불쌍한 로즈메리가 거기서 어떻게 죽었는지 떠오른 거예요. 갑자기 기억이 물밀 듯이 떠올랐겠죠. 이 루실라 고모의 이야기를 듣고 개스켈 의사 선생님이 처방해 주신 진정제를 먹었더라면……. 올여름 내내 쇠약해져 있었거든요. 예, 쇠약해질 대로 쇠약해졌어요."

여기서 루실라가 잠시 숨을 돌리는 사이, 레이스가 얼른 말할 기회를 잡았다.

레이스는 깊은 애도를 표하며, 드레이크 부인이 그동안 조지에게 많이 의지했는데 상심이 크시겠다고 한마디했다.

그런데 여기서 또 루실라가 얼른 말꼬리를 잡았다.

"그렇게 말씀해 주시다니 얼마나 고마운지 모르겠어요. 가장 견디기 어려운 건 우리가 받은 충격이에요. 오늘까지 바로 곁에 있었는데 내일이면 갑자기 사라져 버리다니. 성경에도 그런 말씀이 있잖아요, 풀처럼 자라나 저녁에 베인다든가 하는……. 정확히 그 표현은 아니었던 것 같은데. 하지만 레이스 대령님은 무슨 뜻인지 잘 아시겠죠. 아유, 믿음직한 분이 집에 와 계시니 얼마나 마음이 놓이는지 모르겠네요. 레싱 양은 일을 아주 잘하기는 하지만, 동정심이라고는 눈곱만치도 없고 또 어쩔 때는 너무 자기 마음대로 일을 처리해 버린다니까요. 악의는 없을지 몰라도요. 제 생각엔 조지가 레싱 양에게 너무 지나치게 의존했던 게 아닌가 해요. 한때 조지가 진짜 어리석은 짓을 저지를까 봐 노심초사했던 적도 있었어요. 둘이 결혼했더라면 조지가 레싱 양에게 꼼짝도 못 하고 하자는 대로 다 했을 거예요. 물론 제가 놔두면 그렇게 될 줄 알고 막았으니 망정이지. 우리 아이리스는 세상 물정을 너무 몰라요. 그래도 어린 아가씨들은 그렇게 때 묻지 않고 순수한 게 좋은 거죠. 안 그래요, 레이스 대령님? 아이리스는 자기 나이에 비해 항상 순진하고 조용했어요. 너무 말이 없어서 그 애가 무슨 생각을 하는지 아무도 모를 정도라니까요. 로즈메리는 예쁘장하고 활발해서 밖으로 돌았는데, 아이리스는 집 안에만 콕 틀어박혀 있었어요. 젊은 아가씨가 그러면 안 좋은데……. 요리 강습이나 하다못해 양재 강습이라도 다녀야 하는데. 그러면 쓸데없는 잡념이 없어져서 좋고, 또 배워 두면 나중에 다 쓸모가 있는 것 아니겠어요. 로즈메리가 죽고 나서 저라도 여기 와서 돌봐 줄 수 있었던 게 참 다행이었어요……. 불쌍한 것, 그런 지독한 독감에 걸려서는. 보통 독감도 아니라죠, 개스켈 선생님이 말씀하시길. 개스켈 선생님은 명민하실 뿐만 아니라 어쩜 그리 자상하고 쾌활하기까지 하신지.

올여름에 아이리스도 개스켈 선생님께 진찰을 받았으면 했어요. 안색이 아주 창백하고 기운이 없어 보였거든요. 그런데요, 대령님,

사실은 집 사정 때문이었을 거예요. 낮은 지대에 위치한 데다가 습하지, 저녁에는 음침하기까지 하지. 글쎄 조지가 상의도 없이 혼자서 덜컥 집을 사 버렸잖아요. 그런 어리석은 짓을. 깜짝 놀라게 해 주려고 했다지만, 이 노인네한테 한 번이라도 상의했으면 더 좋았을걸. 남자들은 집에 관해서는 아무것도 몰라요. 저한테 의논했으면 제가 아무리 힘들어도 다 꼼꼼히 알아봤을 텐데. 그런 일이라도 없으면 제 인생에 뭐가 있겠어요? 남편은 몇 년 전에 떠나보내고, 금쪽같은 아들 빅터는 멀리 아르헨티나에 가 있고……. 참, 브라질이지, 아니면 아르헨티나가 맞나? 심성도 착하고 훤하게 잘생긴 아이죠."

여기서 레이스 대령이 외국에 아드님이 한 분 있다고 들었다고 한마디했다.

그러고는 장장 15분 동안 빅터의 행각에 대해 상세히 늘어놓는 것을 참고 들어 줘야 했다.

"어찌나 생기발랄한지, 이것저것 뭐든지 다 해 보려고 든다니까요."

이 말을 시작으로 드레이크 부인은 빅터가 가졌던 수많은 직업을 일일이 열거했다.

"누구한테나 친절하고, 아무한테도 못되게 군 적이 없어요. 그 애는 항상 운이 나빴어요, 레이스 대령님. 옥스퍼드 대학 기숙사 사감이 완전히 오해를 하는 바람에, 대학 관계자들이 불명예스럽게도 우리 애를 내쫓은 거예요. 머리 잘 돌아가고 그림에 취미가 있는 애가 한번 재미 삼아 남의 필체를 흉내 낸 걸 가지고 그렇게들 심각하게 받아들이더라고요. 재미로 한 거지, 결코 돈 때문에 한 게 아닌데. 그래도 이 어미에게는 항상 좋은 아들이었어요. 곤경에 처하면 항상 제 엄마에게 알리는 걸 좀 보세요. 제 엄마를 그만큼 믿는다는 뜻 아니겠어요? 한 가지 이상한 건, 사람들이 소개시켜 줬다는 일자리들이 하나같이 외국으로 나가야 하는 일이었다는 거예요. 좋은 일자리만 얻으면, 예를 들면 잉글랜드 은행 같은 곳에서 근무할 수만 있다면, 훨씬 더 안정될 텐데 말이에요. 런던 근교에 살면서 자동차도 한 대 장만할 수 있을 테고."

빅터가 어디가 잘났는지, 또 얼마나 운이 없는지 20분 동안 귀가 떨어져 나가도록 들은 다음에야 레이스 대령은 대화의 방향을 아들 이야기에서 하인들 이야기로 돌릴 수 있었다.

"예, 대령님 말씀이 옳다마다요. 요새는 옛날에 말하던 그런 의미의 하인이 없어요. 그래서 얼마나 불편한지! 그렇다고 제가 불평할 입장은 아니지만요. 우리는 운이 좋았거든요. 파운드 부인은 귀가 약간 어둡긴 해도 훌륭한 분이에요. 가끔 가다 빵을 너무 딱딱하게 굽고 수프에 후추를 너무 많이 치긴 하지만, 다른 일에 있어서는 믿을 만한 분이죠. 알뜰하기도 하고요. 조지가 결혼했을 때부터 있었는데, 올해 시골 별장에도 같이 가서 군소리 없이 일해 줬어요. 근데 그 문제로 다른 일꾼들하고 문제가 있었어요. 일을 그만둔 하녀도 한 명 있죠. 하지만 그건 오히려 잘된 일이에요. 꼬박꼬박 말대꾸나 하는 아주 건방진 계집애였거든요. 이 집에서 제일 좋은 와인 잔을 여섯 개나 깨먹지를 않나. 하나씩 깨뜨렸으면 누구나 하는 실수니까 말을 않는데, 글쎄 한꺼번에 여섯 개를 깨뜨린 거예요. 그건 지나치게 부주의하다는 뜻이지요. 안 그래요, 레이스 대령님?"

"굉장히 조심성이 없군요."

"저도 그 애한테 그렇게 말했어요. 그리고 추천서에도 그렇게 쓰겠다고 이야기했지요. 저한테는 그렇게 할 의무가 있거든요, 레이스 대령님. 다른 사람들이 잘못 알고 고용하면 안 되잖아요. 좋은 점뿐 아니라 잘못한 점도 알려 줘야죠. 그런데 이 계집애가 글쎄…… 무례하게도, 다음에 일하게 되는 집은 사람이 막 제거당하는 집이 아니었으면 좋겠다고 하지 않겠어요. 그런 끔찍한 표현은 영화에서 주워들었겠죠, 아마. 그렇게 못된 말이 어디 있어요, 로즈메리가 자살한 마당에……. 물론 검시관이 본인 잘못이 아니라고 당시 지적하기는 했지만……. 고런 못된 표현은 마피아 단원들이 총으로 서로 처치할 때 쓰는 표현이잖아요. 우리 나라에는 그런 조직폭력단이 없어서 다행이에요. 아무튼 그래서 추천서에 이렇게 써 줬죠. 베티 아치데일은 하녀로서 책임을 다하고 술도 입에 대지 않으며 정직하지만, 그릇을 너무 잘 깨뜨리며 버릇이 없다고요. 제가 리스 텔벗 부인이라면 행간을 읽고 그 애를 고용하지 않았을 거예요. 그런데 요새는 하도 하녀가 부족하니까 사람들이 아무나 고용하거든요. 오죽하면 한 달에 세 집이나 전전한 애까지 고용하겠어요."

거기까지 말하고 드레이크 부인이 숨을 돌리는 사이 레이스 대령이 재빨리, 혹시 리스 텔벗 부인이 리처드 리스 텔벗 부인이 아니냐고 물었다. 만약 맞다면 대령이 인도에서 알게 된 친구라는 것이었다.

"거기까지는 잘 모르겠어요. 카도건 스퀘어에 사는 분이에요."

"그럼 내 친구 부부가 맞군요."

"세상 참 좁죠? 친구는 옛 친구만 한 게 없죠. 우정이란 참 소중한 거예요. 바이올라와 폴을 좀 보세요. 얼마나 로맨틱해요? 바이올라는 참 사랑스러운 여자였죠. 남자들이 얼마나 줄줄이 쫓아다녔다고요. 아이고, 이런, 레이스 대령님은 그 둘을 모르시는구나. 늙은이는 틈만 나면 과거를 회상하게 마련이죠."

레이스 대령은 이야기를 들려 달려고 간청했고, 루실라 드레이크는 그러한 정중한 태도에 보답하여 헥터 말의 생애, 누이인 자신이 키우다시피 한 것, 그의 인간적 특징과 단점을 줄줄이 털어놓았다. 그러고는 마침내 레이스가 바이올라라는 사람이 있었다는 걸 잊을 만할 때쯤 해서 헥터 말이 아름다운 바이올라와 결혼하게 된 사정을 아주 소상히 들려주었다.

"바이올라는 고아여서 대법원의 피후견인으로 자랐어요."

거기서부터 대령은 폴 베넷이 바이올라가 청혼을 거절한 것에 대한 실망을 극복하고 바이올라의 연인에서 말 가의 듬직한 친구로 변신했으며 대녀인 로즈메리에게 아낌없이 애정을 쏟았고 죽어서 엄청난 유산을 물려주기까지 했다는 장황한 인생 이야기를 들어 줘야 했다.

"그것도 얼마나 로맨틱한 일이에요……. 그렇게 엄청난 돈을 친구의 딸에게 남기다니! 물론 돈이 다는 아니죠. 결코 그렇다는 이야기는 아니에요. 로즈메리의 끔찍한 죽음을 떠올리면 돈이 다가 아니라는 걸 알 수 있죠. 심지어 그렇게 착한 아이리스도 요새 보면

통 못마땅하단 말이에요!"

레이스는 왜 그러는지 궁금하다는 표정을 지었다.

"제 책임이 너무 막중해서 걱정이에요. 아이리스가 엄청난 유산의 상속녀라는 사실은 지금 모르는 사람이 없어요. 제가 마뜩잖은 청년이 접근할까 봐 엄중하게 감시를 하고 있기는 하지만, 노인네가 뭘 어쩌겠어요, 레이스 대령님. 요새는 옛날처럼 보호자가 젊은 아가씨의 앞가림을 해 줄 수 있는 시대가 아니라고요. 저는 아이리스가 사귀는 청년들에 대해 거의 아무것도 몰라요. 그래서 '집으로 초대하렴.' 하고 계속 권하지만, 몇몇 젊은이는 한사코 초대를 거절하는 모양이에요. 조지도 계속 걱정했어요. 브라운이라는 청년 때문에요. 저는 그 청년을 본 적도 없지만, 아이리스와 꽤 오랫동안 만나 온 것 같아요. 우리 아이리스가 아깝죠. 조지는 그 청년을 별로 안 좋아했어요……. 그건 제가 분명히 알아요. 근데 남자는 같은 남자가 잘 보는 법이잖아요, 레이스 대령님. 우리 교구위원 중에 퓨지 대령이라는 분이 계셨는데, 그렇게 교인들한테 인기가 있는데도 불구하고 남편은 그 사람을 멀리하면서 저한테도 가깝게 지내지 말라고 당부했어요. 근데 아니나 다를까, 어느 일요일에 퓨지 대령이 헌금 접시를 돌리다가 그 자리에서 그냥 고꾸라진 거예요. 완전히 취해서요. 그런데 나중에…… 꼭 이런 일은 나중에 밝혀지죠. 사전에 밝혀지면 좀 좋아……. 하여튼, 나중에 대령의 집에서 매주 브랜디 병이 수십 개씩 나왔다는 게 밝혀졌지 뭐예요! 생각해 보면 안타까운 일이에요, 그렇게 신앙심 깊은 양반이. 비록 복음주의 쪽으로 약간 치우치긴 했지만. 퓨지 대령과 우리 바깥양반은 위령의 날 의식을 놓고 크게 설전을 벌인 적도 있어요. 이런, 세상에, 위령의 날. 그러고 보니 어제가 위령의 날이었지."

문간에서 갑자기 소리가 났다. 레이스는 루실라의 머리 너머, 열린 문을 향해 고개를 돌렸다. 대령은 리틀 프라이어스에서 분명 아이리스를 본 적이 있는데도 불구하고 지금 처음으로 보는 기분이 들었다. 미동도 없이 서 있는 아이리스의 모습에서 팽팽한 긴장감이 느껴졌다. 대령을 똑바로 쳐다보는 커다란 눈망울에 떠오른 표정에서 뭔가 읽어야 할 것만 같았지만 대령은 끝내 그게 뭔지 읽어내지 못했다.

루실라 드레이크도 덩달아 고개를 돌렸다.

"아이리스, 얘야, 언제 왔니? 레이스 대령님 뵌 적 있지? 친절하게도 이렇게 찾아와 주셨어."

아이리스는 안으로 들어와 심각한 얼굴로 대령과 악수를 했다. 검은색 드레스 때문에 지난번에 만났을 때보다 몸은 더 여위고 얼굴은 더 창백해 보였다.

"혹시라도 도움이 될까 해서 왔소."

"마음 써 주셔서 감사합니다."

아이리스가 이번 일로 큰 충격을 받고 아직도 거기서 헤어 나오지 못하고 있음은 누가 봐도 분명했다. 그렇다 해도, 형부의 죽음에 이렇게 동요하는 건 그를 생전에 그렇게 좋아했기 때문일까?

아이리스가 고모에게 시선을 돌렸다. 레이스는 아이리스의 눈에서 경계심을 읽었다. 아이리스가 조용히 물었다.

"무슨 이야기를 하고 계셨어요? 조금 전, 제가 들어오기 전에요."

루실라는 당황하며 얼굴을 붉혔다. 레이스가 보기에 루실라는 앤터니 브라운 이야기는 어떻게든 피하고 싶어 하는 것 같았다. 루실라가 허둥대며 대꾸했다.

"무슨 이야기를 했더라……. 아, 그래, 위령의 날. 그리고 어제가 바로 위령의 날이었다는 이야기를 하고 있었어. 영혼을 위로하는 날에 그런 일이 일어나다니……. 너무나 있을 법하지 않은 이야기지 뭐니……. 현실에서 절대 안 일어날 것 같은 우연의 일치처럼 느껴져서."

"위령의 날에 언니가 찾아와 형부를 데려갔다는 말씀이세요?"

그러자 루실라는 비명을 질렀다.

"아이리스, 얘야, 그런 소리 마라. 그렇게 끔찍한 생각을……. 크리스천으로서 어떻게 그런 생각을 할 수 있니."

"크리스천이면 왜 그런 생각하면 안 되는데요? 어쨌든 죽은 사람들을 위로하는 날이잖아요. 파리에서는 그날 무덤에 찾아가 꽃을 놓기도 한다던데요."

"그건 나도 안다, 얘야. 하지만 그 사람들은 가톨릭이잖니."

아이리스의 입가에 희미한 미소가 떠올랐다. 그러나 잠시 후 아이리스는 단도직입적으로 말했다.

"앤터니 이야기를 하고 계시지 않았어요? 앤터니 브라운이요."

루실라는 더욱 고음의 목소리로 참새처럼 쩍쩍거렸다.

"글쎄. 솔직히 그 사람 이야기를 입에 올리긴 했지. 내가 뭐라고 했냐면, 그 사람에 대해 아는 게 전혀 없다고…….."

아이리스가 말을 자르며 화난 음성으로 끼어들었다.

"고모가 그 사람에 대해 왜 그렇게 알려고 하시는데요?"

"어머, 얘, 물론 꼭 알아야 할 필요는 없지. 그래도 최소한 가족들은 좀 알고 지내는 게 낫지 않겠니?"

"앞으로 그럴 기회는 충분히 있을 거예요. 왜냐하면 그 사람과 결혼할 거거든요."

"어머나, 아이리스!"

그것은 비명과 울음의 중간쯤 되는 울부짖음이었다.

"그렇게 경솔한 짓을 하면 안 된다……. 내 말은, 적어도 지금 당장 그런 결정을 내려서는 안 된다고."

"이미 결정했어요, 루실라 고모."

"안 된다, 애야, 장례식을 아직 치르지도 않았는데 결혼 이야기를 하다니. 사람들이 흉볼라. 게다가 지금 법정심리도 진행되고 있잖니. 그리고 아이리스, 네 형부가 살아 있었으면 허락 안 했을 게다. 브라운 씨를 영 마음에 안 들어 했으니까."

"맞아요. 형부는 이 결혼을 못마땅해했을 거고 앤터니도 마음에 안 들어 했을 거예요. 하지만 상관없어요. 이건 형부의 일이 아니라 제가 결정할 일이에요. 그리고 형부는 죽었잖아요……."

루실라 드레이크는 또 한 번 비명을 질렀다.

"아이리스, 아이리스. 너, 도대체 어떻게 된 거니? 그렇게 냉정한 소리를 하다니."

그 말에 아이리스는 피곤한 듯이 대꾸했다.

"죄송해요, 루실라 고모. 냉정하게 들리라고 한 소리는 아니었어요. 형부는 이미 평안한 곳으로 갔으니까 더 이상 제 앞날 때문에 걱정할 필요가 없을 거라는 뜻이었죠. 제 일은 이제 제가 결정해야죠."

"말도 안 되는 소리. 이런 때 그런 결정을 내리다니…… 예의에 어긋나는 짓이야. 게다가 누가 상중에 청혼을 하겠니."

그러자 아이리스는 짧게 웃음을 터뜨렸다.

"이미 청혼한걸요. 리틀 프라이어스를 떠나기 전에 앤터니가 저한테 결혼해 달라고 했어요. 당장 런던으로 돌아가 다음 날 아무한테도 알리지 말고 결혼하자고요. 그때 그렇게 했으면 좋았을걸."

"평범한 청혼은 아니로군요."

듣고 있던 레이스 대령이 조용히 한마디했다.

아이리스가 적의에 찬 눈으로 레이스를 쏘아보았다.

"예, 아니죠. 그때 그냥 결혼해 버렸으면 성가신 일들을 피할 수 있었을 텐데. 저는 왜 그 사람을 못 믿었을까요? 앤터니는 자기를 믿어 달라고 했는데 그러지 못했어요. 어쨌든 지금이라도 날짜만 잡으면 그 사람하고 결혼할 거예요."

루실라가 흥분해서 알아들을 수 없는 말들을 마구 쏟아 냈다. 통통한 볼살이 가늘게 떨리고 눈에는 벌써 눈물이 그렁그렁했다.

레이스 대령이 재빨리 나섰다.

"말 양, 잠시 이야기 좀 나눌 수 있겠소? 공적인 용건입니다만."

아이리스는 적잖이 놀라 "알겠습니다." 하고 대답하고는 문쪽으로 갔다. 아이리스가 방에서 나가는 틈을 타 레이스는 다시 성큼성큼 드레이크 부인에게 걸어가 당부했다.

"너무 심려 마십시오, 드레이크 부인. 이런 일은 내버려 두면 더 잘 풀리는 법이니까. 차차 해결해 봅시다."

레이스는 아까보다 조금 진정된 루실라를 남겨 두고 아이리스를 따라 홀을 가로질러 저택 뒤편에 위치한 방으로 갔다. 쓸쓸히 낙엽을 떨구고 있는 플라타너스 한 그루가 내다보이는 작은 방이었다.

레이스가 사무적인 태도로 먼저 입을 열었다.

"내가 하고 싶은 말은 이것뿐이오, 말 양. 내 친구라서 잘 아는데, 켐프 경감은 친절하고 사려 깊은 사람이오. 범죄 수사라는 게 당하는 입장에서는 불쾌할 수밖에 없지만, 켐프 경감이 최대한 불편하지 않은 방향으로 배려해 줄 거요."

아이리스는 아무 말 없이 가만히 대령을 바라보다가 불쑥 물었다.

"어제 형부가 기다렸는데 왜 파티에 안 오셨어요?"

레이스는 고개를 저으며 대답했다.

"조지는 나를 기다린 게 아니오."

"하지만 형부가 그렇게 말했는데요."

"말은 그렇게 했을지 몰라도, 실제로는 그러지 않았소. 조지는 내가 안 올 것을 알고 있었소."

"그럼 그 빈 의자는…… 누구를 위한 의자였나요?"

"어쨌든 나는 아니오."

그러자 아이리스는 눈을 반쯤 감으면서 새하얗게 질린 얼굴로 속삭였다.

"언니를 위한 자리였어……. 이제 알겠어……. 그건 로즈메리 언니를 위한 자리였던 거야."

레이스가 재빨리 다가가 금방이라도 기절할 것 같은 아이리스를 부축해서 의자에 앉혔다.

"진정하시오."

아이리스가 숨 가쁜 듯 낮은 목소리로 말했다.

"저는 괜찮아요. 하지만 어떻게 하면 좋지……? 어떻게 하면 좋아?"

"내가 도울 일이라도 있소?"

아이리스가 고개를 들어 레이스 대령을 바라봤다. 수심에 잠긴 어두운 눈빛이었다.

"정리를 해 봐야겠어요. 일을……."

아이리스는 두 손을 뭔가 움켜쥐듯 꼭 쥐며 말을 이었다.

"……순서대로 정리해 봐야겠어요. 먼저 형부는 로즈메리 언니가 살해당했다고 믿었고……. 그러고 나서 형부도 살해됐어요. 익명의 편지 때문에 그렇게 믿게 된 거죠. 레이스 대령님, 대체 누가 그 편지를 보낸 거죠?"

"모르겠소. 지금으로서는 아무도 몰라요. 혹시 짚이는 데 있소?"

"아무도 안 떠올라요. 아무튼 형부는 편지 내용을 믿었고 그래서 어젯밤 그 파티를 연 거예요. 일부러 빈 의자까지 준비했는데, 마침 어제는 위령의 날이었지요……. 죽은 혼령을 위로하는 날……. 그러니 언니의 혼령이 찾아와 형부한테 진실을 이야기해 줬을 수도 있어요."

"상상이 지나친 것 같은데."

"하지만 제가 직접 느꼈어요. 어떤 때는 언니가 바로 옆에 있는 것 같았는걸요……. 동생인 제게 뭔가 말해 주려고 했던 것 같아요."

"진정하시오, 아이리스."

"아뇨, 이야기를 해야겠어요. 형부는 언니를 위해 건배를 했고, 조금 후에 죽었어요. 어쩌면 언니가 와서 형부를 데려간 건지도 몰라요."

"죽은 사람의 혼은 남의 술잔에 청산가리를 넣을 수 없소, 아이리스 양."

레이스 대령의 차분한 말에 아이리스는 다시 정신을 차리고 힘을 되찾은 목소리로 말을 이었다.

"하지만 너무 믿기지 않는 일인걸요. 형부는 살해당했어요……. 살해당했다고요. 경찰이 그렇게 말하니까 사실이겠죠. 달리 해석이 불가능하니까요. 하지만 말이 안 돼요."

"말이 되는 것 같지 않소? 로즈메리가 살해당하고, 조지가 그 사실을 알고 있는 걸 범인이 눈치를 챘다면……."

아이리스가 끼어들었다.

"예, 하지만 언니는 살해당한 게 아니잖아요. 그래서 말이 안 된다는 거예요. 형부가 그 바보 같은 편지의 내용을 믿은 건, 독감 후에 우울증을 앓아서 자살했다는 설명이 너무 신빙성이 없어서이기도 했어요. 근데 사실 언니에게는 자살할 이유가 있었거든요. 잠깐만요, 제가 보여 드릴게요."

아이리스는 방에서 뛰쳐나가더니 잠시 후 꼭꼭 접은 편지를 들고 돌아와 편지를 레이스에게 내밀었다.

"읽어 보세요. 직접 보시라고요."

레이스는 약간 구깃구깃해진 편지를 곱게 폈다.

사랑하는 나의 표범……

레이스는 편지를 꼼꼼하게 두 번 읽고 돌려줬다.

아이리스가 흥분해서 물었다.

"이제 아시겠죠? 언니는 불행해했어요……. 실연당해서요. 더 이상 살고 싶지 않았던 거예요."

"누구한테 쓴 편지인지 아시오?"

아이리스는 고개를 끄덕였다.

"스티븐 패러데이요. 앤터니는 아니었어요. 언니는 스티븐을 사랑했는데, 그 사람은 언니한테 매정하게 굴었어요. 그래서 언니는 청산가리를 레스토랑에 가지고 가서, 그 사람이 똑똑히 볼 수 있는 자리에서 그걸 마신 거예요. 후회하게 만들고 싶었는지도 모르죠."

레이스는 아무 대꾸 없이 천천히 고개만 끄덕이다가, 잠시 후 다시 물었다.

"편지를 언제 발견했소?"

"6개월쯤 전에요. 언니가 옛날에 쓰던 가운 주머니에 있었어요."

"형부한테는 안 보여 줬소?"

그러자 아이리스가 고통에 찬 목소리로 외쳤다.

"어떻게 보여 줘요? 어떻게 그럴 수가? 로즈메리는 저의 언니예요. 어떻게 언니의 외도를 형부한테 알릴 수가 있겠어요? 언니가 죽은 마당에 이런 편지를 어떻게 보여 줄까요. 형부는 오해하고 있었지만, 그렇다고 다 털어놓을 수는 없었어요. 하지만 지금 더 중요한 문제는 이제 어떻게 하는가예요. 대령님은 형부와 친구 사이셨으니 보여 드린 거지만, 켐프 경감님도 아셔야 하나요?"

"물론이오. 켐프에게도 반드시 보여 줘야 합니다. 증거물이니까."

"그럼…… 법정에서 낭독하는 거 아니에요?"

"그렇지는 않소. 꼭 그럴 필요는 없지. 지금 우리가 수사 중인 것은 조지의 죽음이오. 그것과 직접적으로 연관이 없는 사항은 공개되지 않을 거요. 그러니 지금 편지를 갖다 주는 편이 좋겠소."

"잘 알겠어요."

레이스와 함께 현관으로 간 아이리스는, 문을 열고 나가려는 레이스에게 갑자기 물었다.

"그래도 이게 언니가 자살한 게 맞다는 걸 증명해 주는 거죠?"

"적어도 자살할 동기가 있었다는 건 분명하군요."

아이리스는 깊은 한숨을 내쉬었다. 계단을 내려간 레이스 대령이 뒤를 흘끔 돌아봤을 때, 아이리스는 여전히 열린 문간에 서서 주택가를 가로지르는 그를 가만히 바라보고 있었다.

7장

메리 리스 탤벗은 못 믿겠다는 듯 기쁨의 비명을 지르며 레이스 대령을 맞았다.

"세상에, 그때 알라하바드(인도 북동부 우타르프라데시주에 있는 도시 — 옮긴이)에서 말도 없이 사라져 버린 후로 처음이잖아요. 웬일로 여기까지 찾아온 거예요? 설마 나를 보러 온 건 아닐 테고요. 당신은 일 없이 수다나 떨러 오는 사람이 아니니까. 자, 어서 털어놔요. 나한테 사탕발림할 필요는 없어요."

"당신한테 빙 돌려 말하는 건 시간 낭비지, 메리. 나는 오히려 당신의 엑스레이 같은 투시력이 고맙기만 한데."

"서론은 생략하고 어서 본론으로 들어가요, 이 양반아."

레이스는 씩 웃으며 물었다.

"아까 문을 열어 준 하녀가 베티 아치데일 맞소?"

"그래, 그것 때문에 온 거군! 설마 순수 런던 토박이…… 그런 게 있는지 모르겠지만, 하여간 런던 토박이인 그 애가 사실은 악명 높은 유럽 스파이라는 이야기는 아니겠죠? 그렇게 말해도 나는 안 믿을 거지만!"

"아니, 아니, 그런 거 아니오."

"그 애가 이중첩자라는 이야기도, 해 봤자 안 믿을 거예요."

"제대로 봤소. 그 애는 그냥 하녀요."

"언제부터 당신이 그냥 하녀한테 관심이 있었어요? 베티가 결코 평범한 하녀는 아니지만…… 영악한 사기꾼이라고 해야 더 어울리죠."

"그 애한테서 정보를 알아낼 수 있을까 해서 그런 거요."

"잘 구슬려서요? 충분히 그럴 수 있어요. 중요한 일이 벌어질 때마다 들키지 않고 문에 딱 붙어서 엿듣는 기술을 마스터한 애거든요. 자, 엠(M)은 어떻게 하면 되죠?"

"엠은 나한테 음료를 들지 않겠느냐고 묻고, 베티를 불러 나한테 음료를 갖다 주라고 시키면 됩니다."

"베티가 음료를 가져온 다음에는?"

"엠은 눈치껏 자리를 비켜 주는 거지."

"문밖에서 엿들으러?"

"엠이 그러고 싶다면야."

"그럼 나는 유럽 위기 상황에 대한 내부 기밀을 입수하게 되는 건가요?"

"미안하지만 그런 일은 없을 겁니다. 정치적 상황과는 전혀 관계 없는 사건이거든."

"이거 실망인데! 할 수 없죠. 그래도 협조하겠어요!"

갈색에 가까운 머리칼을 지닌 활기 넘치는 마흔아홉 살의 리스 텔벗은, 당장 종을 울려 예쁘장한 하녀 베티를 부른 다음 레이스 대령에게 위스키소다를 대령하라고 지시했다.

베티 아치데일이 은쟁반에 잔을 받쳐 가지고 돌아왔을 때 리스 텔벗 부인은 벌써 방 저편, 자기 방으로 통하는 문가에 서 있었다.

"레이스 대령님이 몇 가지 물어보실 게 있단다."

리스 텔벗은 이렇게만 말하고 나가 버렸다.

키가 훌쩍 큰 은발의 군인을 바라보는 베티의 건방진 눈길에는 다소 놀란 빛이 어려 있었다. 레이스 대령은 쟁반에서 위스키 잔을 들어 올리며 미소를 지어 보였다.

"오늘 신문 봤니?"

"예, 대령님."

베티가 경계하는 눈으로 레이스 대령을 살폈다.

"어젯밤 조지 바턴 씨가 룩셈부르크 레스토랑에서 사망했다는 기사를 봤겠지?"

"어머, 그럼요."

베티는 천하에 공개된 남의 불행 이야기에 눈을 빛내며 냉큼 대꾸했다.

"정말 무서운 일이죠?"

"네가 그 집에서 일했었지?"

"맞습니다. 작년 겨울에, 바턴 부인이 돌아가시고 얼마 후 그 집을 나왔어요."

"바턴 부인도 룩셈부르크에서 죽었지, 아마."

베티가 고개를 끄덕였다.

"그렇게 되다니, 재미있죠. 안 그래요, 대령님?"

레이스는 조금도 재미있다고 생각하지 않았으나, 베티가 무슨 뜻으로 한 말인지는 충분히 이해했다. 레이스가 근엄한 표정으로 말했다.

"머리가 꽤 좋군. 혼자서도 추리를 썩 잘하는구나."

그러자 베티는 신이 나서 손뼉을 치며, 조신한 태도는 내던져 버리고 떠들기 시작했다.

"바턴 씨도 당한 건가요, 그럼? 신문에서는 확실하게 말을 않더라고요."

"'바턴 씨도'라니? 바턴 부인의 죽음은 검시법원에서 자살로 판결이 났는데."

베티는 대령을 곁눈질로 훑어보며 생각했다.

'조금 늙긴 했지만, 잘생겼는걸. 과묵한 타입이야. 진짜 신사. 젊었을 때 1파운드짜리 금화깨나 뿌리고 다녔을, 그런 신사야. 그러고 보니 우습네, 나는 1파운드짜리 금화가 어떻게 생겼는지도 모르는데. 이 사람, 대체 뭘 캐내려고 이러는 걸까?'

그러면서 겉으로는 얌전하게 대꾸했.

"그랬지요, 대령님."

"그런데 너는 그게 자살이라고 믿지 않았다는 말이냐?"

"그렇습니다, 대령님. 자살이 아니라고 생각했어요."

"흥미롭군, 아주 흥미로워. 왜 그렇게 생각했니?"

베티는 망설이면서 손으로 앞치마에 주름을 잡으며 꼼지락거리면서 생각했다.

'정말 친절하고 진지하게도 말씀하시지. 내가 중요한 사람이 된 기분이 들게, 꼭 도와주고 싶은 마음이 들게 말이야. 어쨌든 나는 로즈메리 바턴이 자살한 게 아니라는 걸 일찌감치 파악하고 있었으니까. 한순간도 안 속아 넘어갔지!'

"바턴 부인은 살해당한 거죠?"

"살인일 수도 있지. 그런데 어째서 그렇게 생각하게 됐지?"

"그게요."

베티는 쭈뼛거리다가 말을 이었다.

"무슨 이야기를 들었거든요."

"그래?"

대령은 상대방을 격려하는 조용한 어조로 물었다.

"문이 덜 닫혀 있었던가, 그랬을 거예요. 저는 일부러 문에 바짝 붙어서 엿듣는 사람은 아니거든요. 그런 행동을 경멸하지요."

베티가 정숙한 체하며 말했다.

"근데 그날은 제가 쟁반에 은식기를 쌓아 들고 홀을 지나 식당으로 가고 있었는데, 안에서 두 사람이 큰 소리로 이야기하고 있었던 거예요. 부인이…… 바턴 부인 말이에요……. 앤터니 브라운이 가짜 이름이라고 하셨어요. 그러니까 브라운 씨가 갑자기 무섭게 돌변했어요. 설마 그분이 그렇게 변할 줄은 몰랐어요. 그렇게 잘생기고 항상 부드럽게 말씀하는 분이 부인 얼굴을 그어 버리겠다고 했어요. 세상에! 그러더니 시키는 대로 하지 않으면 제거해 버리겠다고도 했어요. 그런 말을 그렇게 쉽게 하다니! 그때 아이리스 양이 위층에서 내려오셔서 더 이상은 못 들었어요. 물론 그때는 아무 생각이 없었는데, 바턴 부인이 파티에서 자살했다고 한바탕 시끄러웠고 또 그 자리에 브라운 씨가 있었다는 말을 듣고 나니까…… 글쎄, 등줄기가 서늘할 정도로 오한이 나더라니까요!"

"다른 사람한테 그 이야기를 하지는 않았고?"

베티는 고개를 저었다.

"경찰과 엮이고 싶지 않았어요. 게다가 확실하게 아는 것도 없었고요. 따지고 보면 말예요. 그리고 발설했으면 그 사람이 저도 제거하려고 했을지도 모르잖아요. 아니면 어디로 데려가서 조용히 처치하든가."

"그렇군."

레이스는 잠시 생각하다가 최대한 부드러운 목소리로 말했다.

"그래서 바턴 씨에게 익명으로 편지를 보낸 거니?"

그러자 베티는 멍한 얼굴로 쳐다봤다. 불편한 죄책감은 조금도 서려 있지 않은, 순전히 놀란 표정이었다.

"제가요? 바턴 씨한테 편지를 썼다고요? 그런 짓은 안 했어요."

"겁내지 말고 이야기해도 돼. 아주 잘한 짓이었어. 네 정체를 드러내지 않으면서 바턴 씨에게 단서를 주었으니까. 아주 똑똑하구나."

"진짜로 안 했어요, 대령님. 그런 건 꿈에도 생각 못 했는데요. 바턴 씨한테 편지를 써서 바턴 부인이 살해당한 거라고 알렸다고요? 그런 짓은 생각도 못 했어요!"

너무 열심히 부인하자 레이스도 확신이 흔들릴 수밖에 없었다. 그러나 모든 것이 너무나 딱 들어맞았다. 이 애가 편지를 쓴 게 맞는다면 모든 것이 자연스럽게 설명이 될 터였다. 그러나 베티는 불안에 떨며 강하게 부인한 것이 아니라, 극렬하게 항의하지는 않으면서 아주 침착한 태도로 계속해서 부인하고 있었다.

레이스는 질문의 방향을 바꿨.

"이 일을 누구한테 말했지?"

베티는 또 고개를 저었다.

"아무한테도 말 안 했어요. 솔직히 말씀드리면 무서웠어요. 입 다물고 있는 게 좋겠다고 생각했죠. 아예 잊어버리려고 했어요. 딱 한 번 입 밖에 낸 적이 있는데…… 드레이크 부인한테 일을 그만두겠다고 통보했을 때예요. 그렇잖아도 못 견딜 정도로 잔소리가 심한 분인데, 버스도 안 다니는 시골 어느 집에 처박혀서 일하라고 하잖아요! 그러더니 추천서를 가지고 또 지독하게 구는 거예요. 제가 뭘 잘 깨뜨린다나. 그래서 저도 비꼬면서 쏘아 줬죠. 다음에는 사람이 마구 제거당하지 않는 집으로 갈 거라고……. 말하면서도 무섭기는 했지만 드레이크 부인은 별로 신경 쓰지 않는 것 같았어요. 그때 너무 경솔하게 말해 버렸는지도 모르겠는데, 잘한 짓인지 아닌지 모르겠어요. 어쩌면 애초에 농담으로 한 이야기일 수도 있잖아요. 사람들은 마음에 없는 이상한 말도 잘 하니까요. 게다가 브라운 씨는 평소에 굉장히 친절하시고 항상 농담을 잘하셨으니까, 그게 진담이었는지 농담이었는지 제가 어떻게 알겠어요?"

레이스는 맞장구를 쳐 주고, 다시 물었다.

"바턴 부인이 앤터니 브라운이 가명이라고 했다고 했지. 그럼 진짜 이름이 뭔지는 말했니?"

"예, 말했어요. 왜냐하면 브라운 씨가 곧바로 '토니라는 이름은 잊어버려.'라고 했거든요……. 성이 뭐였더라? 토니 뭐라고 했는데……. 그때 요리사가 만들고 있던 체리잼을 떠올리는 이름이었어요."

"토니 체리턴? 체러블?"

베티는 고개를 저었다.

"그런 것보다는 더 세련된 이름이었어요. 엠으로 시작하는. 이국적인 발음의 이름이었어요."

"괜찮아. 나중에 생각날지도 모르지. 만약 생각나면 나한테 연락해 주면 좋겠구나. 여기 주소가 적힌 명함을 한 장 주마. 생각나거든 그 주소로 연락해."

레이스는 베티에게 명함과 법정지폐(1파운드 또는 10실링의 가치를 갖는 지폐 — 옮긴이) 한 장을 건넸다.

베티가 계단을 달려 내려가며 속으로 중얼거렸다.

'진짜 신사야. 동전 10실링이 아니라 1파운드짜리 지폐를 주시다니. 요새도 1파운드짜리 금화가 만들어진다면 더 좋았을 텐데…….'

메리 리스 탤벗이 방에 들어오자마자 물었다.

"그래서, 뭐 건졌어요?"

"예, 하지만 넘어야 할 산이 하나 더 있소. 그 비상한 머리로 나를 좀 도와주겠소? 혹시 체리잼을 생각나게 하는 이름으로 떠오르는 것이 있소?"

"듣도 보도 못 한 질문이네요."

"머리를 굴려 보시오, 메리. 나는 가정적인 남자가 아니잖소. 잼 만드는 과정을 떠올려 봐요. 특히 체리잼."

"체리잼은 보통 잘 만들지 않아요."

"왜죠?"

"너무 달게 되거든요. 요리용 체리를 쓰지 않는 한은요. 모렐로 체리 말이에요."

레이스는 탄성을 질렀다.

"그거야, 그게 틀림없어. 잘 있어요, 메리. 이루 말할 수 없이 고맙소. 종을 울려서 아까 그 아이를 현관까지 배웅 나오게 해도 괜찮겠소?"

서둘러 방을 나서는 레이스의 등에 대고 리스 탤벗 부인이 외쳤다.

"이런 배은망덕한 양반을 봤나! 무슨 일인지 이야기 안 해 줄 거예요?"

"나중에 다 말해 주리다."

"잘도 그러겠네."

리스 탤벗 부인이 중얼거렸다.

베티가 레이스의 모자와 지팡이를 들고 아래층에서 기다리고 있었다.

레이스는 베티에게 고맙다고 인사하면서 나가다가 현관 앞에 멈춰 서서 물었다.

"혹시 그 이름이 모렐리 아니었니?"

베티의 표정이 밝아졌다.

"맞아요, 대령님. 그거예요. 브라운 씨가 잊어버리라고 한 이름이 토니 모렐리였어요. 그리고 감옥에 갔다 왔다는 이야기도 했어요."

레이스는 만면에 웃음을 띠고서 현관 계단을 내려갔다.

그리고 가장 가까운 공중전화 부스로 가서 켐프에게 전화를 걸었다.

두 사람은 짧지만 만족스러운 통화를 했다.

"즉시 전보를 보내겠습니다. 답신이 오면 곧 확인이 될 겁니다. 대령님이 생각하시는 게 맞다면 크게 한시름 놓을 텐데 말이죠."

"내 추측이 맞는 것 같소. 모든 게 딱 들어맞는다니까."

8장

켐프 경감은 기분이 저조했다.

겁먹은 토끼처럼 벌벌 떨고 있는 열여섯 살 소년을 장장 30분째 면담하고 있었던 것이다. 삼촌인 찰리의 대단한 지위 덕에 룩셈부르크에 웨이터로 들어가 레스토랑이 요구하는 수준의 웨이터가 되기 위해 애쓰고 있는 이 소년은, 아직까지는 상급 웨이터들과 구별하기 위해 허리에 앞치마를 둘러야 하는 여섯 명의 수련생 중 하나였다. 수련생의 의무에는 모든 잘못에 책임을 지고 혼나는 것은 물론 각종 허드렛일을 비롯하여 쉴 새 없이 롤빵과 버터 제공하기, 끊임없이 프랑스어와 이탈리아어, 때때로 영어로 욕을 들어 먹는 것까지 전부 포함됐다. 찰스는 친척이라고 봐주는 것 없이 오히려 다른 수련생들보다 열 배는 더 심하게 조카를 혼냈다. 그래도 피에르는 기죽지 않고 언젠가는 자신도 세련된 고급 레스토랑의 수석 웨이터가 되리라는 벅찬 꿈에 부풀어 있었다.
 그러나 지금 현재 피에르는 경찰이 자신의 이력을 철저히 검증하고 있으며 자신이 다른 것도 아닌 살인 용의자로 조사를 받고 있음을 잘 알고 있었다.
 피에르를 거의 뒤집어서 탈탈 털어 보다시피한 켐프는 그가 자기가 했다고 한 짓, 즉 아가씨의 핸드백을 바닥에서 주워 그녀의 자리에 올려놓은 것 이상도 이하도 하지 않았다는 것을, 속으로 짜증을 내면서도 인정하지 않을 수 없었다.
 "무슈 로버트가 시키신 대로 소스를 내가고 있었는데, 이미 재촉하고 계셨기 때문에 서둘러야 했어요. 그런데 그 아가씨가 춤추러 나가면서 핸드백을 테이블에서 떨어뜨리신 거예요. 그래서 제가 주워서 테이블 위에 올려놓았고, 무슈 로버트가 저쪽에서 계속 손짓을 하셔서 얼른 그리로 갔어요. 그게 다입니다, 무슈."
 정말로 그게 다였다. 켐프는 "다음에 또 그런 짓을 해서 골치 아프게 했다간 혼날 줄 알아라." 하고 한마디하고 싶은 걸 꾹 참고 피에르를 보내 줬다.
 그때 폴록 경사가 들어오더니, 어떤 아가씨가 켐프 경감을, 정확히 말하면 룩셈부르크 사건 담당자를 찾고 있다고 알렸다.
 "누군데?"
 "클로이 웨스트 양이랍니다."
 "그럼 한번 만나 보도록 하지."
 켐프가 체념한 듯 말했다.

"10분 정도는 할애할 수 있으니까. 그다음에는 패러데이 씨와 면담이 있거든. 에라, 그 친구, 좀 기다리게 하지 뭐. 기다리면서 식은 땀 좀 흘리게."

켐프는 클로이 웨스트 양이 방에 들어오는 순간 '저 여자 분명 어디서 본 적이 있는데.' 하는 생각이 번쩍 들었다. 그러나 잠시 후 생각을 바꿨다. 다시 보니, 한 번도 본 적이 없는 얼굴이었다. 그래도 왠지 낯이 익은 얼굴이라는 느낌은 찝찝하게도 계속 남아 있었다.

웨스트 양은 키가 크고 머리는 갈색에 얼굴이 예쁘장한, 스물다섯 살쯤 돼 보이는 아가씨였다. 말투에 신경을 쓰는 듯 소심한 목소리로 말을 했고, 몹시 불안해하고 있었다.

켐프가 사무적으로 말했다.

"그래, 웨스트 양, 뭘 도와 드릴까요?"

"룩셈부르크 사건을 신문에서 봤어요……. 거기서 죽었다는 남자."

"조지 바턴 씨요? 그 사람이 왜요? 아는 사이인가요?"

"아뇨, 그런 건 아니에요. 그러니까, 아는 사이는 아니었다고요."

켐프는 웨스트 양을 찬찬히 들여다보다가 조금 전에 받은 첫인상을 깨끗이 지워 버렸다.

클로이 웨스트는 굉장히 품위 있고 정숙한 여자로 보였다. 켐프는 친절한 목소리로 물었다.

"먼저 신원을 파악해야 하니, 정확한 이름과 주소를 말씀해 주시겠습니까?"

"클로이 엘리자베스 웨스트. 메이다 베일의 메리베일 코트 15번지에 살아요. 배우이고요."

 켐프는 곁눈질로 웨스트 양을 다시 흘끔 보고, 그녀가 진짜 배우가 맞다는 결론을 내렸다. 레퍼토리 극장(한 상영물을 장기간 계속하는 대신 전속 극단이 여러 가지 극을 번갈아 상연하는 극장 ― 옮긴이)의 배우일 거라고 켐프는 추측했다. 예쁘장한 얼굴에도 불구하고 상당히 진지한 배우 같았다.

 "계속하시죠, 웨스트 양."
 "바턴 씨의 사망 소식을 읽고 경찰이 조사 중이라는 이야기를 들었을 때, 찾아와서 꼭 말씀드려야겠다는 생각이 들었어요. 친구한테 이야기했더니 친구도 그러는 게 좋겠다더군요. 어쩌면 아무 상관 없는 일일지도 모르지만……."

 웨스트 양이 말끝을 흐렸다.
 "그건 우리가 판단하겠습니다."
 켐프가 서글서글하게 대꾸했다.
 "일단 이야기해 보십쇼."
 "저는 지금 현재는 무대에 안 서고 있어요."
 웨스트 양이 운을 뗐다.
 켐프 경감은 '쉬고 있다.'고 해야 맞지 않느냐고 끼어들려다가 꾹 참았다.
 "그래도 제 이름은 배우 명단에 올라 있고《스포트라이트》에 제 사진도 실려 있어요. 아마 바턴 씨도 그 잡지에서 저를 보신 것 같아요. 저한테 연락을 해서 뭘 좀 해 달라고 부탁을 했거든요."

"그게 뭐였죠?"

"룩셈부르크에서 디너 파티를 여는데 깜짝쇼를 하고 싶다고 했어요. 사진 한 장을 보여 주면서, 그 사람과 똑같이 화장을 하고 와 달라더군요. 제 머리카락 색깔이며 피부색이 그 사람과 거의 똑같다면서요."

그 순간 켐프의 머릿속에 어떤 생각이 번쩍 떠올랐다. 엘바스턴 스퀘어의 조지의 방 책상 위에서 본 로즈메리의 사진. 웨스트 양이 낯이 익었던 건 바로 그 사진 때문이었다. 웨스트 양은 정말로 로즈메리 바턴과 많이 닮은 얼굴이었다. 꼭 닮았다고는 할 수 없지만 체형이나 이목구비가 놀랍도록 비슷했다.

"드레스까지 직접 준비했더라고요. 제가 여기 가져왔어요. 회색빛이 나는 초록색 실크 드레스예요. 머리를 사진 속 여자와 똑같이 하고 다른 부분은 화장으로 커버하라고 했어요. 사진이 컬러사진이었거든요. 그렇게 하고 룩셈부르크에 와서 첫 번째 플로어 쇼가 진행되는 도중에 들어와 바턴 씨 테이블의 빈자리에 앉으라고요. 바턴 씨는 먼저 저를 룩셈부르크에 데려가 점심을 사 주시면서 어느 테이블인지 미리 보여 주기까지 했어요."

"그런데 왜 약속을 안 지켰죠, 웨스트 양?"

"왜냐하면 그날 저녁 8시쯤에 누군가…… 바턴 씨가 전화를 걸어서 파티가 취소됐다고 했거든요. 언제 다시 할지는 다음 날에 전화로 알려 주겠다고 했어요. 그런데 다음 날 아침, 신문에 사망 기사가 난 거예요."

"그 기사를 보고 현명하게도 경찰서로 와 주셨군요."

켐프가 친절한 어조로 말했다.

"대단히 감사드립니다, 웨스트 양. 덕분에 수수께끼 하나가 풀렸어요……. 빈자리의 수수께끼요. 그건 그렇고, 방금 '누군가'라고 했다가 다시 '바턴 씨'라고 하셨는데, 왜 그러셨죠?"

"처음에는 바턴 씨가 아닌 줄 알았거든요. 목소리가 달라서요."

"남자 목소리였습니까?"

"예, 맞아요. 최소한 제가 듣기에는 그랬어요……. 근데 감기에 걸린 것처럼 쉰 목소리였어요."

"그 남자가 말한 게 그게 답니까?"

"예."

켐프는 몇 가지 질문을 더 했지만, 더 알아낸 것은 없었다.

마침내 웨스트 양이 돌아가자 켐프가 경사에게 말했다.

"조지 바턴의 대단한 '계획'이라는 게 그거였군. 조지가 쇼가 끝나고 나서 왜 그렇게 이상한 표정으로 빈자리를 쳐다봤는지 이제야 알겠어. 그렇게 고대하던 계획이 틀어진 걸 깨달았던 거야."

"취소한 사람이 조지 바턴이 아니라고 보시는 겁니까?"

"조지 바턴일 리가 없어. 그리고 남자 목소리였는지도 의심스럽고. 전화에 대고 쉰 목소리로 말하면 누구든 감쪽같이 속일 수 있지. 일이 좀 풀리기 시작하는군. 패러데이 씨가 도착했으면 들여보내게."

9장

I

 런던 경찰청에 들어서는 스티븐 패러데이는 겉으로는 태연하고 침착해 보였지만 속으로는 온갖 복잡한 상념으로 동요하고 있었다. 감당하기 힘든 무거운 짐이 정신을 짓눌렀다. 아침까지만 해도 모든 일이 잘 풀리는 것 같았었다. 켐프 경감은 왜 그런 은근한 어조로 꼭 경찰서로 오라고 한 걸까? 뭘 알고 있는 걸까? 아니면 뭘 의심하는 걸까? 막연한 의심에 불과할 수도 있다. 침착한 태도로 아무 것도 인정하지 않는 게 가장 좋은 대책이었다.
 스티븐은 샌드라가 없으니 이상하게 외롭고 버려진 기분이 들었다. 두 사람이 함께 위기를 마주하면 두려움이 반감되는 것 같았다. 함께 있으면 힘과 용기가 솟았다. 그러나 스티븐은 혼자 있으면 아무것도 아니었다. 아니, 그보다도 못했다. 샌드라도 같은 기분일까? 지금 샌드라는 키더민스터 저택에서 혼자 조용히 앉아 허전함과 불안함을 삭이고 있을까?

켐프 경감은 친절하지만 다소 심각한 얼굴로 스티븐 패러데이를 맞았다. 제복 경찰관 한 명이 연필과 메모지를 앞에 놓고 앉아 있었다. 켐프는 스티븐에게 앉으라고 권한 다음 사무적인 목소리로 운을 뗐다.

"패러데이 씨에게서 직접 진술을 받아야겠습니다. 진술은 받아 적을 것이고, 나중에 직접 읽고 서명해 주셔야 합니다. 그러나 패러데이 씨는 진술을 거부할 수 있으며 원한다면 변호사를 대동할 권리가 있음을 미리 말씀드립니다."

스티븐은 깜짝 놀랐지만 겉으로는 아무렇지 않은 척, 냉담한 웃음을 지으며 말했다.

"무시무시하게 들리는데요, 경감님."

"확실하게 해 두고 싶어서 그러는 겁니다, 패러데이 씨."

"내가 하는 말이 법정에서 불리하게 이용될 수도 있다, 그겁니까?"

"저희는 '불리하게'라는 말을 사용하지 않습니다. 증거로 사용될 수 있다고 하죠."

그러자 스티븐이 조용히 대꾸했다.

"잘 알겠습니다. 그런데 무엇 때문에 따로 진술을 받아야겠다는 거지요? 오늘 아침에 이미 할 이야기는 다 했잖습니까."

"그건 비공식적인 조사로, 수사의 방향을 잡기 위해 사전에 면담한 것이었습니다. 그게 아니더라도, 저와 따로 하고 싶은 이야기가 있을 텐데요. 사건에 직접적인 연관이 없는 부분은, 정의 구현이 허락하는 한 최대한 비밀리에 다루겠습니다. 제가 무슨 말을 하려는지 아실 거라고 믿습니다."

"미안하지만 모르겠는데요."

켐프 경감이 한숨을 쉬었다.

"이겁니다. 패러데이 씨는 돌아가신 로즈메리 바턴 부인과 친밀한 관계였던 걸로……."

스티븐 패러데이가 말을 탁 자르고 끼어들었다.

"누가 그럽디까?"

켐프는 상체를 숙여 책상 서랍에서 타자기로 친 문서를 꺼냈다.

"이건 죽은 바턴 부인의 유품 중에서 발견된 편지의 복사본입니다. 원본도 따로 보관돼 있습니다. 언니의 필체를 알아본 아이리스 말 양이 가지고 왔죠."

스티븐은 편지를 읽어 보았다.

나의 사랑하는 표범……

순간 메스꺼움이 치밀었다. 로즈메리의 목소리…… 사정하고 매달리는 목소리……. 과거는 죽지 않는 것일까? 그대로 묻혀 있기를 거부하는 걸까?

스티븐은 정신을 차리고 켐프를 똑바로 바라보았다.

"편지를 쓴 이가 바턴 부인이라는 추측은 맞을지 몰라도, 나한테 쓴 거라는 증거는 없습니다."

"얼스 코트의 맬런드 맨션 21호의 방세를 지불한 사실을 부인하시는 겁니까?"

다 알고 있다는 이야기로군! 스티븐은 경찰이 처음부터 알고 있었을지 궁금해졌다.

그러나 겉으로는 어깨를 으쓱하며 무심히 대꾸했다.

"말하지 않아도 벌써 다 알고 계신 것 같은데요. 내 사적인 인간관계가 어째서 도마에 올라야 하는지 여쭈어도 되겠습니까?"

"조지 바턴의 죽음과 관계가 없으면, 도마에 오를 일은 없을 겁니다."

"그렇군요. 내가 바턴 부인과 바람을 피웠고 그것 때문에 바턴 씨를 죽였다고 말하고 싶은 거지요."

"진정하십쇼, 패러데이 씨. 단도직입적으로 이야기하겠습니다. 패러데이 씨와 바턴 부인은 아주 가까운 사이였습니다. 그런데 바턴 부인이 아니라 패러데이 씨의 뜻으로 두 분은 헤어졌습니다. 편지에서도 알 수 있듯이 바턴 부인은 문제를 일으키겠다고 협박하고 있습니다. 그리고 아주 편리하게도 곧 사망하죠."

"그건 자살이었습니다. 나한테 책임이 아주 없다고는 못 하겠습니다. 나도 자책감이 듭니다. 그렇지만 법적으로 처벌받을 짓은 하지 않았습니다."

"자살이었을 수도 있고 아닐 수도 있지요. 조지 바턴은 자살이 아니라고 믿었습니다. 그래서 조사를 시작했는데…… 얼마 후 죽었습니다. 상당히 의심이 가는 상황이죠."

"뭐가 의심스럽다는 건지 원…… 그래, 한번 설명해 보시죠."

"바턴 부인이 패러데이 씨 입장에서 상당히 편리한 타이밍에 죽었다는 건 인정하시지요? 패러데이 씨 같은 정치인에게 추문은 치명적이었을 테니까요."

"추문 따위는 일어나지 않았을 겁니다. 바턴 부인이 결국은 정신 차리고 현실을 받아들였을 테니까요."

"잘도 그랬겠습니다! 부인이 이 일에 대해 알고 계십니까, 패러데이 씨?"

"당연히 모르지요."

"확실합니까?"

"예. 샌드라는 나와 바턴 부인 사이에 우정 이상의 감정이 있었다는 걸 전혀 모르고 있습니다. 그리고 앞으로도 모르기를 바라고요."

"부인께서는 질투심이 강한 사람입니까, 패러데이 씨?"

"전혀요. 한 번도 질투심을 내보인 적이 없습니다. 그러기에는 너무 냉철한 여자죠."

경감은 그 말에는 아무 대꾸도 않고 대신 이렇게 물었다.

"지난 1년 사이, 청산가리를 손에 넣은 적이 있습니까, 패러데이 씨?"

"아니요."

"그래도 시골 별장에는 가지고 계시겠지요?"

"정원사가 가지고 있을지도 모릅니다. 나는 모르는 일이죠."

"약국에서 구입하거나 아니면 사진 인화용으로도 구입한 적이 없습니까?"

"나는 사진에 대해 아무것도 모릅니다. 그리고 다시 한 번 말하는데, 청산가리를 구입한 적이 없습니다."

켐프는 조금 더 심문을 하다가 마침내 포기하고 스티븐 패러데이를 돌려보냈다.

켐프는 옆에 있던 경관에게 조용히 말했다.

"아내가 외도에 대해 전혀 모른다고 성급하게 잡아뗐어. 왜 그랬을까?"

"부인이 알게 될까 봐 겁이 났나 보죠."

"그럴지도 모르지. 하지만 아내가 모르고 있다고 말하면, 그래서 아내가 뒤늦게 알고 화낼 것을 두려워하는 입장이라면, 자신에게 로즈메리 바턴을 제거할 동기가 생긴다는 걸 그 양반이 모를 리가 없는데 말이야. 체면을 살리려면, 아내가 외도를 알고 있었지만 눈감아 줬다고 대답했어야지."

"거기까지 생각을 못 했나 보죠, 뭐."

그러나 켐프는 고개를 설레설레 저었다. 스테븐 패러데이는 바보가 아니었다. 명석한 두뇌를 가진 사람이었다. 그런 사람이 샌드라가 아무것도 모르고 있다는 걸 지나치게 강조한 것이 수상했다.

"레이스 대령님이 그동안 알아낸 단서에 희망을 걸고 계신 듯하니, 그 단서가 잘만 풀리면 패러데이 부부는 둘 다 용의선상에서 제외되겠지. 그렇게 된다면 나도 한시름 놓겠군. 나는 패러데이, 이 양반이 꽤나 마음에 들거든. 개인적인 의견을 말하자면, 나는 패러데이가 살인자가 아니라고 봐."

II

거실 문을 열고 들어가면서 스티븐이 아내를 불렀다.
"샌드라?"
어둠 속에서 걸어 나온 샌드라가 갑자기 스티븐을 끌어안으며 두 손으로 그의 어깨를 꽉 움켜잡았다.
"스티븐?"
"왜 캄캄한데 그러고 있어요?"
"빛을 견딜 수가 없었어요. 어떻게 됐는지 말해 줘요."
"다 알고 있더군."
"로즈메리와의 일에 대해서요?"
"그래요."
"뭐라고 하던가요?"
"물론 나한테 살해 동기가 있다고 생각하지……. 아, 여보, 내가 당신을 이런 일에 끌어들이다니. 다 내 잘못이에요. 로즈메리가 죽은 후 내가 바로 도망가 버렸더라면…… 아주 멀리……. 당신을 자유롭게 해 줬더라면…… 그랬다면 적어도 당신은 이런 끔찍한 일에 말려들지 않았을 텐데."
"아뇨, 그런 말은 하지 말아요……. 날 떠나지 말아요……. 절대로 내 곁을 떠나면 안 돼요."

샌드라는 눈물을 뚝뚝 흘리며 스티븐에게 매달렸다. 몸이 부들부들 떨리는 것이 스티븐에게도 그대로 전해졌다.

"당신은 내 전부예요, 스티븐. 날 버리면 안 돼요."

"나를 그토록 사랑하는 거예요, 샌드라? 상상도 못 했어……."

"숨기고 싶었어요. 하지만 이제는……."

"알아요……. 우리는 함께야, 샌드라……. 그러니 이 일도 함께 맞서는 거예요……. 어떤 일이 닥치건, 함께!"

두 사람은 어둠 속에서 그렇게 부둥켜 안고서 서서히 힘을 찾아갔다.

샌드라가 단호하게 말했다.

"이 일이 우리를 파탄 내도록 내버려 두지 않겠어요! 절대로. 절대로!"

10장

앤터니 브라운은 호텔 사환이 내민 명함을 내려다보았다.

그는 잠시 얼굴을 찌푸리고 가만히 있다가, 어깨를 으쓱하면서 사환에게 말했다.

"좋아, 올라오시라고 해."

레이스 대령이 방에 들어왔을 때, 앤터니는 창가에서 어깨에 비스듬히 떨어지는 햇살을 받으며 서 있었다.

앤터니는, 머리카락은 철회색이고 짙게 그을린 얼굴에 자글자글 주름이 진, 군인처럼 당당한 포즈로 서 있는 상대방을 가만히 바라보았다. 분명 전에 본 적이 있는 사람이었다. 최근 몇 년간은 마주친 적이 없었지만, 그럼에도 앤터니가 꽤 잘 알고 있는 사람이었다.

레이스는 앤터니의 거무스름한 피부, 품위 있는 태도와 잘생긴 두상을 가만히 관찰했다. 앤터니가 듣기 좋게 나른한 목소리로 말했다.

"레이스 대령님이시죠? 조지 바턴의 친구셨지요. 바턴이 어젯밤에 대령님 이야기를 하더군요. 들어와서 담배 한 대 태우시죠."

"고맙소. 그럽시다."

앤터니가 성냥을 내밀며 말했다.

"대령님이 끝내 나타나지 않은 깜짝 손님이었군요. 안 오신 게 잘하신 겁니다."

"잘못 짚었소. 그 빈자리는 나를 위한 자리가 아니었소."

앤터니는 눈썹을 치켜 올리며 물었다.

"정말입니까? 바턴이……."

레이스가 말을 잘랐다.

"조지 바턴이 말은 그렇게 했겠지. 하지만 조지의 계획은 전혀 다른 것이었소. 브라운 씨, 그 빈자리는 조명이 꺼진 사이에 클로이 웨스트라는 여배우가 와서 앉기로 돼 있었소."

앤터니는 멍한 표정으로 대령을 쳐다봤다.

"클로이 웨스트요? 못 들어 봤는데. 그게 누구죠?"

"생김새가 로즈메리 바턴과 상당히 닮은 무명 배우요."

앤터니는 휘파람을 불었다.

"이제 알겠군요."

"조지는 웨스트 양에게 로즈메리의 사진을 주면서 머리 스타일을 똑같이 하고 오라고 했고, 그녀가 죽은 날 밤에 입고 있었던 드레스까지 입으라고 줬소."

"그래, 조지의 계획이란 게 그거였군요? 불이 켜지면…… 짠, 귀신을 보고 놀라는 손님들! 로즈메리가 돌아왔다. 범인이 죄책감에 못 이겨 외친다. '그래요, 그래요, 내가 죽였어요.'라고."

앤터니는 잠시 입을 다물었다가 덧붙였다.

"시시한 계획이군요. 아무리 바보 같은 조지의 머리에서 나온 거라 해도 말입니다."

"무슨 뜻인지 모르겠소만."

앤터니는 씩 웃으며 이야기했다.

"시치미 떼지 마십쇼, 대령님. 산전수전 다 겪어 본 살인자가 신경질적인 여학생처럼 굴 리가 없잖습니까. 누군가 로즈메리를 독살하고 똑같이 청산가리로 조지 바턴을 살해하려고 했다면, 그 정도 일에는 눈 하나 깜짝 안 할 배짱이 있는 사람이겠죠. 로즈메리로 분장한 배우를 보고 식겁해서 자백할 사람은 아니라는 겁니다."

"맥베스를 떠올려 보시오. 그렇게 대담한 범죄자도 연회에서 뱅쿼의 유령을 보고 무너져 버렸지."

"아, 하지만 맥베스가 본 건 진짜 유령이었잖습니까! 뱅쿼로 분장한 삼류 배우가 아니고 말입니다! 예, 진짜 유령이라면 물론 이 세상 사람과는 다른 으스스한 분위기를 풍기겠죠. 솔직히 유령의 존재를 믿는다고 인정할 수도 있습니다. 6개월 전부터 믿어 온걸요. 특히 한 사람의 유령을."

"그렇습니까? 그게 누구의 유령인데요?"

"로즈메리 바턴의 유령입니다. 웃으셔도 좋습니다. 직접 본 건 아니니까요……. 하지만 그 존재를 분명히 느꼈습니다. 무슨 이유에서 인지 불쌍한 로즈메리는 이 세상을 떠나지 못하고 있어요."

"이유라면 나도 하나 댈 수 있소만."

"살해당했기 때문에요?"

"다른 표현을 쓰면, 제거당했기 때문이오. 어떻게 생각하시오, 토니 모렐리 씨?"

침묵이 내려앉았다. 앤터니는 털썩 앉더니 피우던 담배를 벽난로에 던져 버리고 또 한 대를 꺼내 불을 붙였다.

그리고 천천히 입을 열었다.

"어떻게 아셨죠?"

"본인이 토니 모렐리임을 인정하는 거요?"

"부인하느라 시간 낭비할 이유가 없죠. 보아하니 미국에 전보를 쳐 정보를 다 알아내신 것 같은데."

"로즈메리 바턴이 정체를 알아냈을 때 입을 다물지 않으면 제거하겠다고 협박한 것도 부인 못 하겠지."

"최대한 겁을 줘서 입을 다물게 만들려고 했지요."

토니가 시원스럽게 인정했다.

레이스 대령은 이상한 직감이 들었다. 대화가 예상치 않은 방향으로 흘러가고 있었다. 레이스는 의자에 느긋하게 앉아 있는 젊은이를 가만히 바라보았다……. 보고 있으려니 왠지 모를 친숙한 느낌이 들었다.

"당신에 대해 아는 점들을 말해 볼까, 모렐리 씨?"

"재미있겠는데, 한번 해 보시죠."

"당신은 에릭슨 비행기 제조공장에서 저지른 사보타주 행위로 미국에서 유죄 판결을 받고 징역형을 받았지. 복역 후에 감쪽같이 감시망에서 사라졌고. 그러다 갑자기 런던에 나타나 클라리지스 호텔에 묵으면서 앤터니 브라운이라는 사람 행세를 했소. 거기서 듀스베리 경에게 접근해 친해진 다음 그를 통해 군수업계의 거물들을 소개받았고. 그러고는 듀스베리 경의 저택에 묵으면서 경의 손님이라는 위치를 이용해 보통 사람들 같으면 절대 볼 수 없는 것들을 목격한 거요! 당신이 여기저기 주요 연구 시설이나 공장에 방문할 때마다 연달아 원인을 알 수 없는 사고가 일어나고 대형 참사가 날 뻔한 건 설명할 수 없는 우연의 일치라고 봐야겠지."

"우연이란 참으로 알 수 없는 것이죠."

"당신은 오랫동안 잠적한 끝에 런던에 다시 모습을 드러내고 아이리스 말 양에게 접근했는데, 그러면서도 그 집에 방문하는 일만큼은 어떤 핑계를 대서라도 피했소. 말 양의 가족에게 두 사람의 관계를 숨기기 위해서였지. 그리고 마침내 말 양에게 비밀리에 결혼하자고 설득까지 했고."

"그걸 알아낸 경위가 참 수상한데요. 군수 업체 이야기 말고 로즈메리를 협박한 것, 그리고 아이리스와 단둘이 있을 때 한 청혼도요. 설마 MI5가 그런 정보들까지 취급하는 건 아니겠지요?"

레이스가 앤터니를 날카롭게 쳐다보았다.

"당신, 해명해야 할 게 많소, 모렐리."

"그 반대입니다. 물론 대령님이 말씀하신 것들은 다 맞습니다만, 그게 어쨌다고요? 선고받은 형기는 다 채웠고, 흥미로운 친구들을 많이 사귄 것도 맞습니다. 아주 매력적인 아가씨와 사랑에 빠졌고, 그러니 되도록 빨리 결혼하려고 안달하는 것도 당연하지요."

"말 양의 가족이 당신이 어떤 사람인지 알 틈도 주지 않고 결혼하자고 재촉할 만큼 안달이 났나 보군. 아이리스 말은 돈이 아주 많은 아가씨니까."

앤터니가 고개를 끄덕였다.

"압니다. 돈이 걸려 있으면 가족들은 더 까다로워지기 마련이죠. 근데 아이리스는 제 어두운 과거를 모르거든요. 솔직히 앞으로도 계속 몰랐으면 좋겠고요."

"미안하지만 아이리스 양도 곧 알게 될 거요."

"하는 수 없지요."

"당신, 정말 무슨 이야기인지 못 알아듣는 건……."

앤터니가 웃음을 터뜨리며 끼어들었다.

"하! 저도 그 정도는 짐작할 수 있습니다. 로즈메리 바턴이 제 과거를 알고 있어서 제가 그 여자를 죽여 버렸다. 조지 바턴이 저를 의심하기 시작하자 그 남자도 죽였다! 그리고 이제는 아이리스가 받은 유산을 노리고 있다! 전부 그럴듯한 이야기고 딱 맞아떨어지기도 하지요. 하지만 증거는 하나도 없습니다."

레이스는 한참 동안 앤터니를 주의 깊게 살폈다. 그러더니 벌떡 일어섰다.

"내가 말한 것들은 다 진실이오. 그런데 동시에 거짓이기도 하지."

앤터니는 경계하는 눈초리로 레이스를 바라보았다.

"뭐가 거짓이라는 거죠?"

"당신이 거짓이오."

레이스는 방 안을 천천히 오가며 설명하기 시작했다.

"당신을 직접 보기 전까지는 다 말이 되는 것 같았지. 근데 당신을 보고 나서 더 이상 이야기가 들어맞지 않는 걸 알았소. 당신은 악당이 아니야. 악당이 아니라면, '우리' 같은 사람이라는 말이 되지. 내 말이 틀렸소?"

말없이 레이스를 보고 있던 앤터니의 얼굴에 천천히 미소가 번졌다. 앤터니는 낮게 '흠' 하고 소리를 냈다.

"'대령의 부인과 주디 오그레이디는 한 꺼풀 벗기면 자매'(러디어드 키플링의 시 「The Ladies」에 나오는 구절 — 옮긴이)라는 건가요. 참 재미있죠. 아무 말도 안 했는데 끼리끼리 알아본다는 게. 대령님을 피한 이유가 바로 그거였습니다. 보자마자 정체를 파악하실까 봐 염려했던 거죠. 그때는 아무도 모르도록 하는 것이 무척 중요했거든요. 어제까지만 해도 그랬죠. 그런데 다행히도 일이 터져 버렸습니다! 전 세계를 돌아다니며 사보타주 행각을 벌이는 조직을 일망타진했어요. 제가 이 임무에 투입된 지 3년이 됐습니다. 그동안 특정 모임에 자주 얼굴을 보이고 노동자들을 선동하면서 이름을 알려야 했어요. 그러다가 마침내 조직에서 중대한 사보타주 임무를 맡겼고, 그 일로 징역형을 받았죠. 진짜처럼 보이려면 사보타주도 감옥살이도 진짜여야 했어요.

 형기를 마치고 나오니 일이 본격적으로 진행되기 시작했지요. 저는 조금씩 깊숙이 조직에 침투했습니다. 중앙 유럽에 거점을 두고 국제적으로 활동하는 거대 사보타주 조직이었죠. 제가 런던에 건너와서 클라리지스에 투숙한 것도 그쪽 조직원의 자격으로였습니다. 듀스베리 경과 친해지라는 명령을 받았거든요. 그게 저에게 주어진 역할이었습니다. 사교계의 바람둥이! 그 바람둥이 역할을 하면서 알게 된 여자가 로즈메리 바턴입니다. 그런데 공교롭게도 제가 미국인 토니 모렐리라는 것을 로즈메리가 알고 있었던 겁니다. 저는 로즈메리한테 무슨 일이 생길까 봐 두려웠어요. 그 당시 제가 어울렸던 사람들이 뭔가 수상한 냄새를 맡았다면 지체 없이 로즈메리를 없앴을 겁니다. 어떻게든 겁을 줘서 입을 다물게 만들려고 했지만, 솔직히 그게 먹히리라고 기대하지는 않았습니다. 로즈메리는 천성적으로 그런 일에 분별력이 없었어요. 피하는 게 상책이라는 결론을 내렸죠. 그런데 그때 계단을 내려오는 아이리스를 본 거예요. 그 순간, 이번 일이 끝나면 반드시 돌아와서 아이리스와 결혼하겠다고 마음먹었죠.

 일의 중요한 부분이 대충 끝나자 저는 다시 물 위로 떠올라 아이리스에게 접근했지만, 그녀의 가족은 피했습니다. 저에 대해 알려고 할 게 뻔한데, 당분간은 위장 신분을 유지해야 했으니까요. 그런데 얼마 안 있어 아이리스가 걱정되기 시작했어요. 얼굴도 창백하고 큰 걱정거리가 있는 것 같았거든요. 게다가 조지 바턴도 이상하게 굴기 시작했고 말이죠. 저는 아이리스에게 아무도 모르게 나랑 결혼하자고 했습니다. 아이리스는 거절했죠. 옳은 결정이었는지도 몰라요. 그런데 어느새 저도 모르게 이 망할 놈의 파티에 말려든 겁니다. 그날 레스토랑 테이블에 앉고 나서야 조지는 대령님이 오시기로 돼 있다고 이야기하더군요. 그래서 얼른 아는 사람을 봤다고, 일찍 자리를 떠야 할지도 모른다고 둘러댔지요. 그런데 실제로 미국에서 알게 된 사람을 보긴 봤습니다. 멍키 콜먼이라고 불리는 자입니다. 그자는 저를 몰라보는 것 같더군요. 어쨌든 대령님과 마주치는 일만은 피하고 싶었습니다. 아직 임무가 안 끝난 상태였거든요.

그다음 일은 대령님도 아실 겁니다. 조지가 죽었지요. 저는 조지의 죽음이나 로즈메리의 죽음과 아무 관련이 없습니다. 두 사람을 누가 죽였는지도 모르고요."

"짚히는 데도 없소?"

"웨이터 아니면 테이블에 같이 앉은 다섯 사람 중 하나겠지요. 웨이터는 아닌 것 같습니다. 저는 아니고, 아이리스도 아닙니다. 샌드라 패러데이나 스티븐 패러데이일 수도 있겠네요. 아니면 둘이 같이 했거나. 하지만 제가 보기에 가장 그럴듯한 범인은 루스 레싱입니다."

"근거 있는 추측이오?"

"아니요. 그냥 가장 그럴듯한 사람으로 보여서요. 그런데 어떻게 했는지 도저히 감이 안 잡힌다는 겁니다! 두 번의 파티에서 루스는 샴페인 잔에 뭘 집어넣는 게 불가능한 위치에 앉아 있었거든요. 어젯밤 일을 아무리 다시 떠올려 봐도 누군가 조지의 잔에 독을 넣는 건 불가능해 보이는데, 그럼에도 불구하고 조지는 독살당했단 말이죠!"

앤터니는 말을 잠시 멈췄다.

"마음에 걸리는 게 또 하나 있습니다. 애당초 조지가 이런 일을 하게 만든 그 익명의 편지들을 누가 썼는지 알아내셨습니까?"

레이스는 고개를 저었다.

"아니요. 알아낸 줄 알았는데…… 내가 잘못 짚었더군."

"한 가지 주목할 점은, 로즈메리가 살해당했다는 것을 아는 사람이 아직 어딘가에 있다는 거예요. 정신 차리지 않으면 그 사람이 다음 희생자가 될지도 모릅니다!"

11장

 앤터니는 전화 한 통으로 루실라 드레이크가 친구와 차를 마시러 5시에 집에서 나갈 예정이라는 것을 알아냈다. 혹시나 생길지 모르는 지연에 대비해, 즉, 지갑을 놓고 나가서 돌아온다거나, 만일의 경우를 위해 우산을 가져가려고 돌아온다거나, 혹은 나가다 말고 현관 앞에서 수다를 떠는 등의 경우에 대비해, 앤터니는 정확히 5시 25분에 엘바스턴 스퀘어에 도착하도록 타이밍을 맞췄다. 앤터니가 만나려는 사람은 아이리스지, 아이리스의 고모가 아니었다. 일단 루실라와 마주치면 언제 아이리스와 한마디라도 나누게 될지 알 수 없었다.
 베티 아치데일처럼 건방진 태도는 조금도 찾아볼 수 없는 얌전한 하녀가 앤터니를 맞으며, 아이리스 양이 방금 집에 들어와 서재에 계시다고 전했다.

앤터니는 미소 띤 얼굴로 "안내할 것 없어요. 내가 알아서 들어가지." 하고는, 재빨리 집 안으로 들어가 서재로 갔다.

앤터니가 들어가자 아이리스는 깜짝 놀라며 휙 돌아섰다.

"아, 당신이군요."

앤터니는 급히 아이리스 곁으로 다가갔다.

"무슨 일 있었어요?"

"아무것도 아니에요."

아이리스는 잠시 후 얼른 덧붙였다.

"별거 아니에요. 그냥 오다가 차에 치일 뻔했거든요. 내 잘못이에요. 너무 골똘히 생각에 잠겨서 길을 건너다가 모퉁이를 돌아 전속력으로 달려오는 차에 치일 뻔했어요."

앤터니는 아이리스의 어깨를 붙잡고 흔들며 말했다.

"다시는 그러지 말아요, 아이리스. 내가 얼마나 걱정하는지 알아요? 차에 치일 뻔한 게 아니라, 차가 오는 것도 모를 정도로 정신을 놓고 길을 건너게 만든 그 이유가 걱정된다는 거예요. 대체 무슨 일이에요? 뭔가 특별한 이유가 있는 거지?"

아이리스는 마지못해 고개를 끄덕였다. 애처롭게 앤터니를 바라보는 아이리스의 커다란 눈에는 두려움의 그림자가 드리워져 있었다. 앤터니는 아이리스가 낮은 목소리로 내뱉기도 전에 벌써 무슨 말이 나올지 알고 있었다.

"무서워요."

앤터니는 다시 미소 띤 차분한 얼굴로 돌아가, 아이리스가 앉아 있는 긴 의자에 자신도 털썩 앉았다.

"전부 이야기해 봐요."

"말하고 싶지 않아요, 앤터니."

"삼류 스릴러 소설에 등장하는 여자 주인공처럼 굴지 말고. 문제가 있는데도 아무 이유 없이 말 못 해서 남자 주인공을 곤란하게 하느라고 괜히 글자 수만 5만 자를 차지하는 그런 여자 주인공 말이에요."

아이리스는 희미하게 웃음을 지었다.

"털어놓고 싶지만 당신이 나를 어떻게 생각할지 걱정돼서…… 과연 당신이 내 말을 믿어 줄지……."

앤터니는 한 손을 들어 손가락을 꼽기 시작했다.

"1번, 사실은 사생아가 있었다. 2번, 둘 사이를 폭로하겠다고 협박하는 애인이 있다. 3번……."

아이리스가 화를 내며 말을 잘랐다.

"그런 거 아니에요. 그런 종류의 일이 아니라고요."

"아, 그 말 들으니 안심이 되는군. 자, 그러지 말고 털어놔 봐요, 바보 아가씨."

아이리스의 얼굴에 다시 걱정의 빛이 어렸다.

"비웃을 문제가 아니란 말예요. 어젯밤 일과 관련된 이야기예요."

"뭔데 그래요?"

앤터니의 목소리는 날카로웠다.

"앤터니는 오늘 아침 법정심리에 갔었죠. 거기서 다 들었을……."

아이리스는 여기서 말을 멈췄다.

앤터니가 대꾸했다.

"별 이야기 없었어요. 경사가 청산가리에 대해 전문가적 정의를 내린 다음 조지가 청산가리를 먹고 어떤 반응을 일으켰는지 묘사했고, 켐프 말고 룩셈부르크에 가장 먼저 도착해 상황을 접수한 그 세련된 콧수염 기른 일급 경감이 경찰측 증거를 제시했어요. 그다음에는 조지의 회사에서 일하는 서기장이 사체 신원 확인을 했고. 거기까지 하고 검시관이 검시관답게 고분고분한 자세로 심리를 일주일 연기해 달라고 요청했지요."

"경감님 말이에요. 테이블 밑에서 청산가리 가루가 묻어 있는 조그만 종이 포장지를 발견했다고 하지 않았어요?"

앤터니는 흥미로운 눈초리로 쳐다보았다.

"맞아요. 조지의 샴페인 잔에 청산가리를 탄 사람이 그 흔적이 남아 있는 포장지를 그대로 테이블 밑에 떨어뜨리고 간 게 틀림없어요. 가장 쉬운 처치법이죠. 그 남자…… 혹은 그 여자가 누구든, 자기가 지니고 있다가 들키기 싫었을 테니까."

그러자 갑자기 아이리스가 부들부들 떨기 시작했다.

"아, 아니에요, 앤터니. 아, 그런 게 아니었어요."

"무슨 소리를 하는 거예요, 아이리스? 내가 모르는 뭔가가 있는 거예요?"

"그걸 떨어뜨린 게 바로 나예요."

앤터니는 휘둥그레진 눈으로 아이리스를 바라보았다.

"들어 봐요, 앤터니. 형부가 샴페인을 마시고 나서 바로 쓰러진 거 기억나요?"

앤터니는 고개를 끄덕였다.

"끔찍했어요. 악몽의 한 장면을 보는 것 같았죠. 모든 게 잘돼 가고 있는 것 같은 순간에 일어났잖아요. 쇼가 끝나고 조명이 다시 들어왔을 때…… 난 너무나 마음이 놓였어요. 작년 파티에서는 바로 그때 로즈메리 언니가 죽은 걸 발견했으니까요. 이유는 알 수 없지만, 작년의 그 일이 되풀이되리라고 나도 모르게 믿고 있었나 봐요. 마치 죽은 언니가 테이블에 같이 앉아 있는 것 같았어요……."

"아이리스……."

"아, 나도 알아요. 너무 긴장해서 그런 거겠죠. 그래도 그때의 멤버들이 그대로 앉아 있는데 아무 일도 안 일어나니까 어느 순간, 마침내 모든 게 끝난 것 같은 느낌, 그러니까…… 어떻게 설명해야 할지 모르겠는데, 마침내 다시 인생을 시작할 수 있을 것만 같은 기분이 들었어요. 그래서 나가서 형부랑 춤을 추는데 오랜만에 진짜로 즐겁게 출 수 있었어요. 그리고 테이블로 돌아왔지요. 그런데 갑자기 형부가 로즈메리 언니 이야기를 꺼내면서 언니를 기억하기 위해 건배를 하자는 거예요. 그러더니 이번에는 형부가 죽어 버렸고, 갑자기 작년의 끔찍한 악몽이 되풀이되기 시작했어요.

난 꼼짝도 할 수 없었어요. 떨면서 그 자리에 서 있었죠. 당신이 다가와서 형부를 살펴보기에 나는 조금 물러섰어요. 웨이터들이 몰려왔고 누군가 의사를 부르라고 했어요. 그러는 동안 나는 멍청하게 그 자리에 서 있기만 했어요. 근데 갑자기 울컥하면서 눈물이 흐르기 시작하는 거예요. 그래서 핸드백을 열고 마구 뒤져서 손수건을 꺼내는데, 손수건 사이에 뭔가 끼어 있는 걸 발견했어요……. 약국에서 가루약을 싸 줄 때 쓰는 종이처럼 접힌 하얀 종이였어요. 그런데 앤터니, 그 종이는 내가 집에서 나왔을 때 핸드백 속에 없었어요. 그런 종이 쪼가리는 어디서 받은 적도 없다고요! 핸드백이 텅텅 빈 상태에서 내가 직접 채워 넣었는데, 분첩하고 립스틱, 손수건, 케이스에 넣은 참빗하고 1실링, 6펜스짜리 동전 몇 개가 다였어요. 누군가 그 종이를 내 핸드백에 넣은 거예요. 그런 게 틀림없어요. 작년에 로즈메리의 핸드백에서도 그런 종이가 발견됐는데 거기에도 청산가리 흔적이 묻어 있었잖아요. 너무 겁이 나서 아무 생각도 안 났어요, 앤터니. 손가락에 힘이 빠지면서, 손수건에서 종이가 빠져 테이블 아래로 떨어졌어요. 내가 떨어뜨린 거예요. 그런데 아무한테도 이야기하지 않았어요. 너무 겁이 났거든요. 내가 형부를 죽인 것처럼 누군가 꾸몄는데, 절대로 내가 죽인 게 아니에요."

앤터니는 아까부터 참고 있던 휘파람을 길게 불었다.

"그걸 아무도 못 봤어요?"

아이리스는 잠시 머뭇거리다가 천천히 대답했다.

"모르겠어요. 루스가 본 것 같아요. 근데 루스도 너무나 얼이 빠져 있어서, 진짜로 그걸 본 건지 모르겠어요. 어쩌면 눈길만 내 쪽을 향한 채 허공을 응시하고 있었는지도 모르죠."

앤터니는 다시 한 번 휘파람을 불었다.

"이거, 일이 복잡하게 됐는걸."

"점점 더 말하기가 어려웠어요. 경찰이 알아낼까 봐 얼마나 가슴을 졸였는지 몰라요."

"어째서 당신의 지문이 안 발견됐을까? 발견 후 경찰이 제일 처음으로 한 게 지문을 뜨는 일이었을 텐데."

"그건 내가 손수건으로 집고 있었기 때문일 거예요."

앤터니는 고개를 끄덕거렸다.

"맞아요. 운이 좋았던 셈이지."

"누가 그걸 내 가방에 넣었을까요? 저녁 내내 가지고 다녔는데."

"생각하는 것처럼 그렇게 어려운 일은 아니에요. 플로어 쇼가 끝나고 춤추러 나갔을 때 당신은 가방을 테이블에 놓고 갔어요. 그때 누군가 집어넣었을 수도 있어요. 그리고 여자끼리 몰려다닌 적도 있으니까. 여자들이 파우더룸에서 뭘 하는지 설명해 줄 수 있어요? 내가 그런 걸 알 리가 없으니까. 한데 모여서 수다를 떠나요, 아니면 각자 다른 거울로 흩어져서 화장을 고치나요?"

아이리스는 생각해 보고 대답했다.

"우리는 다 같이 한 테이블로 갔어요. 유리 덮개가 있는 긴 테이블이었죠. 모두들 핸드백을 내려놓고 각자 거울을 봤어요. 무슨 소리인지 알죠?"

"몰라요. 계속해 봐요."

"루스는 화장을 고쳤고 샌드라는 머리를 정돈하고 머리핀을 다시 꽂았어요. 나는 여우털 망토를 벗어서 옷 담당 아가씨에게 준 다음,

손에 먼지가 묻어 있어서 세면대로 갔어요."

"핸드백을 테이블 위에 놔두고?"

"맞아요. 가서 손을 씻었어요. 루스는 계속 화장을 고쳤던 것 같고, 샌드라는 아가씨한테 가서 외투를 맡기고 다시 테이블로 돌아왔고, 루스가 세면대로 와서 손을 씻었고, 나는 테이블로 돌아와서 머리를 좀 매만졌어요."

"그럼 둘 중 누구라도 아이리스가 모르게 핸드백에 뭔가 넣었을 수 있다는 이야기군요?"

"맞아요. 하지만 루스나 샌드라가 그런 짓을 했다고는 상상할 수도 없어요."

"아이리스는 사람들을 너무 좋게 봐서 탈이야. 샌드라는 중세 시대처럼 적이라고 생각되는 사람은 1초의 망설임도 없이 화형에 처해 버릴 수 있는 무서운 사람이에요. 그리고 루스는 눈 하나 깜짝 않고 능숙하게 사람을 독살할 수 있는 여자고."

"만약에 루스가 범인이라면, 왜 내가 종이를 떨어뜨리는 걸 보고도 아무 말을 안 했을까요?"

"나도 그게 궁금해요. 루스가 일부러 청산가리 묻은 종이를 아이리스의 가방에 넣어 놓았다면, 아이리스가 그 종이를 어디 갖다 버리지 않도록 온갖 수를 썼을 거예요. 그러니 루스는 아닌 것 같군. 사실 범인으로 가장 잘 들어맞는 건 단연 그 테이블 담당 웨이터예요. 웨이터, 웨이터! 처음 보는 웨이터가 한 명이라도 있었더라면. 특정 웨이터, 그날 하루만 고용된 웨이터가 있었더라면. 하지만 주세페와 피에르뿐이고, 두 사람은 범인의 행적에 들어맞지 않아…….."

아이리스가 한숨을 푹 쉬며 말했다.

"앤터니에게 털어놔서 마음이 한결 가벼워졌어요. 다른 사람들은 아무도 몰라도 되는 거죠? 앤터니와 나만 알고 있으면 되는 거죠?"

앤터니는 미안스러운 표정으로 아이리스를 바라보았다.

"그럴 수는 없어요, 아이리스. 지금 당장 나랑 같이 택시 타고 경찰서로 가서 켐프를 만나야 돼요. 이렇게 중대한 일을 숨길 수는 없어요."

"안 돼요, 앤터니. 내가 형부를 죽였다고 생각할 거예요."

"이 일을 숨겼다는 게 나중에 밝혀지면 그 혐의에서 더욱 벗어나지 못할 텐데! 그때 가서 변명해 봤자 통하지 않을 거예요. 지금 자진해서 털어놓으면 믿어 줄 확률이 훨씬 높지요."

"앤터니, 부탁이에요."

"아이리스는 지금 굉장히 곤란한 상황에 처해 있어요. 하지만 무엇보다 진실을 밝히는 것이 중요해요. 정의가 달렸는데 자기 안위와 체면만 생각해서는 안 돼요."

"앤터니, 꼭 그렇게 잘난 척해야겠어요?"

"정곡을 찌르는군. 어쨌든 우리는 켐프를 만나야 돼요! 지금 당장!"

아이리스는 마지못해 앤터니와 함께 홀로 나왔다. 앤터니가 의자에 아무렇게나 걸쳐져 있는 외투를 집어 들어 아이리스에게 건넸다.

아이리스의 눈에 반항과 두려움의 빛이 동시에 어려 있었지만, 앤터니는 조금도 동요하는 기색 없이 말했다.

"스퀘어 끝까지 가서 택시를 잡도록 하죠."

두 사람이 홀을 나서는데, 아래층에서 현관 벨소리가 들렸다.

아이리스가 외쳤다.

"깜빡했네. 루스예요. 장례식 준비 때문에 회사에서 우리 집으로 온다고 했는데. 장례식이 모레로 잡혔거든요. 루실라 고모가 외출하셨을 때 의논하는 게 진행이 빠를 것 같아서요. 고모가 계시면 정신이 산만해질 게 뻔하니까."

아래층에서 달려온 하녀가 채 현관에 닿기도 전에 앤터니가 먼저 성큼성큼 걸어가 문을 열었다.

"됐어, 에번스."

아이리스가 말하자, 하녀는 도로 아래층으로 내려갔다.

루스가 피곤한 얼굴에 어쩐지 평소보다 단정치 못한 차림으로 커다란 서류 가방을 들고 서 있었다.

"늦어서 미안해요. 오늘 저녁은 전철에 사람이 어찌나 많은지. 게다가 택시가 한 대도 안 보여서 버스를 세 번이나 갈아타야 했다니까요."

그렇게 쉽게 사과를 하다니, 평소의 도도하고 유능한 루스답지 않다고 앤터니는 순간 생각했다. 조지의 죽음이 바늘에 찔려도 피 한 방울 안 날 것 같던 루스의 차가운 가면을 깨뜨렸다는 또 하나의 증거였다.

아이리스가 얼른 말했다.

"앤터니, 같이 못 가겠네요. 루스와 상의할 게 많아서."

그러나 앤터니는 단호하게 말했다.

"미안하지만 이쪽 일이 훨씬 급해요……. 죄송하지만 아이리스를 좀 데려가야겠습니다, 레싱 양. 중요한 일이라서요."

루스가 재빨리 대꾸했다.

"괜찮아요, 브라운 씨. 드레이크 부인이 돌아오시면 상의해서 결정하면 됩니다."

그러고는 희미한 미소와 함께 덧붙였다.

"저는 드레이크 부인을 꽤 잘 다루거든요."

"레싱 양이라면 누구든 잘 다룰 거라고 믿어 의심치 않습니다."

앤터니가 감탄 섞인 목소리로 말했다.

"아이리스, 특별히 당부할 거라도 있나요?"

"그런 거 없어요. 우리 둘이서 장례식 준비를 맡자고 한 것도, 루실라 고모가 걸핏하면 변덕을 부리니까 루스가 힘들어 할까 봐 그런 거예요. 이거 말고도 일이 많으실 텐데. 하지만 저는 장례식 모양새가 어떻게 되든 관심 없어요! 루실라 고모는 장례식을 좋아하시지만, 저는 싫거든요. 죽은 사람은 묻으면 그만이지, 그렇게 복잡한 절차를 거칠 필요는 없잖아요. 죽은 사람이 그런 걸 신경 쓰겠어요? 거기서 벗어난 게 오히려 잘된 거지. 죽은 사람은 돌아오지 않는다고요."

루스가 아무 대꾸도 안 하자, 아이리스는 묘한 분노가 담긴 목소리로 한 번 더 되풀이했다.

"죽은 사람은 되돌아오지 않아요!"

"자, 가요."

앤터니가 아이리스를 열린 문밖으로 데리고 나갔다.

그리고 마침 스퀘어로 천천히 들어오고 있는 택시를 불러 세워 아이리스를 먼저 태웠다.

"말해 봐요, 아가씨."

앤터니는 택시 운전사에게 런던 경찰청으로 가자고 한 뒤 아이리스에게 물었다.

"저기서 누구의 망령을 느꼈기에 그렇게 죽은 사람은 죽은 사람일 뿐이라고 강조한 거예요? 형부의 망령이에요, 아니면 언니의 망령이에요?"

"아무도 아니에요! 아무도 아니라고요! 그냥 장례식이 싫어서 그러는 거예요."

앤터니는 한숨을 내쉬며 중얼거렸다.

"내가 유령에 홀린 게 틀림없어!"

12장

세 남자가 상판이 대리석으로 된 작고 둥근 테이블에 둘러앉았다.

레이스 대령과 켐프 경감은 타닌이 짙게 우러난 홍차를 마시고 있었고, 앤터니는 카페 주인이 커피랍시고 내놓은 음료를 마시고 있었다. 앤터니는 그것을 커피라고 쳐 주고 싶지 않았지만, 나머지 두 사람의 회합에 대등한 자격으로 참여하는 대가로 꾹 참고 마시기로 했다. 켐프 경감은 철저한 뒷조사를 거쳐 신분을 확인한 후 앤터니를 동료로 인정하기로 동의했다.

경감이 까맣게 우러난 차에 각설탕 몇 개를 떨어뜨리고 천천히 저으며 입을 열었다.

"내가 보기에…… 이번 사건은 법정까지 안 갈 것 같습니다. 증거도 못 찾고 끝날 거예요."

"그렇게 생각하시오?"

레이스의 질문에 켐프는 고개를 설레설레 저으며 차를 한 모금 마시고 만족스럽게 음미했다.

"유일한 희망은 그 다섯 명 중 하나가 청산가리를 구입하거나 손에 넣었다는 실질적인 증거를 찾아내는 것이었는데. 나는 짚는 데마다 허탕 쳤어요. 이번 경우가 바로, 누가 했는지 다들 알고는 있는데 증명할 수는 없는 그런 케이스라니까요."

"그럼 누가 했는지 안다는 얘기입니까?"

앤터니가 흥미롭다는 눈초리로 켐프를 쳐다봤다.

"흠, 나로서는 심증을 굳혔습니다. 레이디 알렉산드라 패러데이입니다."

"그렇게 생각한다 이거죠. 무슨 근거로요?"

레이스가 물었다.

"설명드리지요. 우선 레이디 알렉산드라는 질투가 심한 타입입니다. 독재적이고요. 역사에 등장하는 그 왕비처럼요……. 엘리노어인지 누구인지, 아름다운 로자먼드의 침소를 기어이 찾아내 쫓아가서 단검과 독배 중 어느 쪽을 택하겠느냐고 위협을 했지요(헨리 2세의 왕비 엘리노어는 남편의 연인인 로자먼드 드 클리포드가 숨어 있는 숲속 처소를 찾아내 그녀를 죽였다—옮긴이)."

"이번 사건의 경우, 아름다운 로즈메리에게는 선택의 여지조차 주지 않았지요."

앤터니가 한마디 거들었다.

켐프 경감이 말을 이었다.

"누군가 바턴 씨에게 단서를 흘렸고, 그는 의심을 하기 시작했습니다. 특정인을 범인으로 단정 짓고 있었던 것 같습니다. 패러데이 부부를 가까이서 감시할 생각이 없었으면 일부러 그 구석진 시골에 별장을 사들이는 수고까지 안 했을 겁니다. 아마 샌드라 패러데이한테 그 의구심을 숨기려고 하지도 않았을 겁니다. 파티에 대해 떠들어 대면서 꼭 오라고 당부한 걸 보면요. 샌드라 패러데이는 잠자코 기다리면서 일이 어떻게 돼 가는지 지켜볼 타입이 아닙니다. 독재자 스타일이라고 했잖습니까. 자기 손으로 직접 바턴을 처리한 겁니다! 전부 용의자의 성격에 근거를 둔 가설에 불과하다고 하시겠지요. 하지만 내가 봤을 때 바턴이 샴페인을 마시기 전에 잔에 독을 넣을 기회가 있었던 사람은 그의 오른쪽에 앉아 있던 패러데이 부인밖에 없단 말입니다"

"그런데 아무도 그걸 못 봤다고요?"

앤터니가 물었다.

"그렇습니다. 볼 수도 있었겠죠……. 그런데 못 본 겁니다. 굳이 설명하자면 손재주가 아주 교묘해서라고 해 둡시다."

"마술사로군."

레이스가 헛기침을 하며 파이프를 꺼내 담뱃잎을 채우면서 말했다.

"사소한 것 하나만 짚고 넘어갑시다. 레이디 알렉산드라가 진짜로 그렇게 독재적이고, 질투심 강하고, 남편을 죽도록 사랑한다고 칩시다. 그래서 살인쯤이야 대수롭지 않게 저지를 수 있다고. 그렇다 해도, 다른 사람의 핸드백에 범죄의 결정적 증거물을 아무렇지 않게 슬쩍 흘려 넣을 수 있는 사람으로 보입니까? 자기에게 해를 끼친 적도 없는, 죄 없는 어린 여자에게 그런 짓을 할 사람 같습니까? 키더민스터 가 사람들은 다 그렇답디까?"

그러자 켐프 경감은 심기가 불편한 듯 꼼지락거리며 찻잔을 내려다봤다.

"여자들은 페어플레이를 하지 않으니까요. 그런 뜻으로 말씀하신 거라면."

"옛말과는 다르게 요새는 여자들도 페어플레이를 한다오. 아무튼 찔리는 티라도 내시니 안심이군."

레이스가 의기양양한 웃음을 지으며 말했다.

켐프는 자신의 실수를 인정할 수도, 인정하지 않을 수도 없는 곤란한 상황에서 벗어나기 위해 갑자기 대화 방향을 바꿔, 굉장한 은혜라도 베푸는 어조로 앤터니에게 말했다.

"그건 그렇고, 브라운 씨, 괜찮다면 앞으로도 그냥 브라운 씨라고 부르겠습니다. 말 양을 즉시 데려와서 그 이야기를 전하게 해 주셔서 대단히 감사합니다."

"당장 그럴 수밖에 없었습니다. 그러지 않고 기다렸으면 아마 영영 데려오지 못했을 테니까요."

"물론 말 양은 오고 싶어 하지 않았겠지."

레이스의 말에 앤터니가 측은하다는 듯 대꾸했다.

"겁을 많이 먹은 것 같더라고요. 아이리스의 성격에 당연한 일이죠."

"당연하다마다."

켐프가 말하며 차를 한 잔 더 따랐다. 앤터니도 옆에서 커피를 조심스럽게 한 모금 마셨다.

켐프가 덧붙였다.

"그래도 털어놓고 나니 한결 마음이 가벼워진 것 같더이다. 돌아가는 표정이 밝은 걸 보니."

"장례식을 치르고 나면 아이리스가 어디 시골에라도 잠시 가 있었으면 합니다. 하루 종일 쉬지 않고 입을 놀려 대는 루실라 고모님 곁에서 다만 24시간이라도 떨어져 있으면, 정신이 한결 맑아지지 않겠어요."

"루실라 고모님의 수다도 다 쓸 데가 있겠지."

레이스가 한마디하자 켐프가 대꾸했다.

"쓰려면 얼마든지 쓰십쇼. 진술을 받을 때 속기 보고서를 작성하라고 하지 않은 게 다행이에요. 만약 그랬으면 진술서 작성을 담당한 불쌍한 경관은 손가락 경련으로 병원에 입원했을 겁니다."

"흠, 경감님 말씀이 맞을지도 모르겠습니다. 이번 사건이 법정까지 못 갈지도 모른다는 말씀이요. 그걸 인정한다 해도, 결말이 너무 찝찝하군요……. 게다가 아직 알아내지 못한 점이 또 하나 있습니다. 로즈메리가 살해당한 거라고 조지 바턴에게 편지로 알린 사람이 대체 누구일까요? 그게 누군지 감조차 못 잡았잖습니까."

앤터니가 그렇게 말하자 레이스가 물었다.

"당신 생각은 여전하오, 브라운?"

"루스 레싱이라는 생각 말인가요? 예, 범인 후보로 계속 밀고 나가겠습니다. 조지 바턴을 사랑한다고 자기 입으로 인정했다고 하셨잖습니까. 로즈메리는 어느 모로 보나 눈엣가시였겠지요. 그러던 차에 로즈메리를 제거할 좋은 기회를 포착했고, 로즈메리만 제거하면 조지와 당장 결혼할 수 있을 거라고 믿었다고 가정해 보세요."

"거기까지는 인정해 주겠소. 루스 레싱이 살인을 계획하고 실행할 정도의 냉정함과 유능함을 가졌다고 칩시다. 어떻게 보면 상상의 산물에 불과한 동정심이라는 자질이 결여된 여자일 수도 있다고 치죠. 예, 첫 번째 살인은 루스가 저질렀을 수 있소. 그러나 두 번째 살인을 저지르는 건 상상할 수 없소. 루스 레싱이 당황하고 겁먹어서 자기가 그렇게 사랑하고 결혼하고 싶어 하는 남자를 독살하는 건 상상이 안 되잖습니까! 루스 레싱을 용의선상에서 제거해야 하는 또 하나의 근거가 있습니다……. 아이리스가 청산가리 포장지를 떨어뜨리는 걸 보고도 왜 아무 말도 안 했을까요?"

"어쩌면 아이리스가 떨어뜨리는 걸 못 봤을지도 모르지요."

앤터니가 확신 없는 말투로 이야기했다.

"본 게 거의 확실하오. 루스 레싱을 만났을 때, 뭔가 숨기는 듯한 인상을 받았거든. 그리고 아이리스 말도 루스가 그걸 봤다고 믿고 있고."

"자, 자, 대령님. 대령님이 '찍은' 사람이 누군지 들어 봅시다. 찍은 사람이 있긴 있지요?"

켐프의 말에 레이스가 고개를 끄덕였다.

"어서 털어놓으세요. 그래야 공평하지요. 우리 의견은 다 들었고, 거기다 이의 제기까지 하셨잖아요."

레이스는 생각에 잠겨 켐프에게서 시선을 옮겨, 앤터니를 가만히 관찰했다.

앤터니가 눈썹을 치켜 올리며 물었다.

"제가 범인인 것 같다고는 말하지 마십쇼."

레이스는 천천히 고개를 저었다.

"당신이 조지 바턴을 죽이려고 들 이유는 한 가지도 떠올릴 수 없는걸. 하지만 누가 조지 바턴을 죽였는지는 알겠소……. 로즈메리 바턴도."

"누군데요?"

레이스가 생각에 잠긴 목소리로 말했다.

"우리 모두 범인으로 여자를 지목했다는 점이 흥미롭군요. 나도 여자를 찍었습니다."

그러고는 잠시 멈췄다가 조용히 말했다.

"나는 범인이 아이리스 말리라고 생각합니다."

앤터니가 콰당 소리를 내며 의자를 뒤로 밀쳤다. 한순간 얼굴이 분노로 붉게 달아올랐다. 그러나 잠시 후 앤터니는 애써 평정심을 되찾고 떨리는 목소리로, 냉소적으로 말했다.

"그럼 왜 그렇게 생각하시는지 이야기해 보시죠. 어째서 아이리스죠? 아이리스가 범인이라면 청산가리 포장지를 떨어뜨린 걸 왜 실토하겠어요?"

"떨어뜨리는 걸 루스 레싱이 봤기 때문이지."

앤터니는 고개를 삐딱하게 기울이고 그 대답을 잠시 곱씹어 보더니 대꾸했다.

"그럴듯하군요. 계속하세요. 애초에 왜 아이리스를 의심하셨죠?"

"동기 때문이오. 거액의 유산이 로즈메리에게 남겨졌는데 아이리스는 한 푼도 손댈 수 없었지. 어쩌면 그것 때문에 몇 년 동안 억울함에 이를 갈고 있었을지도 모르는 일이잖소. 아이리스는 로즈메리가 자식 없이 사망할 경우 그 돈이 전부 자기에게 온다는 걸 알고 있었습니다. 그런데 마침 로즈메리는 불행해하고 우울해했으며 심한 독감을 앓고 나서 침체돼 있었어요. 아무도 자살임을 의심하지 않을 조건이었던 겁니다."

"순진한 아가씨를 아주 짐승으로 몰아가시는군요!"

"짐승으로 몰자는 게 아니오. 아이리스 양을 의심한 또 다른 이유가 있소. 좀 억지스럽게 보일 수도 있는 이유인데…… 빅터 드레이크 때문이오."

"빅터 드레이크요?"

앤터니가 레이스를 빤히 쳐다보며 물었다.

"집안에 나쁜 피가 흐르는 거요. 보시오, 내가 루실라 드레이크의 수다를 허투루 들은 게 아니란 말입니다. 덕분에 말 가에 대해 빠삭하게 알게 됐지. 빅터 드레이크는…… 약해 빠진 걸 넘어서 아주 못

12장 327

돼 먹은 인간이오. 모친인 드레이크 부인은 지성이 부족하고 한 가지 일에 집중할 수 있는 정신력도 부족합니다. 헥터 말은 나약하고 타락한 술고래였소. 로즈메리는 감정적으로 불안정한 사람이었지. 정신적으로 나약하고 부도덕하고 불안정한 것이 집안의 내력이라는 겁니다. 하나같이 그런 성향을 갖고 태어난 거요."

가만히 듣고 있던 앤터니가 담배를 피워 물었다. 불을 붙이는 손이 가늘게 떨리고 있었다.

"약한 가지, 아니 썩은 가지에서도 건강한 꽃이 필 수 있다는 생각은 안 해 보셨습니까?"

"물론 그럴 수도 있지. 다만 아이리스 말이 그 건강한 꽃이라고 확신하지 못할 뿐이오."

그러자 앤터니가 천천히 말했다.

"제가 아이리스에 대해 한 말들은 신뢰할 수 없다는 이야기군요. 아이리스를 사랑하는 남자의 말이라서. 그렇다면 조지가 아이리스에게 익명의 편지를 보여 주자 아이리스가 겁을 먹고 형부를 살해했다는 이야기입니까? 그렇게 된 거라고요?"

"그렇소. 이 경우 당황해서 겁을 먹은 게 살인으로 이어진 거요."

"그렇다면 조지의 샴페인 잔에 청산가리를 어떻게 넣었답니까?"

"그건 알아내지 못했소."

"대령님이 모르시는 게 있다니, 저로서는 안심이네요."

앤터니는 앉은 채로 의자 뒷다리에 중심을 실었다가 다시 의자를 앞으로 기울였다. 눈이 분노로 무섭게 타오르고 있었다.

"저한테 그런 말씀을 하시다니, 배짱이 대단하십니다."

레이스는 차분하게 대꾸했다.

"알고 있소. 그래도 누군가는 했어야 할 이야기였소."

켐프는 두 사람의 대화를 조용히 듣기만 하고, 아무 말이 없었다. 생각에 잠겨 홍차를 계속 저을 뿐이었다.

앤터니가 똑바로 앉으며 말했다.

"좋습니다. 상황이 달라졌습니다. 이제 더 이상 앉아서 잿물 같은 커피나 마시며 탁상공론하고 있을 수는 없게 됐습니다. 이 사건은 반드시 해결돼야 합니다. 어떻게든 의견 차를 해소하고 진실을 밝혀야 한단 말입니다. 그런데 그건 제가 해야 할 일 같군요……. 어떻게든 해 보이겠습니다. 아직 밝히지 못한 사실들을 집중적으로 파고들겠습니다……. 모든 것이 명료해질 때까지 멈추지 않겠어요.

의문점을 다시 한 번 짚어 보죠. 로즈메리가 살해당했다는 걸 알고 있었던 사람이 누구일까? 조지에게 편지를 보내 그걸 알린 것이 누구일까? 왜 편지를 보냈을까?

그리고 살인 사건 자체에 관련된 의문점들이 있지요. 첫 번째 살인은 일단 덮어 두기로 합시다. 시간이 너무 많이 흘렀으니까요. 게다가 아직도 정확히 어떻게 된 건지 밝혀내지 못했고요. 하지만 두 번째 살인은 바로 제 눈앞에서 벌어졌습니다. 제가 두 눈으로 봤다고요. 따라서 어떻게 일어났는지도 알아야 마땅합니다. 조지의 샴페인 잔에 청산가리를 넣기에 가장 좋은 타이밍은 플로어 쇼가 진행되고 있을 때였습니다. 그런데 그때 넣은 게 아닙니다. 왜냐하면 쇼가 끝나자마자 조지가 샴페인을 한 모금 마셨거든요. 마시는 걸 분명히 봤습니다. 그러고 나서 누구도 조지의 잔에 아무것도 넣지 않았습니다. 조지는 독살됐을 수가 없다는 말입니다. 그런데 실제로는 독살됐어요! 잔에 청산가리가 들어 있었죠. 그런데 아무도 조지의 잔에 청산가리를 넣지 않았어요! 여기까지 이해됐습니까?"

"아니요."

켐프 경감이 대답했다.

앤터니가 말했다.

"그렇습니다. 이제 사건 해석은 마술의 영역으로 들어섰습니다. 아니면 유령의 현신이요. 저의 귀신 가설을 간략하게 설명해 보겠습니다. 우리가 플로어에 나가 춤추는 동안 로즈메리의 유령이 조지의 자리로 다가가 신기하게도 어디선가 꺼낸 청산가리를 잔에 떨어뜨립니다. 귀신이라면 허공에서 청산가리를 만들어 내는 것쯤은 할 수 있겠죠. 자리로 돌아온 조지가 로즈메리를 위해 건배하고 샴페인을 마셨고 그다음엔…… 이런 맙소사!"

나머지 두 사람이 멍청한 표정으로 쳐다보는 가운데 앤터니는 두 손으로 머리를 감싸고 괴로운 듯 몸을 앞뒤로 흔들기 시작했다.

"그거야…… 그거였어…… 핸드백…… 그 웨이터……."

"웨이터라뇨?"

정신을 바짝 차린 켐프가 물었다.

앤터니는 고개를 저으며 대답했다.

"아뇨, 아뇨. 그게 아닙니다. 저도 처음에는 웨이터 행세를 한 마술사가 있으면 이야기가 딱 들어맞는다고 생각했어요. 파티 바로 전날 고용된 웨이터요. 대신 그 자리에는 계속 거기서 일해 온 웨이터가 있었지요. 대를 이어 수석 웨이터가 되려고 기를 쓰는 수습 웨이터…… 순진한 웨이터…… 혐의에서 벗어난 웨이터. 혐의에서 벗어난 건 여전히 해당되지만, 그 웨이터도 사건에 한몫 한 건 분명합니다! 맙소사, 그거야, 아주 결정적인 역할을 했어."

이어서 앤터니는 두 사람을 번갈아 쳐다보며 말했다.

"모르시겠습니까? '어떤' 웨이터가 샴페인에 독을 넣었을 거라고 가정을 세우면 말이 되지만, '그' 웨이터라면 이야기가 안 됩니다. 아무도 조지의 잔을 건드리지 않았는데 조지는 독살됐어요. '어떤(a)'은 부정관사지만, '그(the)'는 정관사입니다. 조지의 잔! 조지! 각각 별개의 개체예요. 게다가 돈도 걸려 있지요. 어마어마한 돈이! 그리고 누가 압니까? 사랑도 걸려 있는지. 미친 사람 보듯 그렇게 쳐다보지 마십쇼. 자, 제가 보여 드리죠."

앤터니는 흥분해서 의자를 뒤로 밀치며 벌떡 일어서서 켐프의 팔을 움켜잡았다.

"저랑 같이 가시죠."

켐프는 반쯤 남은 홍차에 아쉬운 시선을 던지며 중얼거렸다.

"찻값을 지불해야 하는데."

"아, 아닙니다. 조금 있다 돌아올 겁니다. 자, 저랑 같이 나가셔야겠습니다. 어서요, 레이스 대령님."

그러고는 테이블을 밀며 두 사람을 찻집 입구 쪽으로 데리고 갔다.

"저기 전화 부스가 보이십니까?"

"그렇소만?"

앤터니는 주머니에 손을 넣고 뒤적거렸다.

"이런, 2펜스 동전이 하나도 없네. 됐습니다. 다시 생각해 보니 그만두는 게 나을 것 같습니다. 그냥 들어가시죠."

일행은 다시 카페 안으로 들어왔다. 켐프가 먼저 들어갔고, 그 뒤에 레이스, 그 뒤에 앤터니가 레이스의 팔에 손을 얹고 따라 들어갔다.

켐프는 못마땅한 얼굴로 자리에 앉더니 담배 파이프를 집어 들고 관을 후후 불며 양복 조끼 주머니에서 꺼낸 머리핀으로 속을 청소하기 시작했다.

레이스는 영문을 모르겠다는 표정으로 앤터니를 흘끔 쳐다보다가 의자 등받이에 기대앉아 찻잔을 집어 들고 남은 차를 후루룩 들이켰다. 그러고는 거칠게 말을 내뱉었다.

"젠장. 설탕이 들어갔잖아!"

레이스가 고개를 들자 테이블 맞은편에서 앤터니가 천천히 씩 웃으며 바라보았다.

켐프도 찻잔을 들어 한 모금 마시고 말했다.

"아니. 이게 대체 뭐야?"

앤터니가 대꾸했다.

"커피입니다. 아마 지독하게 맛없을걸요. 제가 아까 맛봤거든요."

13장

앤터니는 두 사람의 얼굴에 곧바로 '이제 알겠다'는 표정이 떠오르는 걸 보고 흐뭇하게 미소를 지었다.

그러나 흐뭇함은 그리 오래가지 않았다. 곧바로 다른 생각이 떠오르며 뒤통수를 강하게 쳤기 때문이다.

앤터니는 소리를 질렀다.

"맙소사……. 그 차!"

그러고는 벌떡 일어섰다.

"이렇게 바보 같을 수가……. 이런 멍청이! 차에 치일 뻔했다고 아이리스가 이야기했는데…… 한 귀로 흘려듣다니. 갑시다, 빨리요!"

켐프가 말했다.

"아까 경찰청을 나서면서 곧바로 집으로 간다고 했잖아요."

"그랬죠. 내가 왜 같이 가지 않았을까?"

"집에 누가 있소?"

레이스가 물었다.

"루스 레싱이 드레이크 부인을 기다리고 있었어요. 아직도 둘이 장례식 준비 문제를 의논하고 있을지도 몰라요!"

"장례식뿐 아니라 다른 것도 의논하고 있겠지. 내가 드레이크 부인에 대해 알고 있는 게 맞다면."

레이스는 황급히 덧붙였다.

"아이리스 말 양에게 다른 친척이 또 있소?"

"제가 아는 한 없습니다."

"무슨 생각을 하고 있는지 알 것 같소. 그런데…… 그게 물리적으로 가능한 거요?"

"그렇습니다. 생각해 보십쇼. 우리가 한 사람의 말만 믿고서 얼마나 많은 것을 당연하게 받아들였는지."

켐프가 찻값을 치렀고, 세 사람은 급히 찻집을 나섰다. 켐프가 물었다.

"한시가 급할 정도로 위험한 겁니까? 말 양에게 닥친 위험이요."

"예, 그렇습니다."

앤터니는 낮게 욕을 뱉으면서 택시를 잡았다. 일행은 서둘러 택시에 타고 운전사에게 최대한 빨리 엘바스턴 스퀘어로 가 달라고 했다.

켐프가 천천히 말했다.

"나는 아직 대충밖에 파악을 못 했는데. 패러데이 부부는 혐의에서 벗어나는 거지요."

"예."

"천만다행이군요. 근데 설마 이렇게 빨리 재시도를 할까요?"

레이스가 대꾸했다.

"빠를수록 좋거든. 우리가 꼬리를 밟기 전에 한 번 더 시도하려고 들 거요. 삼세판은 해 봐야겠다, 이런 생각이겠지."

레이스는 잠시 후 덧붙였다.

"아이리스 말 양이 드레이크 부인 앞에서, 당신과 될 수 있는 대로 빨리 결혼하겠다고 말하더군요."

그들은 발작하듯 간헐적으로 대화를 나눌 수밖에 없었다. 택시 운전사가 손님의 요구를 글자 그대로 받아들여, 전속력으로 커브를 돌고 신호를 무시하면서 무섭게 달리고 있었기 때문이었다.

마지막으로 급커브를 돌아 엘바스턴 스퀘어에 진입한 운전사는 저택 바로 앞에서 급정거를 했다.

막상 도착해서 보니 엘바스턴 스퀘어는 어느 때보다도 조용하고 평화로워 보였다.

앤터니가 간신히 심장을 진정시키고 중얼거렸다.

"영화에 나오는 한 장면 같네요. 왠지 바보가 된 기분입니다."

그래도 앤터니는 레이스가 택시비를 지불하는 사이에 벌써 저택의 정문 계단을 황급히 뛰어 올라가 벨을 누르고 있었다. 켐프도 뒤따라 계단을 올라왔다.

하녀가 문을 열었다.

앤터니가 무섭게 물었다.

"아이리스 양은 돌아왔습니까?"

에번스가 놀란 표정으로 대답했다.

"어머, 예. 아가씨는 30분 전에 돌아오셨어요."

앤터니는 안도의 한숨을 내쉬었다. 집 안이 아무 일도 없는 것처럼 너무 고요해서, 조금 전에 그렇게 겁을 먹고 달려온 게 부끄러웠다.

"지금 어디 있지?"

"드레이크 부인하고 응접실에 계실걸요."

앤터니는 고개를 한 번 끄덕하고는 성큼성큼 큰 걸음으로 층계를 올라갔고, 레이스와 켐프도 바짝 뒤쫓아 올라갔다.

응접실에 들어가니 갓을 씌운 전등의 차분한 조명 아래서 루실라 드레이크가 테리어 종의 강아지처럼 집요하게 책상의 서류 분류함을 뒤지면서 중얼거리고 있었다.

"이런, 이런, 마셤 부인이 보낸 편지를 어디에다 뒀더라? 어디 있을까나……."

"아이리스는 어디 있죠?"

앤터니가 다짜고짜 물었다.

루실라는 휙 돌아서서 빤히 쳐다보았다.

"아이리스? 아이리스는…… 잠깐, 지금 무슨 소리예요!"

루실라는 등을 꼿꼿이 세우며 따졌다.

"댁이 누구신지 먼저 말씀해 주시겠어요?"

앤터니의 뒤에 있던 레이스가 앞으로 나오자 루실라의 굳었던 표정이 풀어졌다. 마지막으로 방에 들어온 켐프 경감은 아직 보지 못한 것 같았다.

"어머나, 레이스 대령님! 이렇게 찾아와 주시다니 얼마나 고마운지! 근데 좀 일찍 오셨으면 좋았을 걸 그랬어요······. 장례식 문제로 상의드리고 싶었거든요. 아무래도 남자의 조언을 들어 봐야지 않겠어요. 나는 너무나 심란해서, 아까 레싱 양에게도 말했지만, 한 가지도 제대로 생각할 수가 없었어요. 그런데 레싱 양이 웬일로 고맙게도 내 이야기를 들어 주면서 자기가 할 수 있는 건 뭐든지 해 주겠다고, 걱정 말라고 하지 않겠어요. 다만 레싱 양 말대로, 조지가 생전에 좋아한 찬송가가 뭐였는지는 제일 잘 알 사람이 당연히 나잖아요. 사실 그게 뭔지 나도 모르는데, 왜냐하면 조지가 교회에 거의 안 나갔거든요. 그래도 목사의 아내로서 당연히······ 아니, 목사의 미망인으로서 장례식에 가장 잘 어울릴 찬송가가 뭔지는 알고 있지만요."

드레이크 부인이 잠깐 말을 멈춘 틈을 타, 레이스가 재빨리 질문을 던졌다.

"말 양은 어디 있습니까?"

"아이리스요? 돌아온 지 꽤 됐는데. 머리가 아프다면서 곧장 자기 방으로 갔어요. 요새 젊은 아기씨들은 체력이 너무 약해요. 시금치를 충분히 안 먹어서 그런 거예요. 아이리스는 장례식 이야기라면 치를 떠는데, 그래도 누군가는 준비를 맡아야 하지 않겠어요? 그것도 하려면 제대로 해야죠. 죽은 사람한테 예의를 다하려면……. 그렇다 해도 운구차는 좀 경건한 맛이 떨어지는데…… 무슨 뜻인지 아시죠? 검은색 꼬리를 늘어뜨린 말이 끄는 운구마차하고는 격이 다르잖아요. 하지만 물론 나는 괜찮다고 했죠, 루스하고…… 이제 레싱 양이 아니라 루스라고 부른답니다. 루스하고 나하고 둘이서 알아서 잘 해결했어요. 루스는 나머지 사항은 전부 우리한테 맡겼고요."

켐프가 재빨리 물었다.

"레싱 양은 집으로 돌아갔습니까?"

"예, 의논할 건 다 끝나서 레싱 양은 10분 전쯤 여기서 떠났어요. 부고란에 실을 광고 문안도 가지고 갔어요. 상황이 상황이니만큼 조화는 사절한다……. 장례식 사회를 맡으실 분은 웨스트베리 수사 신부님……."

쉴 새 없이 수다가 계속되는 와중에 앤터니는 슬금슬금 문 쪽으로 뒷걸음질쳤다. 그리고 루실라가 갑자기 말을 멈추고 이렇게 묻기 전에 무사히 방에서 탈출할 수 있었다.

"근데 같이 온 젊은이는 대체 누구예요? 처음에는 대령님이 데려오신 손님인 줄 몰랐어요. 그 끔찍한 기자들 중 한 명인 줄 알았다니까요. 어찌나 끈질기게 우리를 괴롭히는지."

앤터니는 이제 층계를 풀쩍풀쩍 뛰어 올라가고 있었다. 뒤에서 발소리가 들려 돌아본 앤터니는 켐프 경감을 발견하고 씩 웃었다.

"경감님마저 버리고 오신 겁니까? 불쌍한 레이스 양반!"

켐프가 중얼거렸다.

"이런 일은 레이스 대령님이 잘 다루시죠. 난 이쪽으로는 아주 젬병입니다."

3층까지 올라간 두 사람이 한층 더 올라가려는데, 앤터니가 위에서 내려오는 가벼운 발소리를 들었다. 앤터니는 황급히 켐프를 바로 옆에 있는 욕실로 획 잡아끌었다.

발소리는 곧 아래층으로 사라졌다.

앤터니는 욕실에서 나와 급히 나머지 계단을 올라갔다. 아이리스의 방은 저택 뒤쪽에 자리한 작은 방이었다. 문 앞에 다다른 앤터니는 가볍게 노크를 했다.

"나예요, 아이리스."

대답이 없었다. 앤터니는 다시 한 번 두드리며 불러 보았다. 이번에는 손잡이까지 덜컥덜컥 돌려봤는데, 문이 잠겨 있었다.

앤터니는 이제 절박한 심정으로 문을 쾅쾅 두드리기 시작했다.

"아이리스. 아이리스!"

그러다가 문득 아래를 내려다보았다. 앤터니가 밟고 서 있는 깔개는 옥외 문의 틈새 바람을 막기 위해 아주 두껍게 만든 구식 깔개였다. 그런데 그것을 누군가 문에 바짝 대어 놓은 것을 발견했다. 깔개를 발로 차 멀찍이 치우고 보니, 문 아래 틈새가 꽤 넓었다. 아마 얼룩진 바닥 널판을 가리기 위해 카펫을 깔면서 카펫이 들어갈 공간을 만들기 위해 문 밑을 잘라 낸 것 같았다.

몸을 숙여 열쇠 구멍에 눈을 갖다 댔지만 아무것도 보이지 않았다. 앤터니는 갑자기 고개를 들고 코를 킁킁거렸다. 그러더니 이번에는 바닥에 납작하게 엎드려 문 아래 틈새에 코를 바짝 갖다 댔다.

다음 순간 앤터니는 벌떡 일어나며 외쳤다.

"켐프 경감님!"

경감은 어디로 갔는지 안 보였다. 앤터니는 다시 불렀다.

계단을 달려 올라온 것은 레이스 대령이었다. 앤터니는 레이스가 말할 기회도 주지 않고 설명했다.

"가스가…… 새어 나오고 있어요! 문을 부숴야겠어요."

레이스는 체격이 크고 몸이 단단했다. 레이스와 앤터니가 힘을 합쳐 문을 부수자, 콱 쪼개지는 소리와 함께 잠금장치가 떨어져 나갔다.

두 사람은 한 걸음 주춤 물러났고, 레이스가 황급히 말했다.

"저기 벽난로 옆에 있군. 내가 들어가서 창문을 부술 테니까, 가서 아이리스를 데리고 나오시오."

아이리스 말은 가스 벽난로 앞에 쓰러져 있었다. 입과 코를 쩍 벌어진 가스 분출구 앞에 바짝 댄 채였다.

잠시 후 기침을 해 대고 숨을 몰아쉬면서 앤터니와 레이스는 아직 의식이 없는 아이리스를 복도 창문 앞, 바람이 들어오는 곳에 눕혔다.

레이스가 말했다.

"내가 돌보고 있을 테니, 빨리 의사를 불러오시오."

앤터니는 즉시 아래층으로 뛰어 내려갔고, 그 뒤에 대고 레이스가 외쳤다.

"걱정 말아요. 괜찮아질 거요. 우리가 너무 늦지 않은 것 같군."

앤터니는 루실라 드레이크가 놀라서 꽥꽥대는 소리를 참으며 홀에서 전화를 걸어 도움을 청했다.

그리고 잠시 후 돌아서서 안도의 한숨을 내쉬며 말했다.

"연락이 됐습니다. 의사가 바로 맞은편에 살고 있더군요. 몇 분 후면 도착할 겁니다."

"……도대체 무슨 일이 일어난 건지, 누가 나한테 말 좀 해 줘요! 아이리스가 아픈 거예요?"

참다못한 루실라의 마지막 절규였다.

앤터니가 대답했다.

"아이리스는 방에 갇혀 있었어요. 문이 잠긴 채로요. 가스가 나오는 벽난로에 머리를 처박고 쓰러져 있었어요."

"아이리스가?"

루실라가 날카로운 고음으로 외쳤다.

"아이리스가 자살을 기도했다고? 믿을 수 없어. 도저히 믿을 수 없어!"

그러자 앤터니의 얼굴에 희미한 미소가 떠올랐다.

"믿지 않으셔도 됩니다. 사실이 아니니까요."

14장

"이제 제발, 어떻게 된 일인지 다 이야기해 주겠어요, 토니?"

소파에 길게 누운 아이리스가 말했다. 리틀 프라이어스 저택의 창문 밖에는 쨍쨍한 11월의 햇살이 눈부시게 내리쬐며 장관을 연출하고 있었다.

앤터니는 창틀에 걸터앉은 레이스 대령을 쳐다보며 씩 웃었다.

"솔직히 말하면, 이 순간을 무지 기다렸죠. 내 천재 같은 두뇌로 어떻게 사건을 해결했는지 누구한테라도 털어놓지 않으면 당장 폭발해 버릴 거예요. 괜히 겸손한 척 안 하겠습니다. 잘난 척하는 틈틈이 아이리스가 '앤터니, 당신 어쩜 그리 똑똑해요.'라든가 '토니, 너무나 멋져요.' 하고 추임새를 넣을 기회를 주겠어요. 에헴! 이제 쇼를 시작하겠습니다.

언뜻 보기에 사건 자체는 굉장히 단순해 보였습니다. 인과관계가 명료한 것처럼 보였거든요. 로즈메리의 죽음은 당시 자살로 판결났지만 자살이 아니었습니다. 조지는 살인을 의심하기 시작했고, 수사를 시작했습니다. 아마도 진실에 근접해 가고 있었는데, 범인이 누군지 밝혀내기 전에 그만 조지 자신도 살해당했습니다. 사건이 발생한 순서는 제가 보기에 아주 명확합니다.

그런데 수사를 시작하자마자 우리는 명확한 모순점을 발견했습니다. 이를테면 A)조지는 독살당했을 수가 없다, B)그러나 조지는 독살됐다. 또 A)아무도 조지의 샴페인 잔을 건드리지 않았다, B)누군가 조지의 잔에 청산가리를 넣었다. 이런 것들이었죠.

사실 저는 아주 명백한 사실 한 가지를 간과하고 있었습니다. 다양한 형태의 소유격 표현 사용이 그것이었죠. 조지의 귀가 조지의 귀인 것은 그 귀가 조지의 머리에 붙어 있으며 외과 수술 없이는 머리에서 떼어 낼 수 없기 때문입니다! 그러나 조지의 시계라고 하면 조지가 지금 차고 있는 시계를 말합니다. 조지의 소유냐, 아니면 누가 빌려준 것이냐 하는 정도의 문제는 있을 수 있겠죠. 그런데 조지의 샴페인 잔, 혹은 조지의 찻잔이라고 말할 경우 그것은 아주 모호한 대상을 가리킨다는 것을 나는 깨달았습니다. 이 경우 조지가 방금까지 샴페인 혹은 차를 마시는 데 이용한 잔을 뜻할 뿐입니다. 더불어 그 잔은 똑같은 모양의 다른 잔들과 전혀 구별이 안 되지요.

이 점을 설명하기 위해 간단한 실험을 해 봤습니다. 마침 레이스 대령님은 설탕을 안 넣은 차를 드시고 계셨고, 켐프 경감님은 설탕을 넣은 차, 나는 커피를 마시고 있었습니다. 언뜻 보면 세 음료는 색깔이 거의 같습니다. 우리는 상판이 둥근 대리석 테이블로 가득한 찻집에서, 상판이 대리석인 둥근 테이블에 앉아 있었습니다. 갑자기 영감이 떠오른 척하면서 나는 두 분을 자리에서 일으켜 찻집 입구로 데려갔는데, 일어나면서 아무도 안 볼 때 의자들을 옆으로 조금씩 밀고 켐프 경감님이 찻잔받침 옆에 놓으신 담배 파이프도 제 찻잔 받침 옆으로 옮겨 놓았습니다. 그리고 현관으로 나가자마자 핑계를 대고 도로 자리로 돌아왔는데, 켐프 경감님이 제일 먼저 들어가셨죠. 경감님은 파이프가 놓인 자리에 앉으셨고, 레이스 대령님이 그전처럼 경감님 오른편에, 나는 경감님 왼편에 앉았습니다. 그런데 무슨 일이 일어났는지 잘 보십쇼, 또 하나의 모순이 발생한 겁니다! A)켐프 경감님의 잔에는 설탕이 들어간 차가 있다, B)켐프 경감님의 잔에는 커피가 있다. 두 개의 명제는 동시에 진실일 수 없기 때문에 모순명제입니다. 그런데 재미있는 건, 두 명제 다 진실이라는 겁니다. 오해의 소지가 있는 표현은 '켐프 경감님의 잔'이라는 표현입니다. 자리에서 일어섰을 때의 켐프 경감님의 잔과 자리로 돌아왔을 때의 켐프 경감님의 잔은 같은 잔이 아니거든요.

 그날 밤에 룩셈부르크에서 일어난 일은 바로 그것입니다, 아이리스. 플로어 쇼가 끝난 후 모두들 일어나 춤추러 나갈 때 아이리스는 핸드백을 떨어뜨렸어요. 지나가던 웨이터가 그걸 주워 올려놨는데, 아이리스의 자리가 어디인지 알고 있는 담당 웨이터가 아니라 여기저기서 혼나는 통에 정신이 없었던 나이 어린 수습 웨이터였던 거예요. 소스 심부름을 하는데 행동이 굼뜨다고 실컷 혼나고 있던 수습 웨이터는 얼른 핸드백을 주워서 어느 접시 옆에다 올려놓았지요……. 근데 아이리스가 앉았던 자리에서 왼쪽으로 한 칸 옆자리의 접시 근처에 올려놓은 겁니다. 아이리스와 조지가 제일 먼저 테이블로 돌아왔고, 아이리스는 아무 생각 없이 핸드백이 놓인 자리로 가서 앉았습니다. 켐프 경감님이 파이프가 놓인 자리에 가서 앉은 것처럼. 조지는 자기 자리인 아이리스의 오른쪽에 앉았습니다. 그리고 로즈메리를 기억하며 건배를 했는데, 자기 잔인 줄 알고 마셨겠지만 사실은 아이리스의 잔이었던 거예요. 그럼 굳이 마술을 갖다 붙이지 않아도 어떤 사람이 그 잔에 독을 넣었다는 가정은 충분히 이해가 되죠. 왜냐하면 플로어 쇼가 끝나고 샴페인을 마시지 않은 유일한 사람은 건배를 받은 그 사람, 로즈메리밖에 없으니까요!

이제 사건을 다시 보면 설명은 완전히 달라집니다! 범인이 노린 타깃은 조지가 아니라 아이리스였어요. 따라서 조지는 이용당한 걸로 보입니다. 계획대로 됐다면 이야기가 어떻게 됐을까요? 1년 전 파티의 재연이다. 또 자살이다! 저 집안에는 자살 성향의 피가 흐르고 있는 게 분명하다! 사람들은 이렇게 말했겠지요. 게다가 청산가리 흔적이 묻은 종이가 아이리스의 핸드백에서 발견됐으니. 더 생각해 볼 여지도 없는 사건이죠! 불쌍한 아이리스, 지금껏 언니의 죽음을 극복하지 못했구나. 안됐지 뭐야……. 하여튼 돈 많은 여자들은 신경이 신경질적이라니까!"

아이리스가 갑자기 끼어들어 외쳤다.

"하지만 도대체 나를 왜 죽이려고 한 거예요? 왜? 어째서요?"

"다 그놈의 돈 때문이지요. 돈, 돈, 돈! 로즈메리의 돈이 그녀가 죽으면서 다 당신한테 갔잖습니까. 당신까지 죽는다고 쳐 봐요. 그것도 미혼으로. 그 돈이 어디로 가겠어요? 정답은 '가장 가까운 친척에게로 간다.'예요. 즉, 루실라 드레이크 고모님이요. 하지만 들은 바를 종합해 보면, 루실라 드레이크를 일급 살인범이라고 보기에는 무리가 있었죠. 그런데 여기서 이득을 볼 제삼자가 있을까요? 예, 있습니다. 빅터 드레이크입니다. 루실라가 돈을 받는 건 빅터가 돈을 받은 거나 마찬가지예요. 그 돈에 손을 안 대고 가만히 있을 리가 없지 않습니까! 빅터는 언제나 어머니를 자기 마음대로 조종해 왔어요. 게다가 빅터 드레이크를 일급 살인범으로 보는 데는 아무 무리가 없지요. 지금까지 내내 사건의 처음부터 빅터와 관련된 사실들, 빅터라는 인물에 대한 언급이 계속 있었어요. 그 언급에서 빅터는 항상 먼 타지에 나가 있는, 실체는 없고 이름뿐인 악당이었죠."

"하지만 빅터는 아르헨티나에 있잖아요! 벌써 1년째 남아메리카에 머물고 있다고요."

"정말 그럴까요? 이제 모든 이야기에 항상 등장하는 기본적인 설정을 들먹일 차례가 왔습니다. '한 여자가 한 남자를 만나다!' 빅터와 루스 레싱이 만나는 순간 바로 이 이야기가 시작된 겁니다. 빅터는 루스 레싱을 완벽하게 사로잡았어요. 루스는 앞뒤 안 가리고 빅터에게 빠져든 것 같아요. 평소에 말 없고 냉철하고 법을 철저히 준수하는 여자가 악당에게 홀딱 반하기 가장 쉬운 부류거든요.

잘 생각해 보면 빅터가 남아메리카에 있다는 증거는 다 루스의 입에서 나온 것입니다. 아무도, 단 한 번도 확인할 생각을 하지 않았어요. 왜냐하면 그건 중요한 게 아니었거든요! 로즈메리가 죽기 전에 빅터가 산크리스토발호를 타고 떠나는 걸 봤다고 한 것도 루스였고, 조지가 죽은 날 부에노스아이레스로 전화 연락을 하겠다고 한 것도 루스였습니다. 그리고 루스가 그런 전화를 한 적이 없다는 걸 무심코 발설한 전화 담당 여직원을 해고한 것도 루스였지요.

물론 지금 와서는 아주 쉽게 확인할 수 있죠! 1년 전 빅터 드레이크가 영국발 배를 타고 부에노스아이레스에 도착한 건 로즈메리가 죽은 다음 날이었어요. 부에노스아이레스에 있는 오길비 씨는 조지가 사망한 날, 빅터 드레이크 문제로 루스와 통화한 일이 없습니다. 그리고 빅터 드레이크는 몇 주 전에 부에노스아이레스에서 뉴욕으로 떠났어요. 특정 날짜에 자기 이름으로 전보가 발송되도록 조작하는 것쯤이야 그 사람한테는 식은 죽 먹기죠. 유명한 전보 회사의 전보 요금 청구 자료만으로 자기가 이곳에서 몇천 킬로미터 떨어진 곳에 있다는 확실한 증거가 되는 것 같았겠죠. 그런데 대신……."

"대신 뭐요, 앤터니?"

"대신."

앤터니는 클라이맥스에서 말을 뚝 멈춰 긴장감을 고조시키면서 노골적으로 즐거워했다.

"룩셈부르크에서 그다지 멍청하지 않은 금발머리 여자와 함께 우리 바로 옆 테이블에 앉아 있었던 겁니다!"

"설마 그 못생긴 아저씨가 빅터였단 말예요?"

"누렇고 잡티가 울긋불긋 난 피부와 충혈된 눈은 분장하기 그리 어렵지 않은 데다가, 사람이 굉장히 달라 보이게 하는 효과가 있지요. 사실 우리 일행 중 빅터 드레이크를 한 번이라도 본 사람은 루스 레싱 말고는 나밖에 없었습니다……. 그런데 나도 그 사람이 빅터 드레이크인 줄 몰랐던 거예요! 게다가 나는 빅터를 등지고 앉아 있었어요. 그런데 레스토랑에 들어오면서 칵테일 라운지에서, 감옥에서 안면을 익힌 사람을 얼핏 본 것 같았어요. 멍키 콜먼이라는 자였죠. 하지만 지금은 나도 적당히 점잖은 생활을 하고 있으니까, 그가 나를 못 알아볼 거라고 생각했습니다. 설마 멍키 콜먼이 사건과 관계있으리라고는 상상도 못 했던 거죠……. 멍키 콜먼과 빅터 드레이크가 동일 인물이라고는 더더욱 짐작도 못 했고요."

"도대체 어떻게 청산가리를 넣은 거요?"

레이스 대령이 바통을 이어받았다.

"세상에서 가장 쉬운 방법으로요. 플로어 쇼가 진행되는 동안 빅터 드레이크는 전화를 건다고 나가면서 우리 테이블을 지나쳤습니다. 드레이크는 배우 활동을 한 적이 있었고, 더욱 결정적으로 웨이터도 해 봤습니다. 분장을 하고 페드로 모랄레스를 연기하는 게 그 사람한테 식은 죽 먹기였다면, 웨이터의 걸음걸이와 보폭으로 테이블 주변을 노련하게 돌아다니면서 샴페인 잔을 채우는 것은 실제로 웨이터 노릇을 해 본 사람만이 익힐 수 있는 노하우와 테크닉을 필요로 했죠. 조금이라도 서툴거나 실수를 하면 사람들의 시선이 쏠릴 테니까요. 하지만 빅터는 진짜 웨이터였기 때문에, 아무도 알아보지 못했을 뿐 아니라 아예 눈길조차 주지 않은 겁니다. 모두들 플로어 쇼만 보고 있었지, 레스토랑 장식의 일부나 마찬가지인 웨이터 따위를 쳐다볼 정신은 없었던 거죠!"

아이리스가 머뭇거리며 물었다.

"루스는요?"

"아이리스의 핸드백에 청산가리 포장지를 넣은 건 물론 루스였습니다. 아마 파티가 시작되기 전, 파우더룸에서 넣었을 거예요. 1년 전 로즈메리를 상대로 쓴 수법이지요."

"그렇잖아도 형부가 루스한테 편지 이야기를 하지 않은 게 이상하다고 생각했어요. 형부는 무슨 일이든 다 루스하고 의논했거든요."

그러자 앤터니가 짧게 웃음을 터뜨리며 대꾸했다.

"당연히 루스한테 말했지요. 아마 제일 먼저 말했을 겁니다. 그럴 걸 루스는 알고 있었어요. 아니까 편지를 써 보냈지. 루스는 모르는 척 이야기를 듣고서 조지의 '계획'을 다 짜 줬어요. 물론 먼저 충분히 의심을 심어 준 다음에 그랬겠죠. 그러고는 무대를 준비했어요. 두 번째 자살을 위해 완벽하게 준비한 무대를 만일 조지가, 언니를 죽인 아이리스가 죄책감을 못 이겨서 혹은 들킬까 봐 겁을 먹고 자살했다고 믿었다면…… 뭐, 그래도 루스에게는 다를 게 전혀 없었던 거죠!"

"그런 여자를 내가 좋아했다니……. 그것도 아주 많이 좋아했는데! 형부하고 결혼에 골인하기를 빌기까지 했다고요."

"아마 빅터를 만나지 않았다면 조지에게 좋은 아내가 됐을 겁니다. 이런 교훈이 남는군요. 모든 여자 살인범도 한때는 다들 착한 여자였다."

아이리스는 몸서리를 쳤다.

"그게 다 돈 때문에 한 짓이라니!"

"순진한 아이리스, 동기는 항상 돈이라고요! 빅터는 분명 돈 때문에 그랬지요. 루스의 경우 일부는 돈 때문에, 일부는 빅터 때문에, 또 일부는 아마도 로즈메리가 미워서 그랬을 겁니다. 그래요, 아이리스를 차로 치려고 했을 때는 이미 죄책감 따위는 못 느꼈을 테고, 응접실에서 루실라에게 작별 인사를 하고 현관으로 나가 문 닫는 소리를 한 번 낸 다음, 다시 아이리스의 방으로 올라갔을 때는 이미 갈 데까지 간 상태였겠죠. 그때 어때 보였어요? 잔뜩 흥분해 있던가요?"

아이리스는 잠시 그때를 떠올렸다.

"그렇지는 않았어요. 노크를 하고 들어와서 장례식 준비가 다 됐다고 이야기하고는, 나더러 어디가 아프냐고 물었어요. 나는 괜찮다고, 그냥 피곤해서 그런다고 대답했죠. 근데 루스가 내 방에 있는, 끝이 고무로 싸인 커다란 회중전등을 집어 들면서 아주 튼튼해 보인다고 했어요. 그 뒤로는 아무것도 기억 안 나요."

"그렇겠지. 루스가 그 튼튼한 회중전등으로 당신의 목 뒤를 내리쳤거든요. 너무 세지는 않게 기절할 정도로만. 그런 다음 당신을 가스 벽난로 앞에 아주 그럴듯하게 눕혀 놓고, 창문을 꼭 닫고 가스를 틀어 놓고는, 밖으로 나가 문을 잠그고 열쇠를 문틈으로 밀어 넣은 다음 두꺼운 깔개로 틈을 막아 가스가 새어 나오지 못하게 했어요.

그러고는 발소리를 죽여 아래층으로 내려갔어요. 마침 올라가고 있던 켐프 경감님과 나는 아슬아슬하게 욕실로 숨었죠. 나는 아이리스의 방으로 올라가고 경감님은 루스의 뒤를 밟아 루스가 차를 세워 둔 데까지 쫓아갔어요. 그 여자가 버스랑 전철을 타고 왔다는 걸 강조할 때부터 뭔가 수상쩍더라니!"

아이리스는 다시 몸을 부르르 떨었다.

"무서워요……. 나를 그렇게까지 죽이려고 한 사람이 있었다고 생각하니. 나도 미워서 그런 걸까요?"

"아, 그럴 리가요. 하지만 루스 레싱은 아주 냉철한 여자입니다. 이미 살인 두 건에서 공범자가 됐는데, 이제 와서 아무것도 못 건지고 포기할 수는 없다고 결심했을 겁니다. 당신이 당장이라도 나랑 결혼하겠다고 말한 걸 루실라 드레이크가 십중팔구 루스에게 불었을 겁니다. 그게 사실이라면 루스의 입장에서는 한시라도 빨리 움직여야 했겠죠. 결혼하면 당신의 가장 가까운 가족은 루실라가 아니라 내가 되는 거니까."

"불쌍한 루실라 고모. 너무 안됐어요."

"우리 모두 그렇게 생각해요. 악의라곤 조금도 없는 착한 노인네인데."

"빅터는 정말로 체포된 거예요?"

앤터니가 레이스를 쳐다보자, 그는 고개를 끄덕이며 대답했다.

"오늘 아침, 뉴욕에 도착하자마자 잡혔소."

"루스와 결혼할 작정이었대요? 일이 다 끝난 뒤에요?"

"루스는 그렇게 믿었지. 아마 그 여자라면 기어이 결혼까지 성공했을 거요."

"앤터니……. 내 돈에 완전히 정 떨어졌어요."

"좋아요. 아이리스가 원한다면 좋은 일에 써 버리죠, 뭐. 돈이야 내가 가진 걸로도 먹고살기에 충분하니까……. 내 아내 한 몸은 편하게 해 주는 데 문제없을 정도로요. 아이리스의 돈은 어린이집에 기부하거나 노인네들한테 공짜 담배를 나눠 주거나 아니면…… 영국 전역에 질 좋은 커피 보급하기 운동에 기부하는 건 어때요?"

"내 몫도 조금 남겨 놔야겠어요. 원하면 언제든지 앤터니를 버리고 당당하게 떠날 수 있게."

"결혼하는 사람이 그런 마음 자세를 가지면 쓰나. 그건 그렇고, 아이리스, '토니, 당신 너무 멋져요.'나 '앤터니, 당신은 천재예요.' 이런 소리 한 번도 안 했잖아요!"

레이스는 미소 띤 얼굴로 자리에서 일어섰다.

"나는 패러데이 씨 댁에 차 마시러 가겠소."

이어서 앤터니에게 권하는 레이스 대령의 눈이 장난기로 반짝거렸다.

"같이 갈 생각 없겠지?"

앤터니는 고개를 저었고, 레이스는 혼자 나가다 말고 문간에서 어깨 너머로 한마디 던졌다.

"훌륭한 쇼였소."

"분명히 해 두는데……."

달히는 문에 대고 앤터니가 외쳤다.

"그거, 영국 왕실의 치하를 뜻하는 걸로 알아듣겠습니다."

잠시 후 아이리스가 조용히 물었다.

"저분은 내가 범인이라고 생각했죠? 그동안 아름다운 스파이가 극비 정보를 훔치거나 육군 소장들을 유혹해서 군사 기밀을 빼내는 걸 너무 많이 봐 와서 사람이 냉소적으로 변하고 편견이 굳어져서 그런 거예요. 항상 '미인이 범인'이라고 생각하신다니까요!"

"그렇다고 원망하면 못써요."

"내가 아니라는 걸 어떻게 알았어요, 토니?"

"아마도, 사랑하니까 알았겠지."

앤터니가 가볍게 대꾸했다.

그러나 갑자기 심각한 표정으로 변해서는 아이리스 옆의 보라색 꽃 한 송이가 달린 목서초 가지가 꽂혀 있는 작은 꽃병을 만지작거렸다.

"저 가지는 이렇게 추운데 꽃을 피우다니, 어떻게 된 거죠?"

"가끔 그런 게 하나씩 있더라고요. 가을에 날씨가 따뜻하면."

앤터니는 가지를 꽃병에서 뽑아 뺨에 대보았다. 그리고 눈을 지그시 감자 짙은 밤색 머리칼과 웃음이 가득 담긴 파란 눈, 붉게 물든 입술이 떠올랐다…….

앤터니가 가벼운 어조로 조용히 말했다.

"이제 더 이상 옆에 있는 것처럼 느껴지지 않지요?"

"누구를 말하는 거예요?"

"알잖아요. 로즈메리…… 그 사람은 아이리스가 위험에 처한 걸 알고 있었나 봐요."

그러면서 앤터니는 향기 깊은 초록색 잎사귀에 입을 맞추고 가지를 창밖으로 가볍게 던졌다.

"안녕, 로즈메리, 고마웠어요……."

아이리스도 조용히 중얼거렸다.

"로즈메리의 꽃말은 기억……."

그리고 더 작게 속삭였다.

"사랑하는 사람들에게 영원히 기억되기를……."

〈끝〉

옮긴이 | 허형은

1977년 서울 출생. 숙명여자대학교 한국사학과 졸업. 옮긴 책으로는 『죽음의 닥터』, 『헤드크러셔』, 『삶은 문제 해결의 연속이다』, 『반듯한 인재를 위한 품성 리더십』, 『꿈을 꾸는 구두장이』, 『미국 최고의 교수들은 어떻게 가르치는가』, 애거서 크리스티 전집 『테이블 위의 카드』 등이 있다.

애거서 크리스티 전집

빛나는 청산가리

3판 1쇄 찍음 2022년 9월 30일
3판 1쇄 펴냄 2022년 10월 7일

지은이 | 애거서 크리스티
옮긴이 | 허형은
발행인 | 박근섭
편집인 | 김준혁
책임편집 | 장은진
펴낸곳 | 황금가지

출판등록 | 2009. 10. 8 (제2009-000273호)
주소 | 06027 서울 강남구 도산대로 1길 62 강남출판문화센터 5층
전화 | 영업부 515-2000 **편집부** 3446-8774 **팩시밀리** 515-2007
홈페이지 | www.goldenbough.co.kr

도서 파본 등의 이유로 반송이 필요할 경우에는 구매처에서 교환하시고
출판사 교환이 필요할 경우에는 아래 주소로 반송 사유를 적어 도서와 함께 보내주세요.
06027 서울 강남구 도산대로 1길 62 강남출판문화센터 6층 민음인 마케팅부

ⓒ ㈜민음인, 2022. Printed in Seoul, Korea
ISBN 978-89-8273-761-9 04840
ISBN 978-89-8273-700-8 04840(set)

㈜민음인은 민음사 출판 그룹의 자회사입니다.
황금가지는 ㈜민음인의 픽션 전문 출간 브랜드입니다.